10|18
12, avenue d'Italie — Paris XIIIe

Sur l'auteur

Edward Marston, de son vrai nom Keith Miles, est un auteur prolixe. Tout à la fois auteur d'une quarantaine de pièces inédites pour la radio, la télévision, le théâtre ou le cinéma, d'une soixantaine d'ouvrages — romans, pièces, biographies, livres sur le sport, romans pour la jeunesse —, il est également critique littéraire et auteur de novélisations (*Dance with a Stranger* réalisé par Mike Newell avec Rupert Everett et *Falling in Love* d'Ulu Grosbard avec Meryl Streep, Robert De Niro et Harvey Keitel). En 1988, il prend le pseudonyme d'Edward Marston pour écrire *La Tête de la Reine*, premier titre d'une série policière élisabéthaine mettant en scène Nicholas Bracewell. Puis, toujours sous le nom d'Edward Marston, il lance une nouvelle série historique dont l'action se déroule au Moyen Age, *The Domesday Books* (*Les Livres du cadastre de l'Angleterre*). Et c'est au rythme d'un livre par an qu'il continue à mener de front ses deux séries auxquelles il ajoute, en 1990, le premier titre d'une trilogie se passant sous la Restauration, *The King's Evil.*

LA FOLLE COURTISANE

PAR

EDWARD MARSTON

Traduit de l'anglais
par Corine Derblum

10|18

INÉDIT

« Grands Détectives »
dirigé par Jean-Claude Zylberstein

Du même auteur
aux Éditions 10/18

La Tête de la Reine, n° 3144
Les joyeux démons, n° 3195
La route de Jérusalem, n° 3270
Les Neuf Géants, n° 3316
► La folle courtisane, n° 3407

ISBN 2-264-03219-7

A la Juste, Honorable et Véritablement Noble
BARBARA
Comtesse de Scottsdale

J'offre ici à Votre Seigneurie la plus mûre de mes études, qui, bien qu'elle porte le vice en son titre, sollicite votre gracieuse égide en raison de ses vertus. Acceptez ce récit né sous une plume du Vieux Monde et, dans le Nouveau Monde, placez-le à côté d'une plume trempée dans le poison. Ainsi, jusqu'à ce qu'une œuvre plus digne coule de ma main, qui puisse mieux m'exprimer, et mieux seoir à la gravité de votre inclination la plus mûre, je demeure,

Vôtre en tout ce qui importe le plus sincèrement,

EDW. MARSTON

Je suis par profession une courtisane
Qui vit du péché d'autrui.
Avec une demi-douzaine de catins que j'entretiens
Je mène grand train.

Samuel ROWLANDS : *La Courtisane* (1590)

Si, comme leurs fins, leurs fruits étaient les mêmes,
La débauche et l'usure seraient le même jeu.

Ben JONSON : *On Bawds and Usurers*

1

Nicholas Bracewell esquiva prestement. La rapière siffla au-dessus de sa tête pour décrire un demi-cercle avec une rage impuissante. Il recula et dégaina sa propre lame juste à temps pour repousser une violente attaque de son adversaire, qui le pressait et s'efforçait de le faucher, une haine meurtrière au cœur. Ce n'était point là l'occasion de déployer les finesses de l'escrime. Cette rixe sauvage dans une taverne en appelait à la force du bras et à la vitesse de réflexion. Nicholas fit montre des deux en égale mesure en parant les coups. En un tour de poignet, il évalua sa cible, ploya un genou et enfonça sa lame en plein flanc de l'ennemi. Celui-ci recula en titubant, poussa un cri de fureur incrédule, puis lâcha son épée, et, pressant à deux mains sa blessure fatale, sur un dernier cri de colère tomba par terre de toute sa masse.

Les applaudissements, quoique peu nombreux, étaient fort mérités et Nicholas remercia d'un modeste sourire. Bien qu'il ne fût que le régisseur des Hommes de Westfield, il était expert à régler les duels, comme il venait une fois de plus de le démontrer. Les comédiens et les apprentis qui l'avaient admiré le récompensèrent de leurs paumes enthousiastes. Nicholas aida le cadavre souriant de Sebastian Carrick à se relever et à s'épousseter. La scène improvisée se dressait dans la cour de *La*

Tête de la Reine, sise dans Gracechurch Street. Dans cette auberge, la troupe donnait l'essentiel de son répertoire et confirmait sa réputation de première compagnie théâtrale de Londres. L'une des principales raisons de sa prééminence était l'influence qu'exerçait Nicholas dans les coulisses. Il était l'ancre de veille d'un navire essuyant une tempête quasi permanente et avait sauvé d'innombrables matelots d'une mort hideuse sous les crêtes écumeuses.

Sebastian Carrick fut le premier à le complimenter :

— Vous êtes éblouissant, Nick.

— C'est facile lorsqu'on a saisi le tour de main.

— Mais c'est une rude tâche que de l'acquérir. Si aguerris que nous soyons dans l'art de l'escrime, vous trouvez toujours matière à nous instruire. Je n'avais encore jamais rencontré de maître d'armes aussi habile que messire Nicholas Bracewell.

— Vous êtes un élève très doué, Sebastian.

— Et non moins reconnaissant, acquiesça l'acteur avec un large sourire. Je préfère être tué par vous que par quiconque à Londres !

Un éclat de rire général monta parmi les spectateurs. Les duels à l'épée faisaient partie intégrante du théâtre et devaient être exécutés avec assez de fougue et de réalisme pour convaincre le public qui se presserait tout contre les planches. La mort de Sebastian avait été répétée avec tant de minutie que même ceux qui avaient maintes fois vu la scène craignirent un instant de perdre un camarade et un ami. Cependant, au moment où Nicholas enfonçait sa lame, celle-ci passait simplement entre le flanc et le bras de son adversaire, mue par un sens de la coordination et une précision résultant d'années d'expérience.

Carrick poussa le régisseur du coude et lui confia :

— Je doute qu'Owen se batte aussi loyalement que vous, Nick.

— C'est un fin bretteur.
— Assez pour me tailler en pièces une bonne fois pour toutes.
— Vous lui faites grand tort, Sebastian.
— Par ma foi, c'est précisément ce dont il se plaint.
— Il faut régler votre différend avec lui.
— Que ne me débarrasse-t-on de ce Gallois turbulent !
— A vous de l'apaiser.

Owen Elias, l'objet de cette discussion, était planté à une douzaine de pas, d'où il toisait son camarade d'un œil noir. Trapu, les épaules larges au-dessus d'un torse en forme de barrique, il avait une trentaine d'années. Ses traits étaient frappants plutôt que séduisants, surtout ses yeux ardents, embrasés par une sombre passion toute celtique. Il avait de sérieux griefs envers Sebastian. Non seulement ce dernier refusait de rembourser l'argent qu'il lui avait emprunté, mais il avait commis, aux yeux du Gallois, un péché capital. C'était lui l'acteur favori. En vertu de sa grâce, de son charme et de sa pondération, Carrick se voyait toujours gratifié de meilleurs rôles qu'Elias qui, humilié, se montrait insupportable.

Il était temps d'entamer la vraie répétition et Nicholas prit la situation en main avec sa fermeté coutumière. Le décor fut planté pour la première scène, les acteurs se retirèrent dans la loge, les musiciens se postèrent dans la galerie juste au-dessus. Les Hommes de Westfield s'apprêtaient à donner une nouvelle fois *La Vengeance de Vincentio,* une des valeurs sûres de leur vaste répertoire. Au début de l'acte III de cette tragédie mélancolique et violente, un courtisan dépravé, Lodovico — qu'interprétait Sebastian Carrick — serait occis dans une taverne par Owen Elias, dont le personnage n'était même pas digne de porter un nom. Si douloureuse que semblât l'agonie de Lodovico, c'était pourtant l'Inconnu qui souffrirait le plus, grièvement blessé dans sa fierté professionnelle.

Même au milieu de la joyeuse effervescence des préparatifs, Nicholas songeait aux souffrances d'Elias. Le Gallois était un bien meilleur acteur que Carrick, cependant ce dernier possédait un charme certain, et des qualités plus agréables. Grand, mince et plein d'entrain, il alliait l'assurance nonchalante du séducteur à un raffinement presque aristocratique. Owen Elias, en revanche, était bouillant et obstiné. Il se montrait par trop agressif en revendiquant son droit à s'élever au sein de la compagnie, et critiquait le tact facile, les manières enjôleuses qui valaient à son rival d'être avantagé. Il ne pouvait non plus oublier ni pardonner l'aisance avec laquelle Carrick l'avait persuadé de lui ouvrir sa bourse et de se séparer d'une somme dont il pouvait pourtant difficilement se passer. *La Vengeance de Vincentio* n'était rien, comparée au terrible châtiment que mûrissait Elias.

— En place !

L'ordre de Nicholas coupa court aux murmures et chacun devint attentif. A son signal, Peter Digby et ses musiciens tirèrent des accords solennels de leurs instruments, pendant que le Prologue en manteau noir entrait afin de présenter la pièce. Durant les deux heures qui suivirent, les membres de la troupe renouèrent connaissance avec *Vincentio* et — bien que leur public se résumât à quelques chevaux curieux et des palefreniers bouche bée — ils lui accordèrent toute leur concentration. Ils savaient que, si souvent qu'ils eussent joué une œuvre, le succès n'était jamais acquis. Il fallait, telle une épée, la polir et l'aiguiser pour en faire ressortir les qualités. Le public détestait voir de la rouille et sentir des effets émoussés, aussi les Hommes de Westfield fourbissaient-ils toujours leurs armes avec soin.

Au terme de la répétition, les comédiens entrèrent par

petits groupes dans la salle de l'auberge pour se désaltérer, le temps que les vrais spectateurs commencent à arriver. Nicholas avait beaucoup à faire avant de les rejoindre : superviser les machinistes qui retouchaient le décor de l'acte V, puis devraient balayer les planches et les joncher de roseaux ; il lui fallait s'assurer que costumes et accessoires se trouvaient à leur place, réprimander les musiciens pour avoir attaqué en retard l'hymne du quatrième acte, bref, assumer ses responsabilités grandissantes. La répétition s'étant bien déroulée, pour l'essentiel, il vaquait à ses occupations avec la paisible satisfaction de celui qui a apporté une contribution notable aux succès du matin. Il était particulièrement content de la rixe dans la taverne. Jamais Elias et Carrick n'avaient exprimé tant de haine sourde en croisant le fer. Le duel serait un des temps forts du spectacle.

Rencogné dans la salle, l'Inconnu ne demandait qu'à rejouer la scène avec l'affable Lodovico.

— Rendez-moi mon argent, vipère !

— Hélas, mon cher ami, je le voudrais bien ! soupira Carrick.

— Votre ami, je ne le suis point, quant au « cher », encore moins !

— Moi qui vous comptais parmi mes compagnons les plus proches !

— Comptez-moi plutôt quelques pièces, Sebastian.

— Vous serez payé le moment venu.

— J'exige un remboursement immédiat.

— Vous exigez en vain, Owen, répondit l'autre, haussant les épaules. En toute sincérité, je n'ai pas un penny, messire. J'ai dû réemprunter pour m'acheter le boire et le manger.

— Emprunter sans rembourser, cela s'appelle voler.

— Patientez seulement un peu plus.

— Rendez-moi mon argent, Sebastian.

— Sitôt que je le pourrai.

— Non ! hurla le fougueux Gallois en l'empoignant à deux mains. Payez-moi sur-le-champ ou, par saint David, je vous écartèle et vous jette en pâture aux chiens !

Sebastian Carrick essaya de l'apaiser par un rire aimable, mais cela ne servit qu'à l'exaspérer davantage. Elias le souleva de son banc et le projeta à travers la salle avec violence. Une fureur et une jalousie croissantes s'unissaient dans sa poitrine pour le pousser à s'acharner sans pitié sur le beau parleur. Mais avant même qu'il pût assener son premier coup de poing, il fut trempé de la tête aux pieds par plusieurs litres d'eau froide, provenant d'un des seaux de bois conservés dans l'éventualité d'un incendie. Nicholas était arrivé juste à temps pour voir la querelle et pour y couper court. Carrick souriait de soulagement, mais Owen Elias fulminait tandis que la salle résonnait sous les rires moqueurs. Vexé mais non repentant, il n'opposa pas de résistance quand le régisseur les fit sortir dans la cour. Nicholas ne mâcha pas ses mots et son accent du sud-ouest de l'Angleterre avait perdu sa douceur coutumière lorsqu'il les menaça, péremptoire :

— Cherchez-vous à être renvoyés de la compagnie, messires ?

— Certes non, répondit Elias.

— Rien ne nous affligerait davantage, renchérit Carrick.

— Les bagarres sont interdites, avertit fermement Nicholas en agitant l'index. Notre présence est seulement tolérée à *La Tête de la Reine,* et il ne faut donner à notre tenancier bilieux aucun motif de doléance. Gardez votre querelle pour quelque lieu privé ou, mieux encore, videz-la ici et séparez-vous en bonne amitié. Voudriez-vous que les Hommes de Westfield soient expulsés à cause d'un léger démêlé entre vous ?

— L'affaire n'a rien de dérisoire, protesta Elias

encore tout dégoulinant. C'est une affaire fort grave et j'exige une réponse.

— Ce seau ne vous en a-t-il pas fourni une assez éloquente ? le nargua Carrick.

— Vous me devez six shillings, monsieur.

— Prêtez-m'en donc cinq autres.

— Pendard ! Maraud !

— Du calme ! ordonna Nicholas. Élever la voix ne résoudra rien. Écoutons cela calmement. Exposez votre version en premier, Sebastian.

— Mais je suis l'offensé ! gémit Elias.

— Votre tour viendra, répliqua Nicholas, le matant d'un regard. Prenez le temps de recouvrer votre sang-froid.

Le Gallois était trop avisé pour s'opposer au régisseur. Grand, carré et doté d'une force musculeuse sous ses dehors aimables, Nicholas savait s'affirmer quand besoin était. Sa barbe et ses cheveux blonds flottaient doucement au vent, mais ses yeux sévères imposaient silence à Elias pendant que Sebastian Carrick exposait les faits. Celui-ci tournait la chose à la légère, promettait un prompt remboursement et s'excusait du tort qu'il avait pu causer bien malgré lui à son camarade. Elias respira profondément avant de se décider à parler, puis le fit dans les termes les plus mesurés et raisonnables. Quand les deux plaidoiries eurent été présentées, les comédiens attendirent que Nicholas prononce le verdict :

— Vous êtes tous deux en tort. Sebastian, vous auriez dû lui restituer son argent depuis longtemps. Owen, vous n'auriez pas dû provoquer une empoignade pour parvenir à vos fins. En convenez-vous, jusqu'ici ?

Les acteurs hochèrent la tête.

— Alors trouvons un moyen de sortir de ce dilemme. Un créancier réclame ce qu'un débiteur ne possède pas.

— Vous touchez là le fond du problème, Nick, dit

Carrick avec un haussement d'épaules nonchalant. Ma bourse est tout à fait plate.

— Comme toujours ! le nargua Elias.

— Doux sire, il faut bien vivre.

— Vivre, assurément, mais non point dépouiller ses camarades !

— Le plaisir a son prix.

— Alors exercez-le à vos frais, pas aux miens.

— Suivez mon conseil, où chacun trouvera pareillement son compte, intervint Nicholas. Sebastian n'aura pas d'argent avant que je lui verse son dû à la fin de la semaine. Prenez jusque-là votre mal en patience, Owen, et je retiendrai pour vous un shilling sur ce salaire.

— C'est insuffisant, jugea Elias.

— C'est beaucoup trop ! s'indigna Carrick.

Mais Nicholas s'en tint à sa décision et, bien qu'aucun des deux ne fût satisfait, ils finirent par accepter ce compromis. Owen Elias comprit qu'un paiement progressif valait toujours mieux que rien et se consola en voyant que Carrick protestait plus encore. Échapper à ses créanciers relevait chez celui-ci d'une profession de foi. Les seules dettes qu'il respectait volontiers étaient celles d'honneur, contractées à une table de jeu. L'argent que son charme soutirait à la bourse de ses collègues, il le tenait définitivement pour sien. Les amis étaient là pour qu'on en profite.

Il soupira.

— Bien que la décision me coûte, Nick, je m'y conformerai. Touchez là, dit-il, tendant la main à Owen Elias, qui la serra. Maintenant l'affaire est close, et je dois m'en aller emprunter, sans quoi je serai réduit à l'indigence la plus totale !

Sebastian Carrick s'inclina d'un air malicieux, puis regagna la salle avec une joyeuse résignation. Son attitude agaçait prodigieusement Elias.

— Regardez-le, Nick ! Mais regardez ce gredin impudent !

— La dispute est terminée, Owen. Sachez vous en contenter.

— C'est un infâme voleur !

— Votre argent vous sera restitué.

— C'est ma réputation qu'il me vole, protesta l'autre. Je joue mieux que lui, pourtant il accapare les plus beaux rôles. Je me suis taillé une place chez les Hommes de Westfield à la sueur de mon front, et ce nouveau venu me supplante en quelques mois. Ce n'est pas juste, ce n'est pas bien, ce n'est pas supportable. Que vais-je faire, Nick ? demanda-t-il en écartant les bras d'un air suppliant.

— Endurez ces offenses avec dignité.

— Jamais !

— Liez-vous d'amitié avec Sebastian. C'est le seul moyen.

— Plutôt frayer avec un lépreux.

— N'en venez plus aux mains avec lui, avertit Nicholas.

— Je m'en garderai bien, dit Elias d'un ton lourd de menace. Car la prochaine fois, personne ne pourrait m'arrêter. Je le tuerais.

Cornelius Gant pointa le mousquet vers la tête du cheval et pressa sans pitié sur la détente. Il y eut une détonation, et un nuage de fumée sortit du canon. Le noble animal se campa bravement sur ses pattes pendant quelques secondes, puis s'effondra, pitoyable, agité de violents soubresauts tandis que les forces vitales s'écoulaient de son corps. C'était un spectacle grotesque, révoltant. Quand les sursauts frénétiques de l'agonie s'apaisèrent enfin, le cheval demeura inerte et silencieux sur les cailloux, sa robe noire luisant au soleil, son corps tordu arrachant des gémissements d'horreur à tous les témoins de cette exécution sommaire. La foule joyeuse devint hostile en un éclair. Elle maudit le maître cruel et forma tout autour un cercle furieux. Cornelius Gant la toisait d'un air de défi. Lorsqu'elle se referma sur lui, menaçant de le châtier, il brandit le mousquet telle une canne et fit mine de frapper. La tension était à son comble.

C'est alors que le cheval poussa un hennissement. Comme au sortir d'une sieste dans un pré verdoyant, il se redressa, hennit encore d'un air malicieux et parcourut des yeux l'assistance médusée. Le visage hideux de Gant se fendit en un sourire édenté tandis qu'il observait l'incrédulité générale. Après avoir diverti la foule par toutes sortes de tours, l'homme et le cheval avaient atteint le clou de leur spectacle avec une intensité dramatique. Cornelius avait abattu Nimbus, qui avait expiré de façon si convaincante que toutes les personnes présentes s'y étaient laissé prendre. Beaucoup versèrent des larmes de soulagement à la vue de cette résurrection. Le soulagement céda le pas à la joie et s'exprima par un tonnerre d'applaudissements. Gant choisit ce moment pour claquer des doigts. Nimbus se releva complètement et s'ébroua avant d'assener un coup de croupe espiègle à son maître. Un nouvel accès d'hilarité accueillit ce dernier tour. Le cheval passa derrière Gant, saisit le bord de son chapeau entre ses dents, puis le souleva avec un autre hennissement. Le chapeau retomba au milieu de la cour et la foule répondit généreusement à cette invite. Une pluie de pièces ruissela dans le couvre-chef. Le cheval et son maître saluèrent à l'unisson.

Cornelius Gant était un homme sec et nerveux de taille moyenne, ratatiné par l'âge et endurci par l'expérience. Son costume était celui d'un soldat démobilisé, toutefois ses yeux porcins et ses traits difformes suggéraient un passé moins honorable. Il ne paraissait à peu près humain que lorsqu'il souriait. Cependant, reconnaissante de son excellent spectacle, la foule passa outre ces défauts physiques et le couvrit de compliments. L'auberge entière bourdonnait de commentaires animés. Gant se félicitait de s'être arrêté à Coventry. Les hostelleries accueillantes lui avaient valu de riches profits trois jours durant, néanmoins il était temps de mener son cheval phénoménal à la prochaine étape de leur voyage vers la capitale. C'était là-bas, à Londres, la plus raffinée des villes européennes, que se trouvaient la renommée et la fortune, or rien de moins ne satisferait l'ambition démesurée de Gant.

Leur départ fut ponctué de bons vœux et d'acclamations retentissantes.

— Nimbus, le plus grand cheval vivant!

— Et plus grand encore quand il est mort!

— Jamais je n'ai vu de spectacle plus étonnant.

— Aucun cœur ne peut leur résister.

— Ils répandront la joie partout où ils iront.

— Cet animal est un don de Dieu.

Le patron du *Berger et la Bergère* vint en se dandinant résumer les sentiments de ses clients. Gant et Nimbus avaient émerveillé les spectateurs. Mais, plus encore, ils avaient été bons pour les affaires. Frottant ses mains boudinées sur son tablier taché de bière, le patron radieux contempla avec gratitude ses hôtes s'éloigner, et eut un petit rire entendu.

— Ils conquerront Londres en moins d'une semaine!

Lawrence Firethorn était d'excellente humeur lorsqu'il se carra contre le dossier de son fauteuil et savoura une dernière gorgée de xérès. Le teint animé par son nouveau succès dans le rôle principal de *Vincentio,* il célébrait son triomphe dans un salon privé à *La Tête de la Reine,* en compagnie de Barnaby Gill et d'Edmund Hoode. Tous trois présidaient aux destinées de la troupe. Acteurs réputés, ils étaient nommés sur la patente royale autorisant l'existence des Hommes de Westfield, ce qui leur donnait droit à une part sur toutes les recettes. Les apprentis se voyaient offrir le gîte et le couvert en plus d'une précieuse formation, les employés — tels Sebastian Carrick et Owen Elias — gagnaient un salaire hebdomadaire, mais les réels bénéficiaires étaient les associés. Outre les avantages financiers, ils avaient la mainmise sur les rôles majeurs de leur répertoire. Leur pouvoir était souverain. Aux yeux de la loi, ils incarnaient la troupe, dont les autres ne constituaient que de simples membres. Les Hommes de Westfield incluaient dix associés, toutefois les décisions stratégiques étaient invariablement prises par les trois plus fortes personnalités. Lawrence Firethorn dominait ce trio.

— J'étais très en voix cet après-midi, fanfaronna-t-il.

— Trop, vous voulez dire ! répliqua Gill, irrité. Vous rugissiez vos vers à l'instar d'un lion blessé. Prononcez vos monologues tels qu'ils sont écrits, Lawrence. N'assourdissez pas vos camarades en tonitruant.

— Le public a adoré mon Vincentio.

— De même que les autres habitants de Londres, car ils vous ont sans doute tous entendu jusqu'au dernier. Pourquoi faut-il que vous brailliez de la sorte ? Même votre silence est bruyant !

— La tragédie exige une voix éclatante.

— En ce cas, messire, la vôtre fut assurément tragique.

Firethorn se hérissa.

— Moi, du moins, je ne marmonnais pas mes répliques comme un vieillard dans sa barbe.

— J'en renforçais le sens par mes gestes subtils.

— Vous avez fort bien fait de vous défier de votre voix, Barnaby. On eût dit un vieux beau cherchant sa proie dans les bordels de Southwark !

— Je ne souffrirai pas plus longtemps cet affront ! s'exclama Gill, frappant d'un poing frémissant sur la table. J'exige d'humbles excuses.

— Exigez tant que vous voudrez, vous n'aurez rien.

— Messieurs, messieurs ! dit Edmund Hoode, interrompant avec lassitude une autre de ces disputes bien trop fréquentes. Tous deux avez donné le meilleur de vous-mêmes dans *Vincentio*. Je serais bien en peine de trouver un défaut dans votre jeu. Chacun alliait en juste part la suavité et la force. Assez de cette vaine querelle. Mettons-nous au travail.

Gill ne transigeait pas sur sa dignité.

— J'ai été insulté.

— Et vous le serez encore, prédit Firethorn. Vous vous prêtez à la moquerie. Si vous voulez siffler comme un serpent sur scène, nous vous trouverons une place dans la ménagerie de la Tour.

— Alors, ils vous enfermeront dans la cage voisine, car ils ont sans doute besoin d'un éléphant !

— Arrêtez, messieurs ! implora Hoode, se jetant entre eux pour empêcher l'éléphant de piétiner le serpent, et le serpent de s'insinuer dans la trompe de l'éléphant pour lui cracher son venin au cerveau. Cette attitude nuit à nos intérêts.

Il leur resservit du vin et multiplia les flatteries. Ils s'apaisèrent peu à peu et oublièrent leur dernière joute verbale. Firethorn, le chef incontesté de la troupe, était un homme remarquable à tous égards, d'un talent et d'une ambition immenses, béni par le génie, mais maudit par la vanité propre à sa profession. Intelligent, séduisant et bien découplé, il se vêtait tel un gentilhomme à la dernière mode. Barnaby Gill était plus court, plus vieux, moins avantagé par la nature. D'une habileté diabolique dans les rôles de bouffon, il réduisait n'importe quel public au fou rire par ses chansons comiques, ses gestes, ses danses et ses mimiques. En ville, c'était un mélancolique sournois, dont le faible pour la société des jolis garçons avait rendu la pique de Firethorn particulièrement douloureuse. Il attachait un soin extrême au choix de sa toilette, mais tombait dans l'ostentation.

Quoi qu'il en fût, si Firethorn et Gill se querellaient sans cesse en privé, ils travaillaient en parfaite harmonie dès qu'ils montaient sur scène.

L'une des principales obligations d'Edmund Hoode consistait à nourrir cette harmonie en écrivant des rôles permettant à chacun de déployer son indubitable brio. Le dramaturge était tenu de produire un flot régulier de nouvelles pièces pour les Hommes de Westfield, ainsi que de parfaire et d'adapter ses œuvres antérieures en vue d'une reprise. A la différence des autres, Hoode n'était pas aveuglé par l'orgueil ou obsédé par le besoin d'impressionner. Grand, mince, le menton glabre, c'était une âme plus douce, un rêveur aux aspirations romanesques. Son visage lunaire aux grands yeux candides et au teint pâle semblait fait pour soupirer d'amour, et il n'avait aucun goût pour les stridentes confrontations auxquelles s'adonnaient ses compagnons.

D'une voix solennelle, Lawrence Firethorn aborda le sujet pour lequel ils étaient réunis :

— Messieurs, il nous faut un autre associé. Le vieux Cuthbert s'apprête à prendre sa retraite et doit être remplacé.

— Je ne suis pas d'accord, déclara Gill.

— La sagesse n'a jamais été votre fort.

— Moins nombreux, nous recevrons une part accrue sur les recettes. Le vieux Cuthbert a servi la compagnie avec loyauté, mais il la sert mieux encore en nous laissant nous partager sa part.

— Placez la nécessité avant la cupidité, dit Firethorn. Dix est un bon nombre, un nombre rond, et nous nous y tiendrons. Alors, messieurs, qui entrera dans le cercle ?

— S'il ne tenait qu'à moi, je choisirais Nick Bracewell, déclara Hoode de but en blanc. Il est la pierre angulaire des Hommes de Westfield. Qu'on nous l'enlève, et nous serions tous aspirés dans les sables mouvants.

— Messire Bracewell n'est qu'un humble régisseur, répliqua Gill avec pétulance. Qu'on ne songe même pas à lui octroyer un tel honneur.

— Si l'on en jugeait à l'aune de la valeur, l'honneur lui serait déjà acquis.

— Certes, Edmund, approuva Firethorn. Nick vaut de l'or. Nul ne l'aime et ne l'estime plus que moi. Mais il ne sera pas, hélas, notre nouvel associé. Nous devons chercher ailleurs.

— Hors de la troupe ? s'étonna Gill.

— Non, en son sein, dit Hoode. Ce statut récompense la loyauté.

— Nous privilégions l'avancement interne, approuva Firethorn. Cela engendre de la bonne volonté et nous assure d'avoir affaire à un ami. Selon moi, il n'y a que deux hommes dans la troupe que nous puissions mettre dans la balance. Sebastian Carrick et Owen Elias.

— Alors ce sera Sebastian, décida Hoode.

— Pour moi, c'est le Gallois, dit Gill en tirant sur sa pipe. Il est chez nous depuis plus longtemps et progresse avec enthousiasme. Owen a son caractère, je le concède, mais cet avancement pourrait l'aider à se policer.

— Sebastian est un vrai gentilhomme, répliqua Hoode. Il pare la scène de grâce, quand Owen se borne à l'occuper. Je ne nie pas que le pays de Galles nous ait donné là un excellent acteur. Owen possède des qualités que Sebastian n'égalera jamais. Par la voix et la présence, il pourrait rivaliser avec Lawrence lui-même, mais sa nature obstinée s'accorde mal avec les responsabilités. Employé, il est l'une des grandes forces de la compagnie. Partenaire, il pourrait en devenir le maillon faible.

— Je me range à votre avis, Edmund, dit Firethorn. Sebastian est de meilleure composition. Ce sera donc lui.

— Non. Owen Elias, insista Gill.

— Carrick.

— Je lui donne également ma voix, déclara Hoode. Il est notre associé.

— Où trouvera-t-il sa participation ? objecta Gill, exhalant un nuage de fumée. Sebastian doit acquérir sa part. Il se montre prodigue de son argent et plus encore de celui qu'il emprunte. Owen Elias, lui, est consciencieux et frugal. Sebastian est trop épris de ses plaisirs.

— Nul ne saurait être blâmé pour cela, dit Firethorn avec désinvolture, car aucun d'entre nous n'échapperait à la critique. Mais vous soulevez là une question pertinente, Barnaby, à laquelle il faut répondre. Comment Sebastian nous fournira-t-il la mise de fonds nécessaire ?

— Il compte de nombreux amis riches, répondit Hoode.

— Ils le sont moins depuis qu'ils le connaissent, remarqua Gill en faisant la grimace.

— Il trouvera l'argent. Il aspire à devenir membre à part entière de notre troupe. Faites-lui confiance, Lawrence.

— Un doute se forme en mon esprit, admit celui-ci.

— Je vois un moyen de l'apaiser. Ne nous engageons pas trop tôt, proposa Hoode. Nous mettrons Sebastian à l'épreuve en lui offrant une demi-part. S'il tire son épingle du jeu, il prendra la place du vieux Cuthbert. N'est-ce pas la meilleure solution ?

Lawrence Firethorn caressa sa barbiche noire en pointe en soupesant le pour et le contre. Gill tapota sa pipe contre le bord de la table et renifla bruyamment. Après mûre réflexion, les deux hommes acquiescèrent. Sebastian Carrick subirait une période probatoire. Il ne restait plus qu'à en déterminer la durée, ainsi que l'importance de son apport financier.

Gill entrevit une éventuelle difficulté.

— Comment le persuader qu'une demi-part est un honneur, et non une humiliation ?

— Rien de plus aisé, répondit nonchalamment Firethorn.

— Sebastian le prendra comme un pas vers la gloire, soutint Hoode. Il comprendra notre prudence.

— En ce qui me concerne, c'est plus que de la prudence, ironisa Gill.

— Renoncez à toute objection, le pressa l'auteur dramatique.

— Oui, conclut Firethorn. Pour gagner sa confiance, accordons-lui la nôtre. N'ayez aucune crainte au sujet de Sebastian. L'avenir prouvera que nous avons fait le bon choix. J'en mettrais ma tête à couper.

Turnmill Street était la voie la plus mal famée de tout Clerkenwell. Longue, sombre, dangereuse, rongée par la maladie et par le vice, elle suivait une direction parallèle au fleuve avant de s'incurver pour se jeter brusquement dans Cow Cross. Dans ses passages et ses allées fétides, dans ses cours exiguës, ses tavernes et ses taudis sordides, toutes sortes de plaisirs graveleux étaient achetés et vendus. Les catins de Turnmill étaient les plus turbulentes et les plus complaisantes de Londres. Elles donnaient chaque nuit rendez-vous aux gentilshommes et aux roturiers, aux soldats et aux marins, aux marchands et aux hommes de loi, aux campagnards ébaudis et aux citadins blasés. A l'enseigne du *Coq*, de *La Fleur de lys*, de *La Hache bleue*, de *La Grille rouge* et autres lieux de dépravation éhontée, un débauché pouvait perdre son âme en échange de la vérole. Turnmill Street était un repaire d'infamie. Les bordels et les maisons de jeu, les bouges et les tavernes, les courtisanes et les gitons ne connaissaient qu'un seul maître. Il demeurait en Enfer.

De tous ces lieux de rendez-vous, aucun n'était plus populaire que *Le Chaume hérissé*, ainsi dénommé en raison de sa demi-porte supérieure entourée de piques, par sécurité. C'étaient là une enseigne et un nom courants pour un bordel, toutefois l'établissement de Turnmill Street surpassait tous les autres en luxure. Il était dirigé par Bess Bidgood, une masse de chair flageolante, et sa réputation valait une large clientèle aux nombreuses prostituées que la mère maquerelle abritait sous son toit crapuleux. On trouvait toujours la qualité comme la quantité, au *Chaume hérissé.*

Le jeune homme nu allongé sur le lit, joyeux bien qu'épuisé, ne regrettait pas d'avoir opté pour la qualité. Quand Bess Bidgood avait placé ses dames en ligne afin qu'il pût choisir à sa guise, son œil exercé avait sélectionné la plus mince. Frances n'était pas la fille dodue en taffetas rouge que convoitaient la plupart des hommes, mais une créature féline, fine et alerte, dotée d'un charme sensuel qui n'appartenait qu'à elle. Il voulait une rebelle et n'aurait pu trouver plus féroce que ce chat sauvage. Elle mordit et lutta tout le long de leurs ébats, laissant son empreinte sur son dos, qu'elle laboura de l'épaule jusqu'aux reins. La douleur et le plaisir se confondirent, et il connut l'extase.

Frances était enchantée. Ce n'était point là un époux suant qui la bassinait au sujet de sa femme, ni un grossier fanfaron s'activant sans se soucier d'elle, ni un malheureux ivrogne à la virilité défaillante qui finissait par ronfler. Pour une fois, elle avait trouvé un amant digne de ce nom, un beau soupirant qui sentait ses désirs et y répondait par les siens. Tout en effleurant les sillons rouge vif sur son dos, elle admirait la musculature de son corps lisse et savourait la douce caresse de sa barbe entre ses seins. Dans la chambre sordide aux murs humides couverts de draps peints, ils ressentaient une tendresse proche de l'amour. Toutefois, ce fut bientôt fini. Il se leva et s'habilla pendant qu'elle attendait son paiement, peignant ses longs cheveux noirs d'une main languide, déjà résignée à la passion plus brutale de son prochain client.

Avec un chaleureux sourire de gratitude, il déposa quelques couronnes dans le gobelet sur le sol, puis passa son bras autour d'elle pour baiser longuement ses lèvres une dernière fois. Enfin, il ouvrit la porte et sortit très vite. Frances prit le gobelet et le trouva vide. Ce baiser d'adieu n'avait été qu'un tour cruel du jeune homme afin de recouvrer son argent, lui laissant de l'amertume pour tout souvenir. Elle s'empara du couteau caché sous son oreiller et courut dans le couloir sombre, mais son client avait déjà disparu dans l'escalier. Elle regagna prestement sa chambre et ouvrit la fenêtre à toute volée, attendant que l'amant perfide sorte dans la rue avant de donner un signal en brandissant son couteau. Elle se retourna alors vers la chambre et projeta l'arme avec tant de force sur la porte que la lame s'enfonça de deux pouces dans le bois, où elle continua à vibrer.

Pendant ce temps, le jeune homme s'éloignait d'un pas joyeux, songeant que son corps était un cadeau suffisant pour n'importe quelle femme et que, en toute justice, Frances aurait dû le payer. Il éclata de rire en l'imaginant, effarée, devant le gobelet vide, et se félicita d'avoir tant obtenu au *Chaume hérissé*, surtout pour si peu. La nuit avait été des plus plaisantes.

— Halte-là ! lança une voix derrière lui.

— Qu'y a-t-il ?

Il s'était tourné pour poser la dernière question de son existence. La réponse prit la forme d'une hache qui surgit des ténèbres avec une force vengeresse pour lui fendre le crâne entre ses yeux surpris. Le sang ruissela en un instant et emplit sa bouche ouverte. Avant même d'avoir touché terre dans un tas d'immondices, il était mort.

Sebastian Carrick avait payé pour son plaisir, après tout.

2

Une compagnie théâtrale était pareille à une famille, un groupe d'êtres temporairement unis par un foyer et un objectif communs. L'affection filiale était spontanée, les liens intimes s'épanouissaient. Une profonde loyauté régnait. Les habitudes propres à chacun étaient tolérées dans cet ample giron. Le sang était plus épais que l'eau. Un acteur désœuvré était un vagabond sans ami, abandonné dans un désert hostile ; retrouvait-il un emploi, il obtenait l'accès instantané aux conforts d'un foyer. L'exilé solitaire était accueilli tel le fils prodigue.

Nicholas s'employait à encourager l'esprit de famille au sein des Hommes de Westfield ; les visages pouvaient changer, le sourire restait le même. La continuité dans le style et dans l'intention était essentielle. Nul plus que lui n'était sensible aux humeurs et aux personnalités diverses des membres de la troupe, et il concourait à les souder. Tandis que Lawrence Firethorn assurait la fonction du grave père de famille — et Barnaby Gill de la mère poule caquetante —, Nicholas leur marquait les attentions d'un bon oncle qui se soucie sincèrement de tous ses neveux. Il ne lui fallait guère longtemps pour découvrir leurs habitudes.

— Bien le bonjour, messire Bracewell !

— Bonjour, Thomas.

— Que donne-t-on, aujourd'hui ?
— *Mariage et Discorde.*
— Bancs et buissons.
— Vous dites vrai, Thomas : bancs et buissons.

En ce début de matinée, Nicholas était arrivé, comme toujours, le premier à *La Tête de la Reine*. Il connaissait l'ordre précis dans lequel ses camarades apparaîtraient. D'abord, Thomas Skillen. Le vieux machiniste tirait de ses quarante ans de théâtre la faculté de réduire n'importe quelle pièce à une expression qui la définissait. *Mariage et Discorde* était une comédie animée fondée sur les quiproquos, dans un jardin où chacun surprenait des conversations qui ne lui étaient pas destinées. Ce joyeux divertissement était servi par des personnages pittoresques et une intrigue compliquée, mais le vieil homme l'avait résumé à la perfection. Des accessoires où s'asseoir, d'autres derrière lesquels se cacher. Des bancs et des buissons.

Un adolescent accourut vers eux.

— Bonjour, messieurs !

— En retard, George, grommela le machiniste.

— Vous êtes parfaitement à l'heure, mon garçon, dit Nicholas d'un ton chaleureux. Arrêtez-vous et reprenez votre souffle.

— C'est que j'ai couru !

— Levez-vous plus tôt et venez à votre travail en marchant, dit Skillen. Vous suez comme un porcelet sur une broche.

George Dart était le plus petit, le plus jeune et le plus mal traité des membres de la compagnie. Il constituait un souffre-douleur idéal et même l'amitié du régisseur ne pouvait le protéger du fouet. En tant qu'assistant machiniste, il se voyait toujours chargé des corvées les plus fastidieuses, et il se résignait déjà à transporter toute la journée les buissons les plus piquants et les bancs les plus lourds. Sans doute Thomas Skillen était-il tout courbé par le grand âge, mais il savait encore pincer l'oreille de ses subalternes pour les faire redoubler d'efforts. *Mariage et Discorde* vaudrait son lot ordinaire de horions et de soufflets à George, qui, bizarrement, s'en sentirait rassuré. Ces coups lui prouvaient qu'il était accepté par la troupe. La douleur était son bercail.

Nathan Curtis, le suivant, entra à grands pas dans la cour de l'auberge. Maître charpentier de la compagnie, il était constamment sollicité pour fabriquer ou réparer décors et accessoires. Sur ses talons venait Peter Digby, le chef des musiciens, maigre comme un ermite. Nerveux par tempérament, il aimait être là bien avant qu'on eût besoin de lui. Quand le premier des acteurs les rejoignit, Nicholas ne se retourna pas pour voir de qui il s'agissait. Dès qu'il entendit des pas approcher derrière lui, il crut pouvoir identifier le nouveau venu.

— Bonjour, Sebastian.

— Vous m'insultez, dit une voix à l'accent gallois.

Nicholas fit volte-face avec surprise.

— Owen ?

— Soi-même.

— J'aurais cru...

— Pour une fois, c'est moi qui suis le premier.

Le régisseur accueillit cordialement Elias et discuta de son rôle dans la pièce du jour, montrant un intérêt réel pour le jeu de son camarade et lui apportant de précieuses suggestions. Néanmoins, tout en conversant, il gardait les yeux fixés sur le portail principal de la cour, attendant l'arrivée imminente de Sebastian Carrick. Ce dernier avait peut-être un penchant pour la débauche, mais c'était aussi un acteur consciencieux qui plaçait son métier avant tout le reste. Même après une longue nuit dissolue, il était d'ordinaire le premier des comédiens à se présenter. A vrai dire, c'était cet enthousiasme intarissable pour son travail — dissimulé sous un dédain nonchalant — qui faisait de Carrick un associé possible pour les Hommes de Westfield. Le manque de ponctualité lui était à ce point étranger que son absence prolongée devenait préoccupante.

Nicholas monta la garde, mais ne vit pas signe de lui. Hugh Wegges, le costumier, parut ensuite avec Richard Honeydew, le plus jeune et le plus talentueux des apprentis. Les autres employés arrivèrent par deux ou trois jusqu'à ce que la majorité de la troupe fût assemblée dans la cour, mais Sebastian Carrick ne daignait toujours pas se montrer. Alors que les retardataires se dépêchaient d'entrer, la nervosité de Nicholas se teinta d'inquiétude. Seul un contretemps d'une extrême gravité pouvait obliger l'acteur à rater une répétition, surtout alors qu'il y interprétait un second rôle essentiel.

Comme c'était à prévoir, Lawrence Firethorn survint le dernier et à cheval, afin de pouvoir faire une entrée remarquée. Traversant la cour en pleine effervescence, il passa ses compagnons en revue d'un air de grand seigneur, puis souleva son chapeau pour répondre aux salutations qu'on lui adressait. Quand un palefrenier vint prendre sa monture, l'acteur-directeur mit pied à terre et convoqua son régisseur.

— Nick, cher cœur ! Un mot.

— Autant que vous voudrez.

— Allons à l'écart, murmura Firethorn, l'entraînant dans un coin tranquille. Nous avons tenu une conférence privée, hier, pour décider du choix d'un nouveau partenaire. Sebastian Carrick a été préféré à Owen Elias. Cette décision rencontre-t-elle votre adhésion ?

— Pas tout à fait, répondit Nicholas. Les deux hommes en sont dignes à bien des égards, toutefois Owen Elias l'emporte par le talent et l'expérience.

— D'autres arguments ont plaidé contre lui.

— Sebastian a ses défauts, lui aussi.

— Nous avons néanmoins résolu de lui offrir de l'avancement. Je veux que vous lui fassiez part de cette heureuse nouvelle.

— Il n'est pas ici pour l'entendre.

— Pas ici ? Notre lève-tôt serait encore au lit, pour une fois ?

— J'espère que c'est le cas.

— Quel autre motif aurait-il de tarder ? répliqua Firethorn. Il arrivera sous peu. Je lui chaufferai les oreilles pour sa fainéantise, après quoi vous y mettrez du baume grâce à cette nouvelle opportune. N'ayez crainte, Nick, ajouta-t-il, voyant l'air sombre de son compagnon et lui tapant sur l'épaule avec familiarité. Rien de mal ne lui est arrivé. Sebastian peut arpenter les rues les plus noires de cette cité en toute sécurité. Soyez-en assuré, il ne sera pas tombé dans quelque coupe-gorge.

Quand le cavalier parut à l'horizon, les deux hommes ne purent croire à leur chance. Voyager en rase campagne était toujours une entreprise hasardeuse. Les vagabonds, les hors-la-loi, les détrousseurs, les mendiants et les hommes sans feu ni lieu étaient une constante menace pour les imprudents. Les bandes occasionnelles de bohémiens créaient un danger supplémentaire pour le voyageur solitaire. La plupart des gens cheminaient en compagnie lorsqu'ils se rendaient d'une ville à une autre, et entreprenaient rarement de longs trajets sans une escorte adéquate. Pourtant, cet homme-là était complètement seul. Bien vêtu, pour autant qu'ils pouvaient en juger à cette distance, et monté sur un vigoureux étalon noir qui avançait au petit galop sur la piste inégale. Plus le cavalier approchait, plus les deux hommes étaient convaincus que la chance leur souriait. A califourchon sur leurs propres montures, ils se tapirent à l'abri d'un bosquet pendant que leur proie descendait obligeamment la colline dans leur direction. Un seul regard de connivence scella son destin et ils tirèrent leur épée pour l'embuscade.

Mais l'attaque ne fut même pas nécessaire. Quand

l'homme se trouva à quarante pas, il arrêta soudain son cheval près d'un buisson de genêts et se laissa tomber de la selle. Dégrafant son haut-de-chausses, il s'enfonça derrière le fourré dans le but évident de se soulager, et les spectateurs sourirent de toutes leurs dents. Ils n'auraient même pas besoin d'armes pour ce travail. C'était le cheval qu'ils voulaient. Ils n'avaient pas vu si bel animal depuis longtemps, avec sa robe lustrée et cet air racé qui révélaient leurs montures pour ce qu'elles étaient, de pauvres rosses infestées de puces. Il était entièrement noir, à l'exception d'une tache blanche qui s'étirait de l'oreille aux naseaux tel un éclair au milieu de nuées d'orage. Le cheval et la selle composaient déjà un assez riche butin, mais les fontes en cuir repoussé, au renflement prometteur, leur réservaient peut-être de plus belles satisfactions. Pendant ces deux minutes fatales derrière des genêts, le cavalier serait soulagé de bien plus que d'une envie pressante.

Les bandits de grand chemin ne s'attardèrent pas davantage. Éperonnant leurs chevaux, ils encadrèrent l'étalon et l'un deux s'empara de ses rênes au passage. Une triple galopade résonna sur la piste dure, et un cri d'horreur monta de derrière les buissons. Les brigands s'esclaffèrent de ce qu'ils prenaient pour les insultes de leur victime les poursuivant le cul à l'air, mais le malheureux voyageur laissait éclater sa propre hilarité. Ayant remonté son haut-de-chausses, il s'assit à l'ombre d'un orme et tira une pomme de sa poche. Il la croqua et mastiqua joyeusement, avec l'inébranlable certitude qu'il n'aurait pas longtemps à attendre.

Au bout d'une demi-lieue, les deux hommes s'arrêtèrent dans une clairière afin d'estimer le fruit de leur rapine. Le cheval volé avait encore plus de prix qu'ils n'avaient imaginé et sa selle était une œuvre d'art. Ils s'empressèrent de mettre pied à terre et agrippèrent les fontes de cuir, erreur qu'ils allaient chèrement payer.

L'étalon se dressa sur ses jambes arrière et rua sauvagement. Surpris, ils roulèrent par terre, en proie à une terreur mortelle. Mais au lieu de les piétiner, l'animal émit un hennissement aigu tel un signal aux autres chevaux. Sans que les deux brigands pussent les retenir, tous trois partirent au grand galop dans la direction d'où ils étaient venus.

Cornelius Gant avait presque fini sa pomme lorsque Nimbus revint avec ses compagnons. Le vieil homme lui donna une petite tape pour le féliciter, puis lui offrit le trognon en gage supplémentaire de gratitude. En quelques minutes, il fouilla les deux chevaux. Des sacs accrochés au pommeau révélèrent de la nourriture, de l'argent et des objets volés. Quand il eut transféré l'avoine sur Nimbus, il donna aux autres une tape sur la croupe qui les fit partir à fond de train vers les sous-bois. Cornelius Gant et Nimbus poursuivirent allégrement leur chemin vers Banbury.

Ce voyage s'annonçait fertile en péripéties.

Mariage et Discorde était un succès de toujours qui attira à *La Tête de la Reine* un public nombreux et bruyant. Il ne fut pas déçu par cette toute dernière version. La comédie était menée tambour battant avec une maîtrise sans faille. Hurlant de joie et secoués par le fou rire, les spectateurs ne soupçonnèrent pas un instant que le véritable drame s'était joué dans les coulisses, menaçant sérieusement leur spectacle. L'absence définitive de Sebastian Carrick avait forcé la troupe à des changements de dernière minute qui avaient sapé son moral, et l'entrée en scène ne s'était pas opérée sans une vive agitation. Mais les comédiens s'étaient montrés à la hauteur de la situation, qu'ils avaient su cacher à l'assistance. Owen Elias avait accueilli cette promotion subite avec délices, interprétant le rôle de son rival comme s'il l'avait répété toute sa vie. En mari jaloux soupçonnant à tort sa femme de lui être infidèle, il rageait et écumait, à la fois plus comique et plus incisif que l'acteur qu'il remplaçait. L'assurance d'Elias fut tel un cordial sur ses compagnons et ils réagirent en conséquence. Lawrence Firethorn, ovationné avec sa troupe à la fin de la pièce, sut qu'ils venaient de donner une de leurs meilleures représentations de *Mariage et Discorde.*

Debout à sa place accoutumée, Nicholas s'était concentré tout entier pour souffler, indiquer les entrées en scène, prodiguer ses conseils et, plus généralement, contrôler le chaos tourbillonnant qui régnait dans les coulisses. Il avait pu se détendre un peu par moments et réfléchir à l'absence de Sebastian. Elle était aussi troublante que singulière. Un comédien fier de son travail et de sa ponctualité avait commis une faute impardonnable : faire faux bond à la troupe. Il n'avait même pas envoyé de message pour les avertir. Était-il souffrant ? Avait-il été détourné du droit chemin de propos délibéré ? Pouvait-il être encore endormi après une nuit de débauche ? Nicholas ne croyait rien de tout cela. Une explication plus sombre s'imposait, et le régisseur éprouvait une pénible appréhension.

Celle-ci ne s'apaisa pas lorsqu'il observa Owen Elias, saluant bien bas et se délectant des applaudissements comme s'il avait incarné le personnage principal. Quand on lui avait demandé de jouer au pied levé, le Gallois n'avait marqué ni surprise ni inquiétude mais s'était simplement emparé du livre de régie pour étudier son nouveau rôle. Pendant qu'il apprenait ses répliques, Hugh Wegges l'aida à enfiler sa tenue et tira prestement l'aiguille pour apporter les retouches nécessaires. Owen Elias était d'un calme déconcertant, comme s'il avait su d'avance qu'on aurait besoin de lui pour pallier la défaillance d'un camarade, et il s'y appliquait avec une adresse impressionnante. Nicholas se demanda malgré lui si son ami était lié à la disparition opportune de Sebastian Carrick.

Alors que les applaudissements faiblissaient, Lawrence Firethorn se courba pour un dernier salut flamboyant avant de reconduire la troupe dans la loge. L'acteur radieux se mua en un employeur outré.

— Où diable est-il, Nick ?

— J'aimerais bien le savoir, répondit Nicholas.

— Il sera renvoyé de la compagnie !

— Point tant de hâte, messire. Sebastian n'est peut-être pas fautif, en l'occurrence. Il a certainement été retenu. C'est un acteur beaucoup trop loyal pour nous trahir de son plein gré.

— Nous avons frôlé le désastre !

— Vous en avez fait un triomphe.

Firethorn se rengorgea.

— Mon talent n'est jamais plus sublime que dans l'adversité.

— Owen Elias est notre héros du jour, intervint Barnaby Gill, saisissant l'occasion de piquer le chef de la troupe. Vous voyez à présent, j'espère, que prendre Carrick pour associé serait inepte. Sa conduite est inqualifiable. Le Gallois est d'un métal plus noble. Aujourd'hui, son jeu possédait un peu de votre génie, Lawrence.

— Il était passable, maugréa Firethorn.

— Il nous a sauvés, mon cher.

Barnaby Gill brossa un portrait élogieux d'Elias, où il mit en avant chaque qualité constituant une vague menace pour l'acteur vedette. La principale objection de Firethorn à l'encontre d'Owen Elias était leur étrange ressemblance dans l'apparence et la technique. Elias n'aurait sans doute jamais le talent suprême de son employeur, toutefois il savait prononcer une tirade comme s'il montait à l'assaut, et il produisait son effet pour peu qu'on lui en laissât l'opportunité. Firethorn se sentait moins menacé quand le Gallois se morfondait dans des rôles de figuration. Gill, qui n'avait rien à craindre de lui, pouvait chanter ses louanges tout son soûl et causer le plus de désagrément possible à son collègue.

— Où est votre précieux Sebastian ? le taquina-t-il.

— Je voudrais bien le savoir, figurez-vous !

Gill eut un petit rire cassant.

— Voilà l'homme pour lequel vous risqueriez votre tête, Lawrence ! Préparez donc le billot.

Il rit à nouveau de son air sarcastique, puis tourna les talons. Firethorn fit volte-face pour ordonner à Nicholas :

— Trouvez Sebastian !

— Dès que j'aurai terminé ici.

— Trouvez-le immédiatement !

— La tâche sera peut-être ardue.

— Trouvez-le et amenez-le-moi.

— Je crains pour sa sécurité.

— Vous avez quant à cela les meilleures raisons du monde, messire, répliqua Firethorn de toute son âme. Dès que je verrai ce traître, je lui pourfendrai le crâne !

D'épais bandages étaient enroulés autour du crâne pour créer un semblant de naturel, mais en vain. Imbibés de sang, loin de masquer la blessure, ils en soulignaient simplement la terrible brutalité. Le corps était nu sur le marbre, sous un linceul sale. Les yeux aveugles fixaient le plafond et la bouche était encore grande ouverte. Du sang coagulé défigurait le visage triste sous le bandage rouge. D'autres cadavres gisaient en paix alentour, acceptant leur sort et attendant l'inhumation dans un esprit de résignation chrétienne. Mais Sebastian Carrick était encore troublé. Durant son ultime instant, cruel et fugitif, en ce bas monde, il avait posé une question qui le poursuivait dans cette morgue et continuait à hanter son esprit absent. Dans le froid silence de la mort, ses traits hideux se tordaient en une interrogation assourdissante.

Qui avait voulu sa mort ?

Giles Randolph n'était pas encore le plus illustre comédien de Londres, mais il avait l'intention de mériter ce superlatif à tout prix. Acteur vedette des Hommes de Banbury, il choisissait ses rôles avec un soin jaloux et les interprétait avec panache. Les foules affluaient pour le voir et célébraient sa troupe, toutefois Randolph n'était pas satisfait. Au milieu des vivats, il croyait distinguer des chuchotements dubitatifs sur son art. Il lui restait encore à démontrer une fois pour toutes sa supériorité sur Lawrence Firethorn, auquel il vouait un respect involontaire et une haine implacable. Les Hommes de Banbury ayant établi leur foyer permanent au *Rideau,* l'un des rares théâtres de Londres construits tout exprès pour les représentations dramatiques, ils avaient l'avantage sur leurs rivaux de *La Tête de la Reine,* sans parvenir pour autant à en tirer profit. Chaque fois que l'ambitieux Randolph créait un nouveau rôle pour éblouir son public, Firethorn trouvait le moyen de l'éclipser. On ne pouvait permettre qu'une telle situation perdure. Le noble mécène de la compagnie en prenait ombrage.

— Ce drôle a un peu de talent, dit le comte avec un mépris nonchalant, mais pas assez pour expliquer leur succès. En quoi réside leur secret ?

— Une chance insolente, monseigneur.

— Il y a plus là-dessous que de la chance.

— Edmund Hoode est un dramaturge passable.

— Ses œuvres tiennent mieux la scène que les nôtres.

— Barnaby Gill parvient toujours à arracher quelques sourires.

— C'est le comique le plus apprécié de Londres, répondit dédaigneusement le comte. Néanmoins, cela n'explique pas tout. Firethorn, Hoode et Gill ne suffisent pas à eux seuls à justifier la maudite célébrité de la maudite troupe de Lord Westfield.

Ils étaient installés dans un salon privé d'une auberge biscornue proche du *Rideau, Au Taureau et au Boucher*, à Shoreditch. En ce début de soirée, ils s'y étaient rendus après une excellente représentation des Hommes de Banbury. Giles Randolph était grand, svelte et majestueux, avec un côté italien qui donnait à son expression quelque chose d'un peu machiavélique. Sa voix était un superbe instrument, mais il en était par trop conscient. Même dans une conversation, il avait tendance à poser et à parler haut. En compagnie de son mécène, il savait se faire flatteur et caressant. Le comte de Banbury était un vieillard libidineux qui grattait continuellement son bouc de ses doigts chargés de bagues. Bien qu'il ressentît de longue date un intérêt sincère pour les arts, il attendait en retour de sa protection plus que son dû de gratitude. Il se servait de sa compagnie théâtrale pour assouvir sa vénalité et pour faire pâlir l'étoile montante des Hommes de Westfield. La noblesse de sentiment lui était inconnue.

Soucieux d'élégance et le ventre bridé dans un corset, le comte de Banbury haïssait Lord Westfield autant que Giles Randolph exécrait Firethorn. Entre les deux mécènes, toutefois, cette haine revêtait un caractère politique. A la cour où sévissaient l'ambition et l'intrigue, les deux hommes arboraient leur compagnie tel un collier honorifique. Ce qui se passait sur scène au *Rideau* ou à *La Tête de la Reine* avait donc une incidence sur le duel que les aristocrates se livraient déjà depuis de longues années.

Le comte vida jusqu'à la dernière goutte son gobelet d'argent.

— Dorénavant, les Hommes de Banbury doivent briller au zénith.

— Ils brilleront, monseigneur, assura Randolph d'un

ton déférent. Nous traverserons le firmament telle une comète.

— Je veux que vous en effaciez le nom de Westfield. Il offense ma vue.

— Un plan est d'ores et déjà mis en œuvre.

— Ne montrez aucune pitié envers ces misérables.

Giles Randolph se carra contre son siège avec un fin sourire.

— Ils seront blessés par le talon d'Achille.

Quand Nicholas vint identifier le corps, on avait nettoyé le sang coagulé qui couvrait son visage, mais l'homme était malgré tout méconnaissable. La hache, en fendant son crâne, avait recomposé ses traits en une macabre caricature de leur beauté d'antan. Nicholas reconnut son ami plus d'instinct que par son apparence. Les effets du défunt servirent à confirmer sans le moindre doute qu'il s'agissait bien de Sebastian Carrick. Un acteur fier avait ainsi dû faire une sortie humiliante, toutefois Nicholas éprouvait une faible consolation dans sa tristesse. La mort de Carrick avait été fulgurante. Un tel carnage n'avait pas laissé place à de longs tourments. Les affres de l'agonie lui avaient été épargnées.

Tandis que le régisseur contemplait la dépouille sur la table glaciale, le chagrin céda le pas à une bouffée de colère. Un camarade aimé avait été fauché dans la fleur de l'âge. Alors qu'il était sur le point de sortir du rang, Sebastian avait été séparé à jamais du monde du théâtre qu'il aimait tellement et auquel il consacrait son talent. Tant de gâchis et d'injustice indignaient Nicholas. Il se détourna du corps, luttant pour contenir sa rage impuissante, pour la canaliser à des fins plus utiles. Les Hommes de Westfield avaient forgé une entente fraternelle entre les deux amis. Nicholas aspirait à venger son compagnon, au nom de la famille entière.

Le gardien du dépôt mortuaire était un individu à

l'allure spectrale, dont la voix évoquait le bruissement des feuilles. Il poussa son visiteur du coude.

— Il aura bien profité de ses derniers instants.

— Que dites-vous ?

— Regardez, messire.

Le gardien retourna le corps sur le côté pour révéler les sillons rouges le long du dos, et laissa échapper un rire dur, semblable à un caquet de sorcière.

— Voyez, c'est l'œuvre d'une femme ! Il sortait d'un lupanar.

Nicholas examina les longues griffures parallèles sur la peau livide, puis reposa doucement le corps sur le dos avant de le recouvrir du linceul. Bien que l'endroit fût parfumé par des aromates, la puanteur omniprésente de la mort s'insinuait dans les narines et prenait à la gorge. Nicholas commença à tousser et ressentit un haut-le-cœur. Il était temps de partir. Il pria en silence pour le salut de Sebastian, puis sortit rapidement, et éprouva une véritable félicité à retrouver l'air pur. Un triste devoir s'était avéré une insupportable épreuve.

Ses pires craintes se trouvaient désormais confirmées. Le dépôt mortuaire avait été sa toute première étape. Convaincu que seule la mort avait pu contraindre Sebastian à rater son entrée, il était allé voir la dernière moisson de cadavres récoltée dans les faubourgs sordides. L'acteur était du nombre, les traits tourmentés, ses yeux vitreux encore épouvantés par la manière dont la mort l'avait surpris. D'autres avaient connu des fins violentes, cette nuit-là, mais aucune qui égalât cette horreur absolue.

Nicholas se rendit aussitôt chez le coroner afin de confirmer officiellement l'identité du défunt, mais, non sans embarras, il s'aperçut qu'il ne savait à peu près rien d'autre sur lui. Le coroner, pressant, réclama des détails dont il ne disposait pas. A part son nom et son métier, Nicholas ignorait tout de Sebastian Carrick. Il l'avait accepté de confiance dans une profession où la valeur se mesurait à l'aune du talent, où l'existence de la troupe était tout. Les comédiens discutaient essentiellement de leur travail. Carrick semblait passer le plus clair de son temps libre à boire, à jouer, à courir le guilledou et à emprunter afin de satisfaire ses passions.

— Et sa famille ? interrogea le coroner.

— Il n'en parlait jamais, répondit Nicholas.

— Le défunt était-il londonien de naissance ?

— Il n'y faisait pas allusion.

— Ne pouvez-vous donc absolument rien me dire de sa situation ?

— Je crains que non, messire.

— Il était pourtant votre collègue.

— Et un ami dont le souvenir restera précieux.

— Messire Bracewell, reprit le coroner, un vieillard rondelet aux lourdes bajoues et aux paupières tombantes, vous abritiez un étranger parmi vous. Pouvez-vous qualifier d'ami un homme aussi secret sur son passé ?

— Sans doute avait-il une bonne raison pour cela.

— Nous n'en devinerons jamais la nature. Mon verdict sera donc simple : homicide par une ou plusieurs personnes inconnues.

— Qui a découvert le corps ? demanda Nicholas.

— Deux officiers du guet, Josiah Taplow et William Merryweather. Des gaillards sérieux qui connaissent leur devoir.

— Où pourrais-je les trouver ?

— En ce moment même, ils sont en service.

Nicholas le remercia et prit congé. Profondément choqué par le meurtre et ses conséquences pour la compagnie, il était troublé, de surcroît, de tout ignorer du passé du défunt. Peut-être existait-il quelque part une famille en droit d'être informée de son décès. Ou des personnes à charge, pour qui ce tragique événement serait une catastrophe. Retrouver et prévenir ces gens était un simple geste d'humanité. Au lieu de faire le tour de Clerkenwell à la recherche des deux officiers du guet, il coupa donc au plus court vers Shoreditch, et le logis de Carrick. C'était une vilaine petite bicoque toute de guingois dans une rue étroite, néanmoins la propriétaire tenait son intérieur à la perfection. Elle écouta Nicholas avec une consternation des plus maternelles puis elle le conduisit à l'étage, dans une chambrette d'une propreté méticuleuse, à laquelle des poutres et un plancher de chêne brillant donnaient un aspect confortable. Les possessions de Carrick se réduisaient en grande part à des vêtements et à quelques affiches cornées annonçant d'anciennes représentations des Hommes de Westfield. Examinant tout avec soin, Nicholas interrogea la logeuse sur son locataire, mais elle eut peu d'informations à lui fournir, hormis l'assurance que cet hôte charmant lui manquerait. La voyant fondre en larmes, son visiteur se félicita d'avoir omis les détails sinistres du meurtre. Durant son bref séjour, l'acteur s'était attiré l'affection de la brave femme.

— C'est donc tout ce que vous pouvez m'apprendre ? insista Nicholas.

— Excepté qu'il était toujours en retard pour son loyer, dit-elle avec une réprobation nostalgique. Mais il inventait de si jolies excuses que je ne lui en voulais pas vraiment.

— Recevait-il beaucoup ?

— Jamais, à ma connaissance.

— Savez-vous le nom de son tailleur ? De son barbier ? De ses amis ?

— On le voyait si rarement !... Mais j'oubliais sa cassette ! Vous y découvrirez peut-être ce que vous cherchez.

— Où la rangeait-il ? demanda Nicholas, reprenant courage.

— Ici, messire. Je vous la donne immédiatement.

Elle s'agenouilla et tâtonna sous le lit d'où elle tira un pot de chambre vide. Derrière celui-ci, elle trouva un coffret en bois entouré de ferrures. Quand elle le remit à Nicholas, il vit que la clef était dans la serrure et en conclut à juste titre qu'il ne renfermait rien de valeur. Il souleva le couvercle et inventoria le contenu, sentant son espoir se briser devant les babioles et les notes impayées. Puis son intérêt se ranima. Au fond de la cassette, une lettre reçue à peine quelques jours plus tôt lui fournit de précieuses indications sur le destinataire. La missive provenait de son père, un certain Andrew Carrick, dont l'écriture et le style élégants dénotaient l'instruction.

A l'évidence, le père désapprouvait le choix professionnel de son fils, mais s'enquérait néanmoins avec sollicitude des progrès qu'il accomplissait. Toutefois, ce fut le ton enjoué de cette lettre qui surprit Nicholas. Vu sa situation, le père eût été en droit de se plaindre, voire de s'apitoyer sur son sort, pourtant il n'y avait pas trace de cela. Tant de bonne humeur était pour le moins remarquable, car Andrew Carrick n'écrivait pas d'une confortable gentilhommière dans le Suffolk.

Il était prisonnier à la Tour de Londres.

3

Lawrence Firethorn rentra lentement à Shoreditch sur son cheval, d'une humeur excédée qui lui était peu familière. Toute représentation devant un public adorateur accroissait sa pétulance naturelle et le transformait en une fontaine jaillissante d'affabilité et de bon vouloir. Il disséquait alors la pièce avec Barnaby Gill et Edmund Hoode, s'efforçant de l'affiner afin qu'elle soit encore meilleure la prochaine fois. Firethorn prenait soin de consulter Nicholas, dont le jugement était toujours équilibré, honnête et exempt des préjugés épuisants qui caractérisaient les associés. En ayant fini avec le travail, le chef de la troupe pouvait ensuite se consacrer au plaisir. Les applaudissements résonnant encore à ses oreilles entretenaient son euphorie tandis qu'il dînait avec style en compagnie de ses amis, ou en privé avec une admiratrice. La vie lui prodiguait ses bienfaits avec largesse.

Cette nuit-là, cependant, elle lui semblait chiche et parcimonieuse. Tout en laissant son cheval trotter vers l'écurie, Firethorn poussa un lourd soupir de tristesse. *Mariage et Discorde* avait été aussi bien accueillie que de coutume, mais on n'avait pas permis à sa vedette de savourer ce succès. Ébranlé par l'apparente désertion de Sebastian Carrick, il avait observé sa doublure avec des sentiments contradictoires, espérant qu'Owen Elias réussirait tout en redoutant de se voir voler un peu de son prestige. Quant à la dissection, elle avait été mortelle. Au lieu des louanges habituelles, il avait dû endurer les railleries fielleuses de Gill, qui ne cessait de s'étonner que Firethorn eût choisi pour partenaire un acteur capable de lâcher la troupe. Edmund Hoode retourna encore le couteau dans la plaie lorsqu'il suggéra de laisser ce rôle à Elias, en l'étoffant afin qu'il pût déployer son talent.

Il n'y eut pas de souper fin pour adoucir ces coups du destin, pas de faveur émanant de Lord Westfield, pas de gente dame pour l'attendre en quelque lieu fixé d'avance. Firethorn songea avec accablement qu'en arrivant chez lui, il serait accueilli par une épouse acerbe. Il se cuirassa à cette perspective avant de franchir son propre seuil.

— Bienvenue à la maison, mon prince !

— Margery ?

— J'avais à l'instant même votre nom sur les lèvres.

— Je suis heureux de l'apprendre.

— Venez donc me dire cela plus près.

Le baiser fut aussi délicieux qu'inattendu. Margery enveloppa son époux dans ses bras, l'attira contre son sein généreux et effaça avec passion une journée d'absence. Firethorn retrouva aussitôt sa belle humeur.

— Que signifie cet accueil ? dit-il quand il eut repris haleine. Qu'annonce-t-il, mon ange ?

— Avez-vous la mémoire si courte, messire ?

— Rafraîchissez-la-moi un peu, Margery.

— Cambridge.

— Jolie ville. J'y ai donné *Pompée le Magnifique*, autrefois.

— N'évoque-t-elle pour vous que ce seul souvenir ?

— Que nenni ! lâcha-t-il avec un sourire grivois, aussitôt réprimé, car il risquait d'éveiller les soupçons de son épouse. Cambridge m'est cher à cause de votre charmante sœur, se rattrapa-t-il bien vite. Agnes Jarrold, tout votre portrait, bien qu'elle ne soit ni aussi avenante ni aussi enchanteresse.

— Je pars pour Cambridge au matin.

— Je ne l'avais point oublié, prétendit-il. Pourquoi serais-je rentré plus tôt, si ce n'est pour savourer votre chaleureuse présence ?

— Venez vous mettre à l'aise, dit-elle en le conduisant jusqu'à un fauteuil. Je vous ai préparé du vin, et le souper attend dans la cuisine. Racontez-moi les nouvelles, avant que d'autres baisers ne viennent vous interrompre. Comment les Hommes de Westfield ont-ils joué ?

— Ne me le demandez pas, ma douce.

— Pourquoi donc ?

Margery était la seule femme au monde capable de supporter la vie commune avec ce génie fantasque. Belle, bien tournée et dotée de son franc-parler, elle possédait un charme belliqueux qui savait encore l'enjôler. Parfaite maîtresse de maison et mère attentive, elle restait — au bout de toutes ces années — son véritable amour, fait qui s'imposa à l'esprit de Firethorn à cet instant. Au lieu de s'affairer dans sa tenue de ménage, Margery arborait sa plus belle robe et le couvait de son regard le plus charmeur. Chaque fois qu'ils allaient se séparer pour quelque temps, ils se livraient à de tendres adieux la nuit précédente. Firethorn voyageait le plus souvent, mais c'était au tour de son épouse de s'en aller. Sa sœur cadette, Agnes, mariée à un libraire de Cambridge, attendait un bébé dans les jours à venir. En ayant déjà perdu deux quelques heures après leur naissance, elle avait demandé à Margery de la soutenir durant cette troisième épreuve. On ne pouvait repousser une telle requête.

D'ailleurs, Firethorn admettait fort bien que son épouse dût se rendre au chevet de sa belle-sœur, et il fut prompt à en discerner les avantages. Les plus immédiats étaient évidents. Il avait trouvé à son retour de l'affection, une cruche de vin revigorant, un souper raffiné et une oreille compatissante. Dès qu'il eut narré ses tracas de la journée, une sollicitude attentive leur ôta tout pouvoir de le blesser. Soulagé de ses soucis, il fut conduit à sa chambre, à l'étage, et Margery lui rappela qu'elle savait être voluptueuse quand elle n'était pas accaparée par les enfants ou les corvées ménagères. On eût dit qu'ils revivaient leur nuit de noces. Martelant le matelas dans une extase partagée, ils ratifièrent leur union avec ardeur, tout à fait inconscients des fous rires des servantes et des apprentis qui écoutaient au-dessus, à travers le plancher de leurs chambres respectives. L'amour rassemblait toute la maisonnée.

Alors qu'ils se reposaient, haletants, dans les bras l'un de l'autre, Margery évoqua avec tendresse la félicité de leur mariage. Firethorn, enchanté, s'émerveillait des instants qu'il venait de vivre tout en se réjouissant par avance de futures délices dans d'autres chambres à coucher. Son épouse s'en allait à Cambridge pour une quinzaine de jours. Il serait alors libre et sans attache. Il ne songeait qu'à cela pendant qu'il la chevauchait pour la deuxième fois, et laissait échapper un cri de joie qui réveilla la moitié de Shoreditch. Le plaisir conjugal se teintait d'inconstance.

Il était tard quand Nicholas trouva enfin les deux hommes dans les faubourgs de Clerkenwell. Ils cheminaient côte à côte tels deux vieux bœufs écrasés par un joug épuisant. Josiah Taplow et William Merryweather étaient des individus dévoués au bien public, qui exerçaient un métier impopulaire au mieux de leurs médiocres possibilités. Vêtus de longues robes sombres ceinturées à la taille, ils étaient coiffés de grands bonnets en forme de casque. Josiah Taplow était muni d'un bâton et d'une lanterne, tandis que William Merryweather portait une cloche, outre sa lanterne et une hallebarde. Leurs armes avaient surtout une fonction dissuasive. Comme la plupart des membres du guet, ils étaient plus enclins à avertir les malfaiteurs de leur venue qu'à appréhender un brigand. Certes, il eût été difficile de trouver des adversaires moins coriaces dans une rixe que Josiah Taplow, plâtrier en retraite, et William Merryweather, volailler sans emploi. Si estimables et bien intentionnés qu'ils fussent, ils exerçaient peu d'influence sur ce quartier infesté par le crime, où ils étaient voués à faire leur ronde telles des âmes errant dans les ténèbres. C'était une besogne ingrate.

Nicholas allongea le pas pour les rattraper.

— Arrêtez, messieurs ! appela-t-il poliment.

— Nous sommes officiers du guet, l'avertit Taplow, sur la défensive. N'approchez pas, nous sommes armés.

— Je ne vous veux aucun mal, assura Nicholas. C'est le coroner lui-même qui m'envoie à vous. Messire Taplow et messire Merryweather, je présume ?

Les deux hommes échangèrent un coup d'œil empli d'une stupeur bovine, puis levèrent leur lanterne pour éclairer le visage du nouveau venu. Taplow était un vieillard ridé dont le nez busqué surmontait une barbe touffue. Merryweather, plus grand, plus robuste, semblait aussi plus apathique. Il se faisait comprendre de son collègue par le biais de coups de coude et lui laissait toute initiative dans la conversation. Taplow regarda le régisseur de la tête aux pieds.

— Qui êtes-vous, mon bon monsieur ?

— Je me nomme Nicholas Bracewell.

— Quelle affaire avez-vous avec nous ?

— Hier, vous avez trouvé un cadavre.

— A coup sûr.

— Ce gentilhomme était mon ami.

— J'en suis navré, messire Bracewell, répondit Taplow avec sincérité. Car ce gentilhomme n'est pas mort comme un gentilhomme en aurait eu le droit.

— Je l'ai vu et je connais le pire.

— Aucun mot ne pourrait en décrire l'horreur, messire. Nous avons vu bien des atrocités au cours de notre profession, mais jamais rien d'aussi odieux. N'est-ce pas, William ?

Merryweather grogna et acquiesça d'un coup de coude.

— Où l'avez-vous trouvé ? interrogea Nicholas.

— Au coin de Turnmill Street et de Cow Cross.

— Pourriez-vous me conduire sur les lieux ?

— C'est à une bonne distance d'ici.

— Cela ne me fait pas peur.

Assurés que Nicholas ne constituait pas une menace pour eux, ils descendirent la ruelle obscure avec le régisseur. Il leur fallut quinze minutes pour atteindre Cow Cross, puis cinq autres pour repérer l'endroit où gisait le cadavre. Non sans force grommellements de la part de Taplow, ponctués par les coups de coude de Merryweather, ils tombèrent enfin d'accord. Ils abaissèrent leur lanterne, et Nicholas vit le sol encore taché par le sang de Sebastian. Cela ranima sa vindicte et il dut se maîtriser avant de reprendre la parole.

— A quelle heure l'avez-vous trouvé ?

— Peu après minuit, se rappela Taplow.

— Comment gisait-il ?

— Raide mort, messire.

— Sur le ventre ? Sur le dos ? En chien de fusil ?

— Sur le dos, répondit Taplow. Comme s'il avait été abattu d'un seul coup, qui avait fendu son pauvre crâne en deux.

— De quel côté était-il tourné ?

— Vers le ciel, messire.

— Je parle de ses pieds, messire Taplow.

— Ils pointaient vers Turnmill Street. Nous croyons qu'il s'apprêtait à pénétrer dans ce lieu de débauche quand il a été assassiné, dit le veilleur, hasardant une déduction.

Nicholas en doutait. Sebastian Carrick était un habitué de ces rues mal famées et savait se protéger. Il n'aurait pas aisément succombé à une attaque de front. Plus vraisemblablement, il avait été suivi par son assassin, qui l'avait incité à se retourner afin de lui porter le coup fatal. Cela signifiait que Carrick n'entrait pas dans Turnmill Street, mais qu'il en sortait. Quelque part dans ce cloaque suppurant se cachait la clef de sa mort barbare.

— Y avait-il quelqu'un dans les parages ? demanda Nicholas.

— Personne, à part William et moi.

— Qu'avez-vous fait ?

— Le peu que nous pouvions, messire. Nous sommes allés chercher une charrette afin de porter le corps chez le coroner. Ce fut un pénible trajet.

— Vous avez bien agi, messieurs, et je vous en remercie tous deux.

— Nous avons simplement accompli notre devoir.

— Assurément. Auriez-vous un autre élément à m'apprendre ?

— Vous connaissez tous les faits, messire Bracewell. Si sordides qu'ils soient.

Nicholas était sur le point de prendre congé quand il remarqua les vigoureux coups de coude de William Merryweather, qui tambourinait un message sur les côtes de son collègue. Josiah Taplow se souvint alors d'un détail important.

— Ce n'était pas le premier, messire.

— Le premier ?

— A mourir de cette blessure à la tête. Nous avions déjà trouvé un pauvre bougre qui avait reçu exactement le même coup que celui-là.

— Qui était ce malheureux ? s'enquit Nicholas.

— Un ancien marin en quête de plaisir.

— Quand s'est produit ce précédent meurtre ?

— Il y a quatre ou cinq semaines de cela.

— Et où avez-vous découvert la victime ?

— Pas loin d'ici. A Hercules Yard.

— Avec une blessure semblable, provoquée par le même genre d'arme ?

— Oui, messire Bracewell. Et, de plus, poursuivit Taplow, réagissant à une rafale de coups dans les côtes, il présentait les mêmes marques.

— Quelles marques ?

— Dix longues griffures tout le long du dos. Chez le marin comme chez le gentilhomme. C'était tout à fait singulier, messire. Comme les traces laissées par une bête sauvage.

William Merryweather se pencha pour apporter son unique contribution à la discussion :

— Oui, Josiah. Et c'était une bête sauvage qui avait lacéré ces deux corps.

C'était sa première visite au *Chaume hérissé* et il se sentait intimidé. Trop inexpérimenté pour affronter une fille comme Frances et trop ivre pour se faire valoir aux yeux des autres prostituées, il fut pressé sans relâche par ses amis jusqu'à ce qu'il cédât. Le couple monta, accompagné par des acclamations chaleureuses qui donnèrent au jeune homme une témérité passagère. Il l'enlaça, plus par désespoir que par affection, et Frances dut pratiquement le porter le long du couloir. Elle l'aida à entrer dans sa chambre, puis le plaqua contre la porte avant de reculer pour le jauger du regard, les poings sur les hanches. Il n'avait pas plus de seize ans et tenait à peine sur ses longues jambes maigres. Des comme lui, Frances en avait connu des douzaines, et il ne lui avait jamais fallu plus de cinq minutes pour que leur ardeur porte ses fruits.

Dans ce cas précis, elle doutait même que cela dure aussi longtemps, ce en quoi elle avait raison. Descendant son corsage sous ses seins petits mais gracieux, elle s'allongea sur le matelas et retroussa sa jupe pour toute invite. Elle lui sourit, pointant le bout d'une langue provocante entre ses dents telle une magnifique vipère prête à mordre. Il n'eut pas besoin d'encouragement supplémentaire. Rassemblant ses forces, il la fixa de ses yeux brouillés par l'alcool et se laissa tomber sur le matelas à côté d'elle. Frances le retourna sur le dos et lui donna un baiser qui lui ôta le peu d'énergie qu'il lui restait. Il se mit à ronfler bruyamment. Frances ne perdit pas de temps. Elle vida sa bourse, le saisit par les pieds et le traîna dans le couloir. L'abandonnant à sa stupeur d'ivrogne, elle rajusta sa robe et remit de l'ordre dans ses cheveux avant de descendre à la recherche de son prochain client. La nuit serait lucrative, dans Turnmill Street.

Isolé du monde, Edmund Hoode était assis à sa table et travaillait à la lueur d'une chandelle. C'était une créature nocturne, un poète talentueux que sa muse visitait dans le silence de la nuit pour chasser le sommeil de ses yeux. Toutes ses meilleures pièces et la plupart de ses plus beaux sonnets avaient été composés quand régnait l'obscurité. Alors sa veine créatrice s'épanchait tout entière, alors il s'appliquait à son œuvre sans que rien vînt l'en distraire. C'était à la fois grisant et harassant. Plume d'oie, encrier de corne et parchemin, ayant noué une connaissance intime, s'associaient de bon gré jusqu'à l'aube. Quand les premiers rais de lumière cognaient doucement à sa fenêtre, Hoode s'arrêtait afin de se relire et de réfléchir.

En tant que dramaturge attitré des Hommes de Westfield, il était tenu de fournir un certain nombre de nouvelles pièces par an. *Sacrifice d'amour*, la dernière en date, était une tragédie émouvante mêlant l'ironie et la passion. C'était l'histoire d'un roi puissant et valeureux, qui étendait son empire jusqu'à des territoires jusqu'alors insoumis. Bien qu'il remportât une bataille mémorable, son cœur était vaincu par la reine de la nation conquise et il devenait son esclave. La passion brûlante qui les poussait l'un vers l'autre consumait sans pitié tout ce que le roi avait de plus cher. Les flammes crépitantes dévoraient sa femme, ses enfants, son honneur, son renom, sa raison et jusqu'à sa couronne impériale. L'amour exigeait alors de lui le sacrifice suprême, celui de sa vie.

Quoique située dans l'ancienne Albion, la pièce devait beaucoup à l'histoire d'Antoine et Cléopâtre, et plus encore à un amour impossible vécu par l'auteur lui-même. Il parvint à la fin de l'acte V, où le roi Gondar et la reine Elsin gisaient, enlacés dans leur tombe, devant les armées en guerre de leurs deux pays. La mort les avait ennoblis. Tandis qu'Edmund Hoode, debout parmi les soldats, contemplait tristement cette scène tragique, il songea à sa plus récente déception sentimentale, à son cœur réduit en cendres. La reine Elsin était sa bien-aimée, son amour défendu et pourtant irrésistible. Elle resterait à jamais hors de sa portée, dans le mausolée déjà surpeuplé de son désespoir. Du bout de sa plume, il sécha une larme.

Ce fut dans cette humeur douloureuse, où sa sensibilité fourmillante et ses facultés exacerbées fusionnaient en parfaite harmonie avec sa poésie, qu'il rédigea un long monologue d'adieu au roi, à la reine et à chaque femme qu'il avait jamais vénérée. Des mots splendides lui vinrent avec facilité et produisirent un petit miracle. Relisant ses vers tout bas, il sut qu'il avait mené *Sacrifice d'amour* à sa conclusion la plus poignante. Il ignorait, en revanche, que cette tirade de vingt lignes aurait de funestes conséquences et placerait la troupe entière face à un danger mortel.

— Messire Firethorn a-t-il connaissance de cet horrible meurtre ?

— Je lui parlerai dans l'heure qui vient.

— C'est un coup cruel pour les Hommes de Westfield.

— Oui, Anne. Sebastian était respecté et aimé de tous. Sa disparition laissera un vide douloureux.

— Quelle mort atroce ! dit-elle en frissonnant.

— Il sera vengé, jura Nicholas.

— Vous devrez d'abord découvrir l'assassin.

— Je le découvrirai.

— Comment ?

— A force de patience et de persévérance.

— Vous possédez les deux en abondance, observa Anne en souriant.

— Sebastian Carrick était mon ami.

— Et celui de tous ceux qu'il rencontrait, dit-elle avec tristesse. Jamais je n'avais connu un jeune homme plus engageant, et dont la seule présence inspirait la joie. Qui pouvait le haïr au point de l'assassiner ?

En ce tout début de matinée, Anne Hendrik était assise dans son salon, à Southwark. Grande, nette et soignée, elle possédait un charme simple et une grâce naturelle. Anglaise et veuve d'un chapelier hollandais, elle avait repoussé maintes demandes en mariage afin de préserver son indépendance. Elle dirigeait seule le commerce de son époux dans une boutique voisine, qui prospérait grâce à ses soins avisés. N'ayant pas d'enfant pour égayer sa maison, elle avait décidé de prendre un locataire. Nicholas Bracewell vivait dans la demeure de Southwark depuis quelque temps déjà ; sa logeuse était devenue son amie et — quand ils en ressentaient le besoin et que l'occasion s'y prêtait — sa maîtresse. Cet homme secret avait trouvé une véritable confidente.

Anne songeait à toutes les conséquences pratiques.

— Cela aura des répercussions sur votre nouvelle pièce, à *La Rose*.

— Sebastian devait y tenir un rôle important.

— A qui va-t-il revenir ?
— Mon choix se porterait sur Owen Elias.
— Et qu'en dit messire Firethorn ?
— Il s'opposera fortement à cette idée, pour commencer.
— Pourrez-vous le convaincre ?
— Edmund Hoode et Barnaby Gill sont de mon côté. D'ailleurs, personne dans la troupe ne pourrait reprendre ce rôle aussi bien qu'Owen. Notre meilleur comédien ne sera pas de trop, Anne, expliqua Nicholas d'un air grave. *Sacrifice d'amour* sera présenté ici, à Southwark. L'enjeu est considérable, et notre talent doit dévoiler tout son bouquet.
— Je serai là pour le savourer, promit-elle.
Autour d'un petit déjeuner composé de pain et de viande, il lui avait raconté en détail la mort de Sebastian Carrick. Cette nouvelle l'avait franchement atterrée. Anne avait conscience des multiples difficultés que les Hommes de Westfield devaient surmonter pour s'assurer une subsistance précaire. Un pareil événement ne ferait que compliquer les choses. Bien qu'elle compatît au sort de la compagnie elle-même, son premier souci était Nicholas.
— Prenez garde, mon ami, recommanda-t-elle, pleine d'appréhension.
— Il faut que justice soit faite, Anne.
— Mais cette poursuite vous mènera dans tous les lieux de débauche de Turnmill Street. Tant de périls vous y attendent ! Je ne voudrais pas que vous connaissiez le même destin que Sebastian.
— Je montrerai la prudence qui s'impose.
— Munissez-vous d'une arme, Nick. Et allez-y avec des amis.
— Je progresserai davantage en m'y rendant seul.
— Joignez le discernement à l'audace.
Il lui sourit avec tendresse et répondit :

— C'est pourquoi je vis dans votre maison.
— J'aimerais que cela continue, dit-elle d'une voix douce. Pour moi, donc, soyez prudent quand vous serez à Clerkenwell.
— Mon enquête débute ailleurs.
— De quel côté ?
— Un père a le droit d'être informé de la mort de son fils.
— Messire Andrew Carrick ?
— Je dois trouver un moyen d'entrer en relation avec lui.

La Tour de Londres était l'édifice le plus ancien et le mieux protégé de la cité. Fondée par Guillaume le Conquérant sur le site d'une place forte romaine, elle continuait à dominer la ville par son élégance et sa puissance, imposant la crainte et le respect. Elle se dressait entre de coquettes maisons à pignons et des pelouses qui descendaient vers les remous scintillants de la Tamise. La citadelle normande avait été construite en pierres blanches importées de Caen, et ses épaisses murailles s'élevaient à une hauteur de quatre-vingts pieds. Les rois successifs l'avaient agrandie et fortifiée jusqu'à en faire un ensemble complexe de tours, de tribunaux, de dépendances et d'annexes. A l'époque où Élisabeth accéda au trône, la Tour avait cessé d'être une résidence royale, néanmoins sa famille laissait des souvenirs durables dans la crypte de la chapelle de Saint-Pierre-aux-Liens, où une vaste majorité de corps en décomposition étaient privés de tête. Siège de la Monnaie, le bâtiment abritait aussi les joyaux de la Couronne, l'Armurerie royale et les Archives nationales. Il renfermait en outre la prison la plus redoutée d'Angleterre. Mais par-dessus tout, la Tour demeurait de manière immuable le centre d'une cité foisonnante, construite autour d'un fleuve et encerclée par des champs, des forêts, des marais et des collines.

Andrew Carrick avait admiré sa façade imposante pendant maintes années avant d'être invité à en apprécier l'intérieur. Son opinion sur la Tour de Londres était plus sombre, désormais. Elle le privait de sa liberté et l'écartait de sa famille, de ses amis. Froide et inconfortable, elle l'excluait de la vie même et le contraignait à une oisiveté qui était pour lui une forme de mort. Carrick était un notaire compétent dont les clients se disputaient les services. Mais l'élégant homme de loi, svelte et posé, à l'esprit incisif, était devenu un peu gras et indolent. Il détestait sa piètre apparence. Mais si cet emprisonnement était fastidieux, il ne s'exerçait pas avec une rigueur absolue.

— Bien le bonjour, messire.

— Bonjour, messire Carrick.

— Comment vous portez-vous, aujourd'hui ?

— Excellemment. Et vous, messire ?

— Je survis, je survis.

— Gardez confiance, mon ami.

— Cela m'est difficile, messire Fellowes.

— Nous prions pour votre libération.

— Vous êtes fort bon. Mais comment va le monde, au-delà de ces murailles ? s'enquit Andrew Carrick, s'efforçant de secouer sa morosité. Donnez-moi toutes les nouvelles. Plus d'une semaine a passé depuis la dernière fois que nous avons causé, et je suis privé d'informations. Qui s'élève ? Qui a chu ? Quelles rumeurs circulent ? Racontez-moi quelque chose d'intéressant. Ouvrez au moins la porte à mon esprit.

— Je vais m'y efforcer, à l'aide des clefs dont je dispose...

Harry Fellowes lui rapporta toutes les nouvelles qu'il pouvait, dont chaque bribe fut happée avidement par le prisonnier. Fellowes était un petit homme replet et imbu de sa personne, dont la tendance à la pédanterie était jugulée par une sincère compassion envers Andrew Carrick. Les ennemis de l'État méritaient d'être incarcérés à la Tour avant leur exécution, toutefois l'homme de loi n'avait rien d'un traître. C'était un honnête Anglais, patriote et craignant Dieu, dont la faute paraissait bien légère. Hôte inoffensif, Carrick avait toute latitude de quitter sa cellule et de parcourir sa tour afin de prendre de l'exercice. Lors d'une de ces promenades, il avait eu la chance de rencontrer Harry Fellowes et de nouer amitié avec lui. Cette relation entretenait l'espoir du prisonnier et le soutenait durant ses longues journées d'ennui. La Tour de Londres était pour Fellowes un lieu de travail. En tant que clerc de l'arsenal, il se rendait régulièrement à l'armurerie et possédait toujours un fonds d'anecdotes sur la ville et sur la cour. Carrick lui en était fort reconnaissant et son seul ami éprouvait une vive sympathie à son égard.

— C'est tout ce que j'ai à vous narrer, messire.

— Je ne saurais trop vous remercier, messire Fellowes.

— Cela soulage-t-il un peu votre tristesse ?

— Sans aucun doute, messire, répondit Carrick avec dignité. J'aimerais pouvoir vous rembourser ma dette d'une manière ou d'une autre.

Harry Fellowes le soupesa d'un long regard pénétrant et répondit :

— Cela viendra peut-être. Oui, cela viendra peut-être.

Nimbus passa la nuit dans l'écurie la plus spacieuse, sur la litière la plus épaisse. Alors que le soleil filtrait à travers les planches craquelées pour emplir la stalle d'interminables pointillés dorés, le cheval s'éveilla, se redressa et regarda autour de lui. Il bâilla pour saluer le jour nouveau, puis se leva dans un doux froissement de paille. Du museau, il ouvrit la partie supérieure de la porte, et ses lèvres habiles soulevèrent le loquet de bois. Nimbus repoussa de la patte la partie inférieure, et se mit en quête de personnel. Il était de retour moins d'une minute plus tard, ses dents soulevant par le col un palefrenier terrifié et hirsute. Le jeune homme fut projeté dans l'écurie qu'il croyait vide. Mais alors qu'il trébuchait sur un tas de couvertures, il éprouva son second choc de la matinée. Une voix humaine brailla des insultes. Les couvertures s'ouvrirent alors tels des pétales géants sur un Cornelius Gant aux yeux larmoyants. Il foudroya le palefrenier du regard et lâcha un vent.

— Apporte-nous le petit déjeuner ! ordonna-t-il.

— Oui, monsieur.

— Du foin pour Nimbus. De l'ale et du pain pour moi.

— Oui, monsieur.

— Ne reste pas planté là à trembler. Exécution !

— Oui, monsieur !

Le palefrenier s'éloigna, puis se retourna pour considérer Gant avec étonnement.

— Vous avez passé la nuit ici ?

— Nimbus et moi sommes inséparables.

— Mais vous avez stupéfié toute l'auberge par vos tours. J'ai déjà vu bien des chevaux, mais aucun ne peut se comparer au vôtre. Vous avez reçu une pluie de pièces pour votre spectacle, et ce n'était que justice. Pourquoi dormir dans une écurie, quand vous pouviez vous offrir la plus belle chambre ?

Gant pouffa de rire.

— Le lit était trop petit, fiston.

— Trop petit ?

— Il ne nous aurait pas contenus, Nimbus et moi.

Le cheval agita sa crinière et émit un long hennissement joyeux.

Lawrence Firethorn interpréta sa scène d'adieu comme si c'était le nœud d'une tragédie. Ses bras gesticulaient pour protester, ses lèvres embrassaient au hasard, sa langue déversait un flot de pieux mensonges. Il jurait qu'il se languirait et dépérirait en l'absence de son épouse. Ceux qui les voyaient étaient convaincus que le couple se séparait à jamais, et non pour quinze jours. Margery oscillait entre l'émotion et le sens pratique avec l'aisance née de l'expérience, s'imprégnant de cette profusion de compliments tout en donnant des ordres pour la bonne marche de la maison. La gente dame arrachée à son preux chevalier voulait s'assurer qu'on veillerait convenablement sur ses enfants et que ses servantes resteraient dans le rang. Quand vint l'heure du départ, Firethorn l'embrassa une seule fois, puis l'aida à monter en selle. Certaine que le salut résidait dans le nombre, elle se mit en route pour Cambridge avec une escorte de bonne taille.

Son époux agita son feutre jusqu'à ce qu'elle fût hors de vue. Alors, son expression changea du tout au tout. Un sentiment de liberté retrouvée le parcourut et il rit sous cape. Sa célébrité lui valait nombre d'admiratrices. Dans tout Londres, des femmes ravissantes se jetaient à ses pieds. Pour la première fois depuis des années, il allait être à même de les relever à sa guise, sans avoir à regarder par-dessus son épaule. Le mariage procurait bien des plaisirs, mais aucun n'était plus doux que lorsque le joug tombait enfin des épaules meurtries. Il enfonça son chapeau sur son crâne et se tapa la cuisse de joie avant de se diriger vers sa monture. Néanmoins, son euphorie fut de courte durée. Nicholas arrivait vers lui d'un pas pressé.

— Nick, cher cœur !

— Bonjour, messire.

— Quel bon vent vous amène à Shoreditch en cette heure matinale, mon ami ?

— De graves nouvelles.

— Je n'en veux point entendre aujourd'hui. Je me sens aussi léger qu'une plume.

— Cela concerne Sebastian.
— Vous avez retrouvé ce pendard?
— Hélas oui.
— Amenez-le devant moi, que je le fasse rôtir tout vif, le fourbe!
— Il ne reviendra pas.

Comme ils étaient dans la rue, Nicholas l'attira près de la porte d'une échoppe pour lui parler discrètement. Il raconta alors son histoire, avec calme et en peu de mots. D'abord sidéré, Firethorn passa rapidement à l'irritation, puis à une colère noire. Il voulait traîner le meurtrier en justice, se venger de lui de ses mains, toutefois il n'était pas mû par le chagrin d'avoir perdu un être cher. L'impardonnable, aux yeux de Firethorn, était le préjudice causé à sa troupe. Le meurtrier de Sebastian Carrick devrait rendre des comptes pour sa cruauté envers les Hommes de Westfield.

— Que vais-je faire, Nick? demanda-t-il, les bras ballants. Vos graves nouvelles m'ont aplati comme une crêpe. Cet imbécile de Carrick s'est laissé tuer à la hache dans une rixe sordide, alors que je venais de l'élire pour nouvel associé.

— Ce n'est pas ainsi que cela s'est passé, objecta Nicholas d'un ton ferme.

— Qu'importent les détails, mon ami? D'une manière ou d'une autre, c'est moi qui en supporte les conséquences. D'un seul coup fatal, j'ai perdu mon associé, ma réputation de discernement et mes espoirs de bonheur. J'ai aussi perdu un bon acteur qui allait briller dans ma nouvelle pièce. Qui ose m'infliger tout cela?

Nicholas garda un silence plein de tact pendant que son employeur se lamentait sur son propre sort. Ensuite, ils parcoururent ensemble Bishopsgate Street vers l'enceinte de la ville. Firethorn était dégrisé. Au lieu de franchir hardiment Bishopsgate à la recherche de sa première conquête, il menait son cheval à un pas somnolent, en se préparant à répondre aux piques acérées de Barnaby Gill. Quand sa fureur fut retombée, il chercha conseil, comme toujours, auprès de Nicholas. Ce dernier affirma que leur principale priorité était de rencontrer Andrew Carrick et de lui apprendre le décès de son fils. Firethorn décida aussitôt de solliciter l'appui de leur mécène, Lord Westfield, pour obtenir leurs entrées à la Tour. Il se proposait de rendre visite au prisonnier avec Nicholas, mais celui-ci insista pour y aller seul. Par considération pour le père affligé, il préférait écarter l'acteur vaniteux et éviter qu'une situation déjà douloureuse tourne au supplice.

Tandis qu'ils se mêlaient à la foule qui se pressait sous la haute porte, un problème immédiat se posa à Firethorn.

— Et notre nouvelle pièce, *Sacrifice d'amour* ?

— Elle connaîtra son heure de gloire à *La Rose.*

— Sebastian devait interpréter Benvolio.

— Donnez le rôle à un autre.

— Edmund l'avait écrit pour lui.

— Un bon acteur l'incarnera à sa manière, affirma Nicholas, et nous avons un remplaçant idéal en la personne d'Owen Elias.

— Il n'est pas compétent, dit Firethorn avec dédain.

— Il a prouvé sa valeur dans *Mariage et Discorde.*

— Une comédie sans importance ! *Sacrifice d'amour* est une œuvre plus riche. C'est l'art dramatique dans toute sa veine tragique.

— Le choix d'Owen s'impose d'autant plus. La tragédie est son fort.

— Permettez-moi d'en douter.

— Mettez-le à l'épreuve, messire.

— Nous chercherons ailleurs notre Benvolio.

— Contre le désir de l'auteur ? remarqua Nicholas. Edmund Hoode lui-même trouvait qu'Owen eût été un choix plus judicieux pour ce personnage. Notre digne poète vous le confirmera, et messire Gill adhérera également à cet avis de tout son poids.

— Ha ! grogna Firethorn, claquant des doigts avec mépris. Qu'est-ce que les auteurs entendent aux comédiens ? Qu'est-ce que des comédiens efféminés connaissent aux vrais hommes ? Edmund et Barnaby peuvent toujours dire ce qu'ils veulent. Peu me chaut.

— Mais je partage leur opinion, messire Bracewell.

— Vous vous liguez avec eux contre moi ! accusa l'autre.

— Je soutiens Owen Elias, et je le soutiendrai tant qu'il le faudra.

— Trahison !

— Non, messire. Justice.

Empourpré par la fureur, Firethorn le toisa, mais Nicholas soutint son regard sans ciller. Une bataille silencieuse mit aux prises leurs volontés. Sans l'appui de son régisseur, Firethorn ne pourrait imposer ses vues face à la détermination combinée de Hoode et de Gill. Il tenta d'intimider Nicholas en formulant des reproches d'une voix sourde, mais le régisseur campa sur ses positions. Rares étaient ceux qui osaient s'opposer à la tyrannie débridée de Firethorn. Plus rares encore ceux qui s'y risquaient avec tant de calme et d'audace.

— Owen Elias est l'homme qu'il nous faut, persista Nicholas.

Le chef de la troupe concentra toute sa colère dans un long regard fixe, mais il n'avait ni le pouvoir d'effrayer ni celui de soumettre. Il se dressait contre le seul membre de la compagnie qu'il ne pouvait plier à sa volonté, le seul capable de lui tenir tête. Il finit par se résigner. Tapant du pied sur le gravier, il capitula d'une voix étranglée.

— Soit.

Cette décision aurait de terribles répercussions.

4

Whitehall était le plus grand palais de la chrétienté. D'une superficie de vingt-quatre arpents, il comportait des extensions raffinées qu'avait conçues Henri VIII avec une royale prodigalité. A l'instar d'Hampton Court, c'était un riche butin résultant de la chute de Wolsey, néanmoins tout vestige de la présence de l'archevêque avait été balayé sans pitié pour être remplacé par les emblèmes distinctifs de la monarchie Tudor. Par sa solidité et ses dimensions stupéfiantes, l'édifice concrétisait la pompe et le cérémonial de la nouvelle monarchie. A l'avènement d'Élisabeth, Whitehall était fermement établi comme siège du gouvernement, et c'était là que très souvent la reine tenait sa cour.

Y paraître était une des obligations de l'aristocratie et le lointain espoir des plus humbles mortels. En ces lieux, la Reine Vierge menait sa vie publique et sa vie privée. La cour était le centre des affaires, la source du mécénat, la voie naturelle du profit et de l'ambition. Ceux qui souhaitaient s'élever dans le monde ou simplement conserver leur rang étaient tenus de se montrer régulièrement à la cour, en prenant part à ses jeux et à ses rites compliqués. Cette obligation était coûteuse, puisque les courtisans se devaient d'arborer des toilettes opulentes et de passer de longues heures à parier et à se répandre en ragots dans les couloirs du pouvoir ; cependant on ne pouvait s'y soustraire. Demeurer loin de la cour était synonyme de disgrâce, aussi la noblesse affluait-elle à Whitehall pour montrer le respect qui s'imposait, côtoyer ses pairs et requérir des faveurs.

La reine avait de hautes exigences envers ses courtisans. Elle appréciait chez un homme l'intelligence, mais il devait en outre chanter d'une voix mélodieuse en s'accompagnant d'un luth, composer des vers inspirés et accomplir des prouesses lors des joutes sur le champ clos. Ses favoris étaient souvent ceux qui excellaient en tout. Comme son père, elle voulait voir fleurir à sa cour la musique, le théâtre, la poésie et la danse. A cette fin, elle permettait que le grand salon d'apparat fût utilisé pour des récitals et des représentations théâtrales. Les quelques esprits éclairés qui entretenaient leur propre troupe jouissaient de sa faveur particulière. C'est pourquoi les visites de Lord Westfield à Whitehall étaient pour lui une source continuelle de satisfaction.

— Comment s'intitule la nouvelle pièce, monseigneur ?

— *Sacrifice d'amour.*

— Chacun a vécu cela en son temps.

— Et espère le vivre encore.

— Monseigneur ! se récria-t-on, poliment outré.

— Je ne serai jamais trop vieux pour admirer une silhouette bien tournée et un joli maintien, ni trop décati pour souhaiter connaître un tel ange de plus près.

L'entourage rit docilement. De noble prestance et de nature enjouée, Lord Westfield se consacrait à l'encouragement des arts et à la poursuite du plaisir. L'excès caractérisait son mode de vie tout comme le choix de ses toilettes. Alors qu'il conduisait son petit groupe de sycophantes vers la salle du trône de Whitehall, il arborait un pourpoint à crevés aigue-marine sur des culottes bouffantes d'un ton plus clair. Une fraise blanche soulignait l'aimable visage barbu et les longs cheveux gris se dissimulaient sous un chapeau bleu foncé planté de plumes bleu ciel. Des bagues, des bijoux et une épée luisante complétaient cet étalage. Une chaîne d'or dont le médaillon reposait sur sa poitrine parachevait l'éblouissante parure. Ce digne protecteur des arts se plaisait à être le point de mire de l'assistance. Par ce moyen aussi, il tentait d'affirmer sa supériorité sur son rival exécré, le comte de Banbury.

— Qui vient par ici? demanda-t-il. Écartez-vous, mes amis.

— Le comte est en émoi.

— Je ne pensais pas que ses jambes pussent courir si vite!

— Qu'est-ce que cela pourrait bien signifier, monseigneur?

— Qu'il est chassé de la cour, si mes prières étaient exaucées. Toutefois, ce départ soudain est signe qu'il se passe quelque chose.

— Lui parlerez-vous?

— Seulement de la pointe de mon épée.

Les courtisans étouffèrent leurs rires avant de saluer pour la forme le comte de Banbury qui approchait. Lui-même entouré de ses intimes, ce dernier faisait une sortie hâtive qui manquait un peu de dignité. Il lança un coup d'œil hostile à son ennemi au passage, puis retroussa la lèvre d'un air narquois. Cela suffit à provoquer la colère de Lord Westfield. Le comte avait appris une nouvelle que lui-même ignorait et s'empressait d'en tirer parti afin d'asseoir son avantage. Seule une affaire de la plus haute gravité pouvait expliquer ce départ précipité, et Lord Westfield voulait désespérément savoir de quoi il retournait. Il n'eut guère longtemps à attendre. D'autres se déversèrent dans le couloir, plongés dans des conversations animées, et il s'abattit sur un des gentilshommes sans plus de façon.

— Quelle nouvelle, messire ?
— La reine ne tiendra pas cour aujourd'hui.
— Cela se peut-il ?
— Sa Majesté est indisposée.
— Quelle est la nature de son mal ?
— Les médecins ne quittent pas son chevet.

Lord Westfield recula pour laisser passer l'homme, qui partait lui aussi. Cette fois, l'exode général s'expliquait. La reine Élisabeth était souffrante. Une souveraine orgueilleuse de sa santé, adepte de la frugalité dans le boire et le manger, qui s'astreignait à un exercice physique régulier et avançait sur le chemin de la vie avec des précautions extrêmes, avait été contrainte de s'aliter. Ce n'était pas là une indisposition mineure. La reine savait l'importance d'être quotidiennement vue par ses sujets, et non de ses seuls courtisans. La principale route allant de Westminster à Charing Cross traversait Whitehall, de sorte que les citoyens ordinaires pouvaient exprimer leur affection à leur souveraine en lui apportant de menus présents, ou bien en l'attendant des heures pour l'apercevoir quelques instants. Élisabeth leur accordait cette récompense d'autant plus volontiers qu'elle-même se délectait de leurs regards. Mais elle était aussi au seuil de sa soixantième année, et les fardeaux d'un long règne avaient exigé d'elle leur tribut. Si l'on avait mandé ses médecins, c'est qu'une crise était imminente.

Lord Westfield tourna les talons et, à la tête du petit groupe, rebroussa chemin vers son carrosse. La nouvelle, assez alarmante en soi, s'annonçait encore plus lourde de conséquences. La compassion générale déferlerait vers la reine souffrante, cependant les courtisans savaient ce que cela présageait et devraient s'y préparer.

Si Élisabeth rendait l'âme, qui lui succéderait ?

Cette grave question transforma la démarche majestueuse, quoique légèrement dandinante de Lord Westfield. Pour la première fois depuis une décennie, il courut à en perdre haleine, espérant avec ferveur que ses pas l'entraînaient dans la bonne direction.

Giles Randolph expira avec un glapissement aigu qui résonna à travers la salle silencieuse. Alors qu'il disparaissait peu à peu par la trappe de la scène, les spectateurs du *Rideau* eurent réellement l'impression qu'il s'enfonçait dans une cuve d'huile brûlante. Une vapeur s'élevait pour renforcer l'illusion et le hurlement de Randolph se chargea d'une douleur atroce avant qu'il disparût brusquement dans un bruit de bouillonnement. *Le Juif d'Espagne* relatait l'histoire sinistre d'un infâme usurier qui accédait au pouvoir grâce à toute absence de scrupules, puis rançonnait le pays entier avant d'être victime de sa propre fourberie. Sa vilenie ne manquait pas d'un certain piquant, qui lui gagnait l'affection des spectateurs et donnait à sa chute une dimension déchirante. Un homme qui avait menti, triché, volé, empoisonné et poignardé pour s'élever jusqu'au sommet inspirait une franche compassion. Ce revirement étonnant constituait le meilleur hommage au talent avec lequel Giles Randolph interprétait ce rôle.

L'œuvre elle-même était quelque peu bancale, mais son jeu lui conférait l'élan et l'unité qu'elle ne méritait pas véritablement. *Le Juif d'Espagne* accumulait les préjugés, attaquant les Espagnols, les Juifs, les usuriers avec une brutalité outrancière que Randolph atténuait dans une certaine mesure, mais qui n'en excitait pas moins des rires de dérision envers les cibles désignées. Les multiples rebondissements et l'élément de comédie enchantaient le parterre, mais ceux qui ne s'arrêtaient pas aux apparences discernaient un personnage d'une intense densité, qui donnait au drame une pertinence et un mordant supplémentaires. Cette fois, Giles Randolph tenait le genre de rôle où il déployait toutes les facettes de son génie, et il ne se ménagea pas pendant deux heures extraordinaires.

Les Hommes de Banbury vinrent saluer, fermement convaincus d'avoir enfin trouvé un trésor. Avec leur chef dans le rôle principal, *Le Juif d'Espagne* continuerait à captiver et à émouvoir bien des publics. Le bouche à oreille était la meilleure recommandation possible, or les louanges qui les assourdissaient à cet instant garantissaient que l'écho de ce triomphe serait sur toutes les lèvres en un rien de temps. Giles Randolph périrait de sa terrible mort au terme d'innombrables représentations et élèverait leur troupe au-dessus de toutes les autres.

Sans la moindre fausse modestie, Randolph recevait cette ovation tel un triomphateur parcourant les rues d'une capitale en liesse. Même son salut était empreint d'une condescendance hautaine. Il ne considérait pas ces applaudissements nourris comme une marque de gratitude, mais comme l'hommage envers un être supérieur, et il y répondait avec un sourire arrogant. Les compliments enivrants tombaient des galeries tels de doux flocons et il ouvrait largement les bras pour les recueillir. Giles Randolph jouissait encore de ces marques d'adoration prolongées, quand une voix sonore perça à travers les acclamations :

— Quel jeu sublime ! Il égalerait presque celui de Firethorn.

Randolph quitta les planches, indigné par cet affront infiniment plus cuisant que de l'huile bouillante.

Si préoccupé qu'il fût par le tour dramatique des événements, Lord Westfield accéda promptement à la requête qu'on lui présentait. Il montrait toujours l'affection d'un propriétaire envers sa compagnie théâtrale et il fut abasourdi d'apprendre le meurtre d'un des comédiens. Il tint à appuyer de tout son poids la moindre démarche en vue d'élucider cette affaire. Des ordres furent transmis selon la voie hiérarchique et une lettre usant de la flagornerie nécessaire fut rédigée. Nicholas obtint ainsi un libre accès à la Tour de Londres.

— Ce sont de tristes appartements pour recevoir de la visite.

— Peu importe, messire.

— Cependant la paille est fraîche, je vous le garantis.

— Ne vous donnez pas tant de peine.

— Et la croisée intercepte le soleil à midi.

— Je ne suis pas venu pour critiquer votre logis, messire Carrick.

— De plus nobles que moi s'y sont abrités.

— Je le crois sans réserve.

— Des âmes plus élevées ont respiré cet air vicié.

Nicholas le laissa passer d'un sujet à l'autre sans plus l'interrompre. Ils étaient assis dans la chambre du notaire, située dans la massive tour Beauchamp. La cellule froide et nue dominait Tower Green et offrait donc à son occupant une vue privilégiée sur les exécutions. Andrew Carrick devina qu'il devait s'attendre à de mauvaises nouvelles dès que son visiteur se présenta, et s'efforça d'atermoyer par ses propos décousus. Nicholas vit la ressemblance au premier coup d'œil. Carrick avait la même expression que son fils, le même port altier. L'emprisonnement avait légèrement voûté ses épaules et la désillusion marquait son visage, sans que cela eût entamé sa bonté foncière. Le régisseur sut qu'il se trouvait en présence d'un homme intègre.

Andrew Carrick trouva enfin le courage d'affronter la vérité. Il le fit savoir à Nicholas d'un geste gracieux de la main.

— Parlez, messire. Vous vous êtes montré fort patient.

— J'apporte des nouvelles de votre fils, messire Carrick.

— Que la considération ne vous pousse pas à me ménager. Dites-le-moi carrément : Sebastian est-il malade ?

— Mort, messire.

— Mort ?

— Assassiné.

Le notaire tressaillit sous le coup. De longues minutes s'écoulèrent avant qu'il fût capable de poursuivre. A l'amour paternel se mêlaient de la résignation et de la lassitude. Il poussa un soupir éloquent.

— Je craignais que cela pût finir ainsi, confia-t-il. Mon fils possédait bien des vertus, mais ses vices étaient encore plus grands.

— Sebastian était exceptionnel par ses qualités d'homme et de comédien.

— Vous vous exprimez en ami, messire Bracewell.

— Sa mort est une perte douloureuse pour nous tous.

— Exposez-moi les détails. Ne me dissimulez rien, ajouta-t-il, voyant Nicholas hésiter. J'adorais Sebastian, mais il m'a valu beaucoup de tourments quand il était vivant. Je suis préparé au pire. Votre visage révèle qu'il s'agit d'un crime abominable. Rappelez-vous que je suis un homme de loi, habitué à soupeser tous les éléments d'une affaire avant de former un jugement. Parlez.

Nicholas raconta l'histoire sans rien omettre et le prisonnier écouta avec une attention soutenue. Un long silence s'ensuivit. Il fut rompu par la voix rauque d'un père fou de douleur.

— Le meurtrier doit être jugé.

— Il le sera, affirma Nicholas.

— La loi doit le châtier pour son crime.

Andrew Carrick se leva et fit les cent pas avec une agitation insurmontable. Alors qu'il aurait voulu s'employer à arrêter l'assassin de son fils, il était lui-même privé de toute liberté. Il s'appuya contre un mur et frappa la pierre froide de sa paume ouverte. Nicholas comprenait sa frustration et le plaignait sincèrement. Carrick haussa les épaules d'un air d'excuse.

— Pardonnez-moi, monsieur. Cette nouvelle a fait de ma geôle le pire des enfers. Je donnerais n'importe quoi afin d'en sortir, et d'être libre de venger mon fils.

— Y a-t-il une chance que ce soit possible ?

— Avec le temps, messire Bracewell. Avec le temps.

— Puis-je vous demander la cause de votre emprisonnement ?

— Un ordre spécial de Sa Majesté.

— Vraiment ?

— On pourrait croire qu'il y a assez de traîtres pour peupler ces donjons ! s'indigna Carrick. On pourrait imaginer que Londres ne manque pas de criminels odieux ni d'assassins pour occuper cette tour. Les félons abondent, pourtant c'est moi, le défenseur de la loi, qui suis sous les verrous. C'est de la barbarie, messire.

— Quel est votre délit ?

— Ma présence à un mariage.

— Quoi ! C'est pour cela que vous avez perdu la liberté ?

— La mariée était une dame de la Chambre de la Reine.

— C'était une union secrète ?

— Oui, répondit Carrick. Je m'étais chargé du contrat. La colère de la reine s'est concentrée sur le noble époux et sur moi-même. Nous sommes détenus ici sur sa volonté, pendant que la mariée pleure chaque nuit dans un lit glacé. Triste cadeau de noces.

Andrew Carrick n'était pas le premier à s'attirer le courroux de la souveraine à cause d'une union qu'elle n'avait pas autorisée. La reine Élisabeth exigeait une obéissance et une loyauté indéfectibles de ceux dont elle avait choisi de s'entourer. A cet égard, Blanche Parry était le modèle absolu. Cette femme réfléchie la servait avec un dévouement infatigable depuis plus de trente ans, et avait des vues bien claires concernant ses devoirs quoiqu'elle fût désormais aveugle. La première dame d'honneur était citée à tous en exemple pour sa vertu irréprochable. D'autres, moins exigeantes envers elles-mêmes, se laissaient égarer par une passion clandestine. Plus d'une suivante requérant la permission de se marier avait essuyé un refus sommaire. Celles qui osaient placer l'amour avant le service royal recevaient une sévère réprimande. Quand un mariage secret était dévoilé, Élisabeth trouvait toujours une bonne raison de s'y opposer et de séparer les deux conjoints.

Six semaines de prison avaient donné amplement le temps à Andrew Carrick de méditer sur cette injustice flagrante. En œuvrant au bonheur d'une noble dame, il avait été l'artisan de son propre malheur. En aidant un ami, il s'était attiré la pire inimitié possible. Lui qui vivait pour et par la loi se voyait traité tel le plus vil des scélérats.

Nicholas le sonda avec douceur pour obtenir plus d'informations.

— Sebastian ne parlait jamais de sa famille.

— Non, admit tristement Carrick. Nous étions un obstacle à ses yeux. Il devait se défaire des siens et du souvenir de sa carrière.

— Sa carrière ?

— Sebastian était un juriste promis à un brillant avenir, messire Bracewell. Il avait étudié à Oxford avant de venir à Londres pour entrer à Middle Temple[1]. C'est là-bas qu'il a rencontré pour la première fois la tentation.

— Sous quelle forme ?

— La vôtre, messire.

— Il a été distrait par le théâtre ?

1. Middle Temple : l'une des quatre écoles de droit de la capitale. *(N.d.T.)*

— « Enivré » serait le mot juste, répliqua l'autre durement. Les pièces qu'il voyait à Middle Temple ne constituaient pas un amusant dérivatif pour un homme de loi accaparé par son travail. Elles présentaient un autre mode de vie, exempt des contraintes de la vocation paternelle. Bref, il a tourné le dos à une profession honorable pour les charmes clinquants du théâtre. Je ne veux pas critiquer le métier que vous avez choisi, messire Bracewell, mais il n'offre pas la sécurité de la carrière juridique. Et il a mené mon fils à sa perte.

— Je ne suis pas de cet avis, dit Nicholas. Fût-il resté à Middle Temple, il aurait peut-être connu un destin semblable. Les avocats fréquentent les mêmes lieux de plaisir que les acteurs. Il est injuste d'en rejeter tout le blâme sur le théâtre.

Andrew Carrick admit cet argument d'un hochement de tête, mais conserva un reste de rancœur envers cette profession. Il observa son visiteur plus attentivement.

— Et vous, qu'est-ce qui vous a porté vers ce métier ?

— Un profond intérêt.

— Tout comme Sebastian.

— C'était un acteur-né. Pas moi.

— Votre père vous approuvait-il, messire Bracewell ?

— Non, messire. Il souhaitait que je devinsse marchand, comme lui.

— Vous n'éprouvez aucun regret à cet égard ?

— Aucun, messire Carrick. Et d'ailleurs, je dois dire...

— Continuez. J'apprécie votre opinion.

— Sebastian lui-même n'en ressentait aucun.

Le père affligé voulut bien le croire et remercia mille fois son visiteur de lui avoir annoncé cette nouvelle avec tant de tact et de célérité. Il parla de son fils avec affection, évoquant des incidents de l'enfance, tels les premiers signes de l'impétuosité qui l'avait poussé à abandonner le droit pour la liberté ambiguë de l'acteur. Nicholas apprit beaucoup sur son ami défunt, notamment que Sebastian avait une jeune sœur. Son cœur se serra de compassion pour elle. Ayant perdu sa mère depuis longtemps et voyant son père prisonnier à la Tour, elle était bien assez malheureuse sans avoir à supporter cette douleur supplémentaire. Nicholas aurait voulu atténuer le chagrin qui s'attachait aux pas de Marion Carrick.

— Et les obsèques ? demanda l'homme de loi.

— Elles seront retardées, maintenant que nous avons retrouvé trace de la famille de Sebastian. C'est à vous qu'il revient de prendre toutes les décisions en la matière.

— Pas tant que je reste un prisonnier de droit commun.

— Sa Majesté doit tenir compte de votre triste situation !

— C'est elle qui m'y a placé.

— Nous verrons si Lord Westfield peut intervenir en votre faveur.

— Vous méritez ma gratitude, une fois de plus.

Andrew Carrick lui serra la main avec effusion. Des larmes de remords brillaient dans ses yeux, et la conscience de ce qu'il avait perdu tira un étrange aveu de ses lèvres.

— Je regrette de ne pas avoir vu Sebastian sur scène.

— Il la rehaussait de sa présence jusque dans le rôle le plus modeste.

— Ma colère l'a emporté sur ma curiosité. J'aurais dû lâcher la bride. Maintenant, hélas, il est trop tard.

— Ses camarades ne l'oublieront jamais.

Le notaire sourit avec tristesse.

— Cette pensée me procure un certain réconfort.

Le réconfort manquait singulièrement à *La Tête de la*

Reine, où les membres de la compagnie se réunissaient pour la première répétition de leur nouvelle pièce. Avant même qu'ils pussent commencer, la pluie s'abattit soudain et trempa la cour de l'auberge en quelques minutes. Mouillés jusqu'aux os et peinés par la mort de leur camarade, les Hommes de Westfield se replièrent dans la salle qui faisait office de loge et entamèrent la répétition sans grand courage. *Sacrifice d'amour* débutait sous de mauvais auspices et son auteur s'abîmait dans le genre de désespoir qu'il réservait d'ordinaire aux amours impossibles. Edmund Hoode s'était assis dans un coin, apathique, accablé par la disparition d'un ami et par de sombres pressentiments quant à l'avenir de sa nouvelle œuvre. Les vers qui avaient jailli joyeusement de son cerveau pour danser sur la page lui semblaient à présent ternes et sans vie. Les personnages qu'il avait voulus de chair et de sang lui paraissaient squelettiques. Une intrigue qui aurait dû s'élancer vers les nues restait comme prise dans la glu.

Lawrence Firethorn tenta de dissiper la morosité ambiante en attaquant le rôle principal à plein gosier, mais cela n'arrangea rien. Malgré le talent de Barnaby Gill, bouffon expert, les passages comiques semblaient assommants. Le seul qui perça la torpeur pour stimuler et élever les cœurs fut Owen Elias, dans le rôle de Benvolio qui lui avait échu. Il ne jouait pas son personnage, il l'habitait avec un enthousiasme avide, à tel point que celui-ci aurait pu être un simple véhicule pour son talent. C'était une composition exubérante, qui ne faisait songer à Sebastian Carrick que pour lui dénier toute prétention à tenir ce rôle. Owen Elias prouvait sans l'ombre d'un doute ce que d'aucuns soutenaient depuis un certain temps. Des deux, il était le meilleur. Quand il déclama sa tirade finale au-dessus des corps enlacés des amants défunts, il se montra bouleversant.

Dans toute la salle, les yeux étaient humides et les

gorges serrées. Edmund Hoode dut sortir de son accablement pour se convaincre que, contre toute attente, sa dernière pièce était peut-être estimable.

Lawrence Firethorn doucha cet espoir renaissant.

— Je requiers quelques changements, Edmund.

— Comme d'habitude.

— Allongez mon monologue à la fin de l'acte II et raccourcissez celui qui ouvre l'acte IV. Je veux moins courtiser et souffrir davantage. Il faudrait une chanson pour adoucir ma dernière heure sur terre. Qu'elle touche la corde sensible.

— Ce sera fait, Lawrence.

Les deux hommes avaient regagné la salle en compagnie de Barnaby Gill pour oublier leurs tracas grâce à un verre de xérès, et analyser le travail de la matinée. Aucune pièce n'était jamais acceptée sans réserve par le chef de la troupe, et Hoode modifiait ses œuvres selon ses directives. Gill ne manquait pas non plus de réclamer des améliorations, et une danse supplémentaire lui fut concédée une fois de plus, afin qu'il égayât une sombre tragédie par ses irrésistibles bouffonneries. Mais Firethorn n'en avait pas encore fini.

— Il reste une modification...

— Je suis à vos ordres, répondit Hoode. Quant à cette épitaphe qui clôt la pièce...

— Elle sonne vrai, complimenta Gill avec un sérieux peu coutumier. Vous n'avez jamais apporté de plus belle conclusion à une œuvre, Edmund.

— Je vous remercie pour ces paroles, Barnaby.

— Elle est empreinte de magnificence, tout en demeurant sobre et posée.

— Comme l'homme qui l'a prononcée.

— Owen Elias s'est surpassé.

— Je n'aurais pu rêver un plus superbe Benvolio.

— Cette seule tirade lui vaudra la renommée.

Cette dernière remarque conforta Firethorn dans sa décision.

— Coupez ces vers, Edmund.
— Les couper !
— Entièrement, messire.
— Ce sont les plus émouvants de la pièce !
— Tant pis, répliqua Firethorn avec désinvolture. Ils détournent l'attention des deux amants tragiques. Que seul le silence nous emporte vers le tombeau.
Gill exprima avec véhémence son désaccord :
— Couper ces vers, c'est châtrer toute la pièce, Lawrence.
— C'est moi qui prête ma virilité à ce drame, Barnaby.
— Mais c'est moi qui en suis l'auteur, riposta Hoode.
— Parce que je vous l'ai commandé. Faites-vous fi de mon autorité, monsieur ?
— Soyez raisonnable, Lawrence !
— Élaguez votre texte.
— Vous me demandez le plus grand des sacrifices !
— Placez l'intérêt de la troupe en premier, pour une fois.
— Et vous donc ! cria le dramaturge. Pensez au tort que vous infligez à Owen en supprimant cette tirade.
— Mais c'est précisément l'intention de Lawrence, observa Gill.
— Je lui résisterai sur ce point !
— Vous aurez mon soutien, Edmund.
— Mes mots sont sacrés !
— Ils le sont assurément, répondit Firethorn d'une voix douce, et je me battrais pour conserver chacun d'entre eux. Mais la pièce est trop longue, Edmund. Nous pouvons nous passer de vingt petites lignes prononcées par un coquin que l'on entend bien assez dans le reste de l'histoire. Agissez comme je vous l'ordonne. Cela donnera une fin plus ronde à votre drame. Croyez-moi.

La discussion cessa. La tirade fut coupée.

L'offre était beaucoup trop généreuse pour qu'on la refuse. Ils se reposaient dans un petit village au sud d'Oxford quand ils furent accostés par le fermier. Cornelius Gant, à demi couché contre le tronc d'un châtaignier, comptait sa recette au terme d'une journée dans la ville universitaire. Nimbus brouta d'abord à proximité, puis il s'approcha de l'étang pour fixer son propre reflet avant de plonger son museau dans l'eau fraîche. La lourde charrette s'arrêta en grinçant et le fermier en descendit. Grand et large, le visage rougeaud, il avait une quarantaine d'années. Ses manières et ses vêtements suggéraient une modeste aisance. Il en vint immédiatement au fait.

— Bel animal que vous avez là, mon ami ! J'aimerais l'acheter.

— Oh, messire, je ne saurais le vendre ! répondit Gant.

— N'y a-t-il aucune somme qui vous tenterait ?

— Il vaut plus que ce que vous seriez à même de m'offrir.

— Ne doutez pas du pouvoir de ma bourse, répondit le fermier, s'approchant de Nimbus pour mieux l'examiner. En matière de chevaux, je suis meilleur juge que quiconque dans tout l'Oxfordshire. Quand j'ai vu le maréchal-ferrant s'occuper de ce fougueux gaillard, j'ai discerné sa valeur. Allons, messire, j'ai grand besoin d'une telle bête. Discutons des conditions.

Gant se leva avec indolence et jeta un coup d'œil au cheval pommelé entre les brancards. Les stries sombres le long de son dos et de ses reins montraient que le fermier aimait user du fouet. Gant caressa la robe lustrée de Nimbus avec une affection calculatrice.

— Ce n'est pas un cheval rétif, messire. Je n'aimerais pas qu'on le frappe.

— Il n'en est pas question, assura l'autre. J'ai suffisamment de bêtes dans mon écurie pour les travaux pénibles. Notre ami serait entretenu en grand style pour mon usage personnel.

— Où se trouvent vos terres ?

— A deux lieues d'ici.

— Et vous prendriez soin de lui ?

— Comme un père de son enfant.

Le fermier mentait, mais Gant feignit d'être dupe pour imposer ses conditions. Quand un sac de couronnes fut placé entre ses mains, il consentit à la vente non sans réticence et donna à Nimbus une tape d'adieu sur le col.

— Au revoir, vieil ami, dit-il sur un ton affligé. J'ai grand-peine de me séparer de toi, mais tu t'en vas chez un bon maître. Évite-moi de souffrir davantage et pars vite. Je tournerai le dos et me reposerai sous ces ombrages.

Nimbus poussa un hennissement plein de tristesse puis se tourna avec obéissance vers le fermier, qui se hâta d'attacher ses rênes à la charrette et de s'éloigner. Cornelius Gant attendit qu'ils fussent loin pour rire de plaisir. C'était la deuxième fois en une semaine qu'il vendait Nimbus contre une somme rondelette. Il marcha vers l'auberge sans se presser et commanda le meilleur repas qu'on pouvait lui fournir. Lorsqu'il l'eut fait descendre avec de l'ale, deux heures s'étaient écoulées. Gant régla la note et retourna au châtaignier près de l'étang pour trouver Nimbus, qui broutait à nouveau avec satisfaction. A deux lieues de là, un fermier ulcéré soignait ses contusions en maudissant le cheval qui l'avait désarçonné à l'improviste. Il jura de se venger, mais ce n'était que vaine fanfaronnade.

Nimbus galopait déjà, hors d'atteinte.

— Plus vite, plus vite ! le pressait joyeusement Gant. Nous sommes en route pour voir la reine !

Londres résonnait de rumeurs et de spéculations. L'absence prolongée d'une souveraine vieillissante insufflait un regain d'ardeur à une noblesse languide. Les médecins royaux et les dames d'honneur se voyaient offrir des sommes généreuses en échange de révélations, mais ils y restaient insensibles. La reine Élisabeth était entourée par un silence qui ne faisait que confirmer les pires diagnostics. Risquait-elle de s'éteindre ? Faute de démenti officiel, cela en vint à être généralement admis par ceux qui avaient le plus à gagner ou à perdre d'un changement de monarque. Elle ne laissait aucun héritier, aucun successeur désigné. Les factions se durcirent. Des conclaves solennels furent tenus pour débattre des divers prétendants au trône.

On pouvait trouver semblable réunion dans le Strand, à Croxley Hall, le palais londonien de Roger Godolphin, comte de Chichester. Le vieux soldat distingué, dont la chevelure et la barbe argentées encadraient un visage parcheminé de rides, avait conservé l'habitude du commandement. Lorsqu'un nom emporta l'adhésion, son poing s'abattit sur la table et sa voix s'éleva au-dessus du brouhaha des conversations avec une autorité péremptoire :

— C'est décidé. Au travail, messieurs.

Les conjurés quittèrent la salle pour exécuter leur plan en une dizaine de lieux différents et par divers moyens. Les dés étaient jetés ; il fallait agir vite pour s'assurer d'emporter la mise. Les deux instigateurs de cette entreprise restèrent seuls.

— Eh bien, Roger ? dit le comte de Banbury, assis à l'autre bout de la longue table.

— Notre plan de campagne est solide.

— Il supposera un lourd investissement.

— Une superbe récompense nous attend.

— Il faut dépenser l'argent pour le faire fructifier, rappela l'autre. Disposez-vous de fonds ?

— Non! répondit le vieux soldat en haussant les épaules. Et vous?

— Pas un penny.

— Il nous faut donc trouver un capital.

— Où cela?

Le comte de Chichester réfléchit, le front plissé, puis émit un petit rire sec. En tant que directeur de l'arsenal, il connaissait l'importance suprême d'une large réserve de munitions en cas d'affrontement. Peu après, son carrosse l'emportait vers la Tour de Londres.

Cette journée interminable et harassante le parut plus encore dans ses dernières heures. Nicholas s'était activé sans relâche depuis l'aube. Après sa visite à Andrew Carrick, il avait pris les dispositions nécessaires pour les funérailles, était retourné à Southwark voir le directeur de *La Rose* au sujet de la prochaine représentation de *Sacrifice d'amour*, puis avait relaté cette entrevue à Lawrence Firethorn à *La Tête de la Reine*. Il avait discuté avec l'auteur inquiet des modifications qu'on exigeait de lui, avait apaisé le patron grincheux et tenté de consoler Elias de la perte des plus beaux vers qu'il eût jamais prononcés. Une nouvelle séance avec Firethorn avait été suivie par de longs débats avec deux membres essentiels de la troupe, Hugh Wegges, le costumier, et Nathan Curtis, le maître charpentier. Ceux-ci apporteraient une contribution majeure à la nouvelle pièce mise en scène dans le théâtre le plus récent de Londres.

La soirée s'acheva avant que Nicholas pût entreprendre ses recherches dans les bouges de Clerkenwell. Turnmill Street grouillait de clients. Là, seuls la luxure et l'argent faciles suscitaient de l'intérêt. Personne n'entendait avec plaisir des questions embarrassantes au sujet d'un meurtre. Dans la plupart des lieux qu'il visita, le régisseur fut ignoré, méprisé, menacé, voire bousculé.

Les repaires familiers de Sebastian Carrick recelaient mille dangers pour son ami. De toute évidence, Nicholas n'appartenait pas à ce monde-là, mais, à son corps défendant, il dut se faire passer pour un client afin d'y être admis.

— Qu'aimeriez-vous, messire? lui demanda la patronne.

— La plus impétueuse de la maison.

— Nous avons des catins de tout âge, de toute taille et de toute couleur. Confiez-moi vos goûts, répondit la vieille avec un sourire édenté.

— J'aimerais choisir celle qui me tiendra compagnie.

— Quel prix vous êtes-vous fixé, mon bon monsieur?

Nicholas glissa quelques pièces dans la paume crasseuse et fut récompensé par un baiser à l'haleine fétide. Elle le conduisit dans un couloir et le fit entrer dans une pièce au plafond bas, puant le péché et la fumée. Des hommes bruyants étaient avachis à des tables avec leur ribaude. A la lumière d'une bougie, d'autres jouaient aux cartes dans un coin. La vieille agita la main et Nicholas se retrouva face à un demi-cercle de prostituées, chacune exhibant ses appas et lui lançant des œillades assassines.

— Prenez-en une ou prenez-les toutes, dit la vieille.

— J'aime un peu de folie, expliqua-t-il.

— Vous avez entendu ce gentilhomme, continua l'hôtesse. Il aime la folie dans l'amour. Laquelle d'entre vous le contentera le mieux? lança-t-elle avec un sourire de défi. Qui sera la folle courtisane?

Il se montra doux et prévenant quand elle le fit monter dans sa chambre, mais il se révéla un amant d'une folle sauvagerie. Une fois en elle, il la punit par des morsures cruelles et des coups brutaux jusqu'à ce qu'il parvînt au sommet du plaisir. Frances saignait du nez et de la bouche lorsqu'il sombra dans un profond sommeil. Elle le retourna sur le dos et chercha son couteau à tâtons, sous l'oreiller. Un bon coup dans sa gorge épaisse suffit à tout régler. Frances le regarda pousser un dernier râle, puis alla à la fenêtre pour donner le signal. Un nouveau cadavre fut bientôt traîné loin de son étreinte meurtrière.

5

La Rose était un symbole approprié pour le théâtre londonien qui florissait sous la reine Élisabeth. Source de divertissement pour les oisifs en quête de plaisir, il était un des résultats de l'immense élan d'énergie créatrice qui faisait de la dynastie Tudor une puissance majeure dans la politique du monde. De même que les deux théâtres à ciel ouvert de Shoreditch — *Le Théâtre* et *Le Rideau* —, *La Rose* permettait de répondre à la demande croissante de nouvelles pièces de toutes sortes. La scène était un fidèle miroir de son temps. Elle célébrait le meilleur et fustigeait le pire. Elle provoquait, enchantait, raillait, inspirait. Parfois, elle détruisait. Par sa liberté foisonnante et sa dangereuse spontanéité, elle exerçait une influence unique qui s'étendait bien au-delà du cadre des représentations. L'art du théâtre était adoré à la cour et pratiqué avec l'assentiment royal.

Le thème floral était inévitable, car le plus récent théâtre de la capitale était bâti sur une ancienne roseraie, à l'est de Rose Alley dans Liberty of the Clink[1]. Le choix de Southwark était délibéré. A l'instar de Shore-

1. Liberty of the Clink : quartier situé à l'ouest du Pont de Londres, concédé à l'évêque de Winchester en 1107. On y trouvait des bordels, et plus tard une prison. *(N.d.T.)*

ditch, ce quartier présentait l'avantage d'être situé hors des limites de la cité, et d'échapper ainsi à l'hostilité et à l'étroitesse d'esprit dont souffraient les rares théâtres installés dans des cours d'auberge telles que *La Tête de la Reine.* Des thèmes qui eussent suscité une vertueuse indignation à Gracechurch Street pouvaient être présentés dans toute leur crudité à *La Rose.* Cela avait laissé à Edmund Hoode plus de champ libre pour son imagination et son audace. *Sacrifice d'amour* n'aurait jamais pu être monté à *La Tête de la Reine* sous sa forme originale. L'ironie voulait que la liberté offerte à Southwark eût pour contrepoids un acte d'autocensure.

Owen Elias ne mâcha pas ses mots :

— C'est une traîtrise de la plus vile espèce !

— Vous ne perdez qu'une tirade, fit valoir Nicholas.

— Mes camarades m'ont poignardé dans le dos.

— Ce n'est pas vrai, Owen.

— Ces vingt vers-là parachèvent toute la pièce, soutint le Gallois avec l'énergie du désespoir. Ils ennoblissent le drame et sauvent le héros de sa tragique déchéance. De plus, ajouta-t-il, l'égoïsme reprenant le dessus, ils donnent à mon Benvolio l'occasion que j'attendais depuis longtemps. Je suis trahi, Nick !

— Ne vous laissez pas aller au découragement.

— Je suis blessé à mort, persista l'autre. Sebastian n'aurait pas toléré cet affront. S'il avait joué le rôle, lui, on n'aurait pas pratiqué de coupe. Son Benvolio aurait prononcé l'oraison funèbre.

— Cela, nous ne le saurons jamais.

— Défendez-moi. Soutenez ma cause.

— Je l'ai fait maintes fois.

Nicholas éprouvait une profonde sympathie pour son compagnon. Il ne le cédait à personne dans son admiration pour Lawrence Firethorn, néanmoins il ne s'aveuglait pas sur ses défauts. Seule la jalousie professionnelle dictait la suppression du monologue final. Le roi

Gondar voulait conserver jusque dans la mort toute la gloire pour lui. Pour injuste qu'elle fût, cette attitude était typique du chef de la troupe, et le régisseur prodigua une fois de plus les consolations qu'il avait adressées à tant d'autres, souffrant d'être lésés. Firethorn aimait occuper plus que sa place sous le soleil.

Owen Elias et son ami discutaient sur les planches de *La Rose,* peu après la répétition du matin. Ce théâtre ayant désormais sa propre compagnie — les Hommes de Lord Strange —, l'accès à la scène était limité et n'autorisait qu'une seule répétition générale avant que la pièce fût présentée au public. La partie la plus minutieuse des préparatifs avait donc eu lieu à *La Tête de la Reine,* et les Hommes de Westfield n'eurent aucun mal à s'adapter aux conditions particulières de *La Rose.*

Lawrence Firethorn incendia les comédiens avec sa verve habituelle, mais ils savaient que ses critiques étaient de pure forme. A l'évidence, il était ravi de la répétition et convaincu que l'après-midi ajouterait un nouveau personnage à sa galerie de triomphes. Cela donnait à son enthousiasme un côté un peu exubérant. Quand il s'avança vers les deux hommes d'un pas majestueux, Owen Elias s'éclipsa dans un coin d'où il les observa d'un œil farouche. Firethorn, radieux, fondit sur son régisseur et s'écria d'un air jovial :

— Nick, cher cœur ! Qu'en pensez-vous ? Cet endroit n'est-il pas une merveille ?

— Il me sied fort bien.

— Messire Henslowe a accompli des prodiges et nous devons le remercier en étant époustouflants sur scène.

— Assurément.

— Combien d'âmes ce théâtre peut-il maintenant accueillir ?

— Environ quatre cents de plus.

Firethorn sourit de toutes ses dents.

— Soit un total de presque deux mille cinq cents. Les Hommes de Westfield feront salle comble. Mais quelle scène, Nick ! s'extasia-t-il en paradant sur les planches. Quel joyeux échafaud ! On croirait pouvoir toucher chaque spectateur en tendant la main. Un véritable miracle d'architecture.

Nicholas avait déjà noté toutes les améliorations. *La Rose* avait été bâtie quelques années plus tôt sur l'initiative de Philip Henslowe, ancien teinturier et prêteur sur gages, et d'un certain John Cholmley, épicier de son état. Utilisé tout d'abord pour les combats d'animaux autant que pour les représentations dramatiques, l'édifice avait subi un réaménagement complet l'hiver précédent. Henslowe avait déboursé la somme substantielle de cent cinq livres pour l'agrandir et le consacrait depuis lors exclusivement au théâtre. La démolition d'un des murs du fond avait permis de reculer la scène et ainsi d'accroître le nombre de places debout dans le parterre. On avait également pu installer des sièges supplémentaires dans les galeries de part et d'autre. En contrepartie, l'espace scénique se trouvait réduit, avec pour effet la sensation d'intimité qui avait tant impressionné Firethorn. C'était un paradoxe architectural. Le public serait plus nombreux, et pourtant plus proche des acteurs.

Le chef de la troupe avait rapidement saisi tous les avantages que cela lui offrait sur scène, mais Nicholas s'intéressait davantage aux améliorations pratiquées de l'autre côté du décor. L'agrandissement des coulisses, cela signifiait une loge plus confortable pour les acteurs et une réserve plus spacieuse pour entreposer les accessoires. Par ses choix judicieux, Henslowe avait créé les conditions nécessaires à d'ambitieux spectacles. *La Rose* pourrait mieux rivaliser avec les salles concurrentes. Lorsqu'on avait connu *La Tête de la Reine*, c'était un privilège de travailler dans un théâtre digne de ce nom et les Hommes de Westfield l'appréciaient à sa juste valeur. *Sacrifice d'amour* ne manquerait pas de fougue.

— Notre cher protecteur nous fait l'honneur de sa présence, annonça Firethorn.

— Il aura tout lieu d'être satisfait.

— Je me sens disposé au génie.

— Vos camarades ne seront pas en reste.

— Je les entraînerai jusqu'au pinacle !

Il déclama quelques vers de la nouvelle pièce pour en goûter l'effet, puis fit sa sortie. Nicholas souriait encore quand Owen Elias revint vers lui, radouci par un vague sentiment de culpabilité.

— Je ne voulais pas médire de lui, Nick, déclara-t-il.

— De qui donc ?

— Sebastian. J'avais des raisons de le haïr mais aucune de souhaiter sa mort, surtout aussi brutale. Eût-il été là, il aurait campé un excellent Benvolio. Mais le mien sera encore meilleur, lâcha-t-il, la fierté reprenant le dessus.

— Il sera différent, Owen.

— Je dois vous faire un aveu, dit Elias en se rembrunissant. Il me manque.

— Sebastian ?

— Même si sa disparition tourne à mon avantage, il me manque, le gredin ! Je souhaite qu'on pende son meurtrier à l'arbre le plus haut de la ville.

— Nous devrons d'abord le capturer.

— Est-il quelque espoir d'y parvenir ?

— Pas encore. Mais je ne renoncerai pas.

— Comptez sur moi si vous avez besoin d'aide.

C'était une proposition sincère, qui émut le régisseur. Owen Elias avait plus d'une raison de mépriser un acteur qui lui avait emprunté de l'argent sans intention de le rembourser, et qu'on lui avait toujours préféré ; cependant il était prêt à se joindre aux recherches pour venger sa mort. Nicholas lui en fut reconnaissant. Cela l'incita à considérer la déception de son ami sous un nouveau jour.

— Avez-vous appris les vers coupés ? lui demanda-t-il.

— Je connais cette tirade par cœur.

— Pourriez-vous la prononcer cet après-midi ?

— Messire Firethorn l'a expressément défendu.

— Oui, mais Messire Firethorn sera mort.

— Que dites-vous ?

— Il ne saurait interrompre Benvolio.

Owen Elias éclata d'un rire malicieux. Il connaissait le risque qu'il courait en désobéissant à Firethorn, mais cela ne l'effrayait pas le moins du monde. Lui que l'on confinait dans des rôles de second plan ne laisserait pas passer cette chance providentielle de se démarquer du lot. *Sacrifice d'amour* pouvait encore représenter un tournant dans sa carrière. Il imagina Firethorn gisant à ses pieds, impuissant à imposer sa volonté. C'était une occasion à saisir au vol et à savourer pleinement.

Son rire retentissant se réverbéra sur les murs de *La Rose.*

L'argent achetait presque tout, à la Tour de Londres. Grâce à une modeste somme remise à ses geôliers, Andrew Carrick jouissait déjà d'une liberté relative au sein de la tour Beauchamp. Une autre un peu plus substantielle lui valut de pouvoir en sortir de temps en temps. Le notaire ne constituait pas une menace. Il n'avait commis aucun crime et ne tenterait jamais de s'évader. Il pouvait donc se promener à sa guise, se rendre à la chapelle pour faire acte de piété, regarder la relève de la garde, monter sur les remparts du sud pour contempler la circulation sur la Tamise. Cela contribua à alléger son oisiveté forcée et lui donna une connaissance intime de l'administration de la citadelle. Ses flâneries lui fournissaient toutes sortes de passionnantes informations.

Carrick contournait l'angle de la tour Blanche quand il les découvrit devant la porte principale. Ils étaient plongés dans une conversation animée. Harry Fellowes se pliait en avant, malgré son embonpoint, dans une attitude déférente. Les mains frémissantes de Roger Godolphin, comte de Chichester, exprimaient une autorité mêlée de gratitude. Les deux personnages formaient un tableau intéressant que Carrick observa avec une curiosité croissante. Durant ses conversations à bâtons rompus avec l'aimable Fellowes, il avait glané un certain nombre de faits sur le fonctionnement interne du Bureau de l'arsenal. Il savait, par exemple, que ses opérations avaient pris une ampleur spectaculaire ces derniers temps. Au cours de la décennie précédant 1558, année de l'*Armada,* le bureau avait géré, en moyenne, neuf mille livres par an. Depuis lors, selon Harry Fellowes, cette somme avait presque doublé et continuait à croître rapidement. Approvisionner l'armée et la marine était une vaste entreprise. La guerre avait fait de l'arsenal un des principaux postes de dépenses.

Des dépenses d'une autre espèce faisaient justement l'objet d'une discussion.

— Quand l'aurai-je ? demanda le comte. J'en ai un besoin pressant.

— Je l'apporterai à Croxley Hall en personne, monseigneur.

— Cet après-midi ?

— Ce soir au plus tard, promit Fellowes.

— Je suis votre obligé, Harry.

— Et moi votre humble serviteur, monseigneur.

— Que cette affaire ne souffre aucun retard.

Harry Fellowes s'inclina, puis marcha en compagnie du comte vers la porte de la tour tandis qu'ils poursuivaient leur grave discussion. Andrew Carrick n'avait pu entendre que de légères bribes de cet échange, toutefois il avait distingué clairement les attitudes et les gestes. Il s'étonnait que le vénérable comte de Chichester eût daigné visiter ce dépôt militaire. Dans ses vieilles mains nerveuses et cupides, la Direction de l'arsenal était surtout une fonction honorifique, et il n'avait été poussé à l'action qu'en des heures d'urgence nationale. Toutes les tâches afférentes étaient exécutées par le clerc, le contrôleur et le lieutenant de l'arsenal. Bien qu'il fût tout au bas de cette hiérarchie, Harry Fellowes s'était targué plus d'une fois d'être, en un sens, le premier en importance. Cela rendait d'autant plus mystérieuse sa conversation animée avec le comte de Chichester. Toutefois, Carrick allait bientôt avoir quelques éclaircissements à ce propos.

— Voici justement l'homme que je cherchais !

— Bonjour, messire Fellowes.

— Je requiers une faveur, messire.

— Exprimez-la et elle vous sera accordée, répondit Carrick.

Après avoir raccompagné le comte, Harry Fellowes rebroussait chemin vers la tour Blanche quand la vue de l'homme de loi avait fait naître un faible sourire sur ses lèvres. Il sortit un document dissimulé à l'intérieur de son manteau.

— Il me faut la signature d'un avoué.

— Même s'il s'agit d'un prisonnier ?

— Allons, maître ! dit Fellowes. Vous n'allez pas chicaner !

Les deux hommes se mirent à rire.

— M'aiderez-vous en cette affaire, messire Carrick ?

— Avec joie. Pour quel acte dois-je faire office de témoin ?

— Un document qui pourrait aboutir à votre libération.

— Je m'en vais le signer sur-le-champ.

— Il précise les termes d'un prêt.
— Entre vous-même et le comte de Chichester?
— Vous êtes fin observateur, dit Fellowes avec un sourire pincé. Les détails ne vous concernent pas, néanmoins je puis vous dire ceci : mon prêt et votre signature peuvent tourner à notre mutuel avantage.
Andrew Carrick le suivit bien volontiers.

Le beau temps, une kyrielle d'affiches et la renommée toujours grandissante de Firethorn firent se presser un large public en direction de *La Rose*. Les contrôleurs recueillaient l'argent aux portes puis faisaient entrer les spectateurs dans le théâtre. La foule remplit bientôt le parterre et occupa les bancs des gradins avec un égal enthousiasme. La salle entière résonnait sous le brouhaha impatient. Les Hommes de Westfield étaient tenus en haute estime et n'auraient pu trouver de meilleure place pour déployer leur talent que ce théâtre de Southwark, qui galvanisait leur inspiration.

L'arrivée de Lord Westfield fut calculée de manière à produire le maximum d'effet. Il s'installa en grande pompe sur son siège garni de coussins dans la galerie du haut, parmi son entourage habituel, et répondit aux applaudissements sporadiques en levant une main gantée. Il n'aurait jamais manqué une nouvelle création de sa troupe bien-aimée, toutefois le mécène, tout épris qu'il fût des plaisirs de la vie, ne venait pas simplement apporter son soutien tacite. Il comptait bien récolter sa part dans la moisson de louanges. Lord Westfield n'était pas homme à cacher sa valeur sous le boisseau, mais préférait l'exposer au grand soleil. C'était le moyen assuré d'échauffer la bile du comte de Banbury.

Anne prit place elle aussi sur un des bancs. Le théâtre se trouvant pratiquement à sa porte, elle avait accepté de bon cœur l'invitation de son locataire, et avait amené Preben Van Loew avec elle. Le Hollandais impassible, qui pouvait avoir une cinquantaine d'années, était son plus habile chapelier. Il affichait une répugnance presque puritaine pour le théâtre, mais sa présence conférait à Anne de la respectabilité et garantissait sa sécurité. Elle était sûre que, comme en de précédentes circonstances[1], son employé finirait par apprécier infiniment la pièce, tout en le cachant bien. Elle-même était chargée d'une mission spécifique par Nicholas. Il avait imaginé une série d'effets scéniques pour *Sacrifice d'amour* et désirait savoir quelle impression ils produisaient depuis la salle. Anne était donc là afin de se divertir et d'en juger. Parée avec élégance pour l'occasion, elle formait un contraste insolite avec son compagnon laconique vêtu de sombre, mais elle y était accoutumée.

Interpréter une nouvelle pièce était une épreuve particulière pour la troupe. C'était comme de livrer bataille avec des armes dont on n'avait pas l'habitude. Les comédiens connaîtraient une victoire glorieuse ou une défaite ignominieuse. Quand leurs vers s'élanceraient vers les oreilles du public telle la première charge de la cavalerie, ils pourraient estimer leurs chances de triompher lors de cet affrontement. En un monde où les modes changeaient à un rythme tourbillonnant, rien n'était certain. Des intrigues et des thèmes qui avaient eu la préférence durant un mois n'inspiraient que lassitude le mois suivant. Des personnages bouleversants tombaient à jamais dans l'oubli. On réclamait de la nouveauté, mais sa nature exacte se modifiait sans cesse. Les Hommes de Westfield espéraient que *Sacrifice d'amour* s'en sortirait avec honneur, sans en avoir l'absolue certitude. Dans le feu de l'action, bien des imprévus pouvaient survenir. Pour cette raison, une nervosité encore plus vive que d'ordinaire régnait dans la

1. Voir *Les Joyeux Démons*, 10/18, n° 3195.

loge. Les comédiens et l'auteur redoutaient de lourdes pertes.

C'était en de pareils moments que Nicholas Bracewell et Lawrence Firethorn donnaient leur pleine mesure. Le régisseur était une présence apaisante au sourire réconfortant, tandis que l'acteur vedette évoquait un général bouillant de mener ses troupes à l'assaut. Ils redonnèrent du cœur à la compagnie entière et restaurèrent même la confiance d'Edmund Hoode en sa propre pièce. Selon son habitude, celui-ci s'était composé un rôle qui mettait en valeur son talent considérable. A la dernière minute, Barnaby Gill, comme toujours irascible, protesta que son personnage manquait d'étoffe. Sur le plan collectif autant qu'individuel, la troupe suivait la voie tracée par la routine.

Ce fut à cet instant que Firethorn en divergea. Alors qu'approchait le moment de vérité et que la tension était à son comble, il entrebâilla le rideau pour avoir un bref aperçu de son futur public. Ce geste devait être fatal. Un océan de visages apparut à ses yeux, mais il n'en vit qu'un seul. Elle était assise au milieu de la galerie du bas, et montrait un calme qui la distinguait complètement de la foule turbulente. Son visage en cœur, d'une indicible beauté, était encadré par des cheveux noirs ramenés vers le haut pour disparaître sous un ravissant chapeau à plumes. Le velours foncé de la robe et la fraise blanche rehaussaient le teint de lis de cette jeune femme exceptionnelle, toutefois elle fascinait surtout par ses yeux. Sombres et fiers, ils exprimaient un dédain farouche qui amena un sourire niais sur les lèvres de Firethorn. Désormais, un aiguillon plus fort encore le poussait à conduire ses troupes à la bataille.

L'amour vrai lui faisait signe. La conquête s'imposait.

Owen Elias était aussi tendu que la corde d'un luth,

sans en avoir les accents mélodieux. Assis dans un coin de la loge, il se concentrait sur la tâche importante qui l'attendait et ne souffrait aucune interruption. Un apprenti qui l'avait bousculé par mégarde et un assistant machiniste qui passait trop près de lui essuyèrent des reproches mordants. Le Gallois ombrageux se ressentait de la nervosité ambiante. Nicholas s'en aperçut et traversa la loge pour l'apaiser d'un mot.

— N'ayez crainte, Owen. Vous excellez dans ce rôle.

— Sans aucun doute, répondit l'autre avec une pointe de son ancienne fanfaronnade. Benvolio me sauvera de l'oubli où je croupis. On verra que j'ai autant de talent que n'importe qui dans cette compagnie.

— Alors pourquoi cette triste figure?

— A cause de Sebastian.

— Vous vous sentez coupable?

— Et malheureux, Nicholas. Toute rancune mise à part, je dois bien reconnaître que ce rôle était le sien. Benvolio a été écrit pour lui.

— Honorez sa mémoire par votre jeu.

— Je le ferai, messire.

— Il n'en attendrait pas moins de vous, Owen.

— Certes. Quant à la dernière tirade de la pièce... chuchota-t-il.

Nicholas lui adressa un clin d'œil.

— La décision vous appartient.

Owen Elias sourit et envisagea l'avenir d'un cœur plus serein. Puis il n'eut plus le temps d'hésiter, car une douzaine de cloches sonnaient dans le voisinage. Il était deux heures, et Nicholas se trouvait à son poste. Alors que l'écho des carillons vibrait encore, il donna le signal et la représentation débuta. Les musiciens se mirent à jouer, et le Prologue au manteau noir apparut pour indiquer au public l'esprit et l'argument de la pièce.

L'amour bien souvent exige un trop grand prix,
Car il n'est de passion sans quelque sacrifice.

Et si Cupidon est l'allié de Vénus,
Il peut, mû par l'espièglerie,
Décocher des traits par trop acérés
Et, tâchant de blesser, finir par tuer.
C'est le cas dans notre histoire...

Ayant exposé l'intrigue de la sorte, Edmund Hoode fit entrer son héros sur scène dans un tonnerre de vers blancs. Gondar était furieux, et aucun acteur n'aurait su exprimer son auguste courroux mieux que Firethorn. Ses serviteurs sur les talons, il ragea, tempêta, et intimida jusqu'au public par sa majesté. Il ne portait qu'une robe safran sur une simple tunique, néanmoins il était roi par toutes les fibres de son être tandis qu'il invectivait ses gardes. Ceux-ci avaient traité avec dureté sa prisonnière, la reine Elsin. Vainqueur magnanime et fidèle au sens de l'honneur, il envoyait chercher la belle captive pour la libérer de ses fers et lui exprimer ses regrets. Cette première rencontre abolit toute hostilité. L'amour naquit à la première seconde, dès le premier regard. Gondar l'implacable devint un amant tendre et empressé.

Firethorn, remarquable quel que fût le rôle, s'était trouvé un personnage qui le poussait à l'excellence. Bien avant la fin du premier acte, les spectateurs s'étaient rendus, séduits, comme la reine, par le charme irrésistible de sa voix et de ses gestes. Richard Honeydew incarnait une Elsin à la beauté triste, que l'adversité faisait plus poignante encore. L'acteur vedette s'élevait jusqu'au faîte, le jeune apprenti le suivait et leur amour prenait son essor.

Firethorn repoussait lentement les limites de son art. Il ne se montrait pas simplement superbe, il dédiait tout son talent à un seul être. Les compliments élégants dont il couvrait la reine visaient en réalité la beauté mystérieuse de la galerie du bas. Ses gestes émouvants n'étaient que la danse du mâle tentant de l'enjôler. Mais chaque fois qu'il regardait à la dérobée l'objet de sa flamme, il la trouvait froide et distante. Il s'élançait vers des hauteurs de plus en plus sublimes sans qu'elle voulût se soumettre à son roi. Les yeux noirs cillaient à peine dans le visage impassible. La femme pour qui il jouait semblait avoir un cœur de pierre.

Et pourtant elle n'était pas indifférente. Son attention ne se relâchait pas. *Sacrifice d'amour* eut droit tout du long au même regard soutenu, mais la pièce la captivait sans l'émouvoir. En revanche, la magie de *La Rose* opérait sur Firethorn. Par l'imagination, il tendait la main vers elle et la touchait cent fois. Tout en courtisant la reine Elsin, il couvrait sa belle inconnue de douces caresses. Les autres spectatrices soumises à ce traitement avaient toujours succombé de bon gré, mais pour une fois il connaissait un échec cinglant. Cela ne fit qu'attiser son désir et la flamboyance de son jeu déjà éblouissant. Quand sa reine et lui, frappés par le destin, périrent ensemble à la fin, la salle tout entière poussa un gémissement. Gondar avait incarné l'honneur militaire et l'amour courtois. Sa mort était l'essence même de la tragédie.

Néanmoins, la pièce n'était pas encore terminée. Tandis que les soldats entouraient le couple défunt, l'acteur qui avait campé un fascinant Benvolio leva les mains pour réclamer le silence. Quand il eut prolongé l'attente jusqu'à la rendre déchirante, il prononça d'une voix sonore la tirade supprimée à la répétition. Lawrence Firethorn se raidit et laissa échapper un grognement sépulcral, toutefois Benvolio demeura inflexible. La musique triste et subtile de sa voix était une parfaite épitaphe pour les amants maudits.

Adieu, doux amis, emportez cette louange aux cieux,
Embrassez cette joie à laquelle vous aspiriez tous
[deux.

Benvolio versa une larme, puis fit signe aux soldats

de déposer les corps sur leurs civières respectives. Alors qu'on emportait le couple avec la solennité de rigueur, le roi Gondar entrouvrit un œil pour lorgner vers la galerie du bas. L'exercice lui valut une pénible révélation. Pour la première fois de tout l'après-midi, sa belle montrait de l'émoi. Le chagrin crispait son visage, sa main effleurait sa bouche. Par une brève élégie, Owen Elias avait obtenu ce que Firethorn n'avait su accomplir en une centaine de tirades. Quelle humiliation ! L'acteur-directeur fulminait dans sa tombe.

Dès qu'il eut quitté les planches, il abdiqua sa royauté pour accabler son camarade d'insultes épouvantables, mais ses imprécations furent couvertes par l'avalanche d'applaudissements qui roula jusqu'à leurs oreilles. Différant sa fureur, il arbora son sourire le plus arrogant et alla saluer à la tête de la troupe. *Sacrifice d'amour* était un formidable succès, une nouvelle pièce brillante qui occuperait une place de choix dans le répertoire de la compagnie. Même s'il se repaissait avidement de cette ovation, Lawrence Firethorn ne s'intéressait qu'à deux personnes dans l'assistance. Il adressa son salut le plus obséquieux à Lord Westfield, qui paraissait enchanté, et un large geste plein de panache vers la galerie du bas. Si le mécène répondit par des applaudissements frénétiques, la dame ténébreuse se contenta de le fixer. Cela lui suffit. Le désir qui avait grandi pendant ces deux dernières heures s'épanouit en une passion aveugle.

Les spectateurs tapèrent des mains, lancèrent des vivats et trépignèrent durant plusieurs minutes, mais l'un d'eux refusa de se joindre à l'enthousiasme général. Grand et taciturne, il avait passé l'après-midi sur des charbons ardents tandis que le drame se déroulait avec brio et que Firethorn affirmait une fois de plus sa suprématie. Toutefois, cette visite à *La Rose* lui valut une joie intense lors de l'ultime tirade. Vingt vers l'incitèrent à observer Owen Elias avec une vive curiosité et à refréner sa jalousie. Une idée se forma dans les replis de son esprit et amena un sourire sur ses lèvres. *Sacrifice d'amour* venait de lui fournir une arme dévastatrice contre son rival.

Giles Randolph était satisfait au plus haut point.

Nicholas s'élança à la rescousse de son ami. Sans même laisser le temps à Firethorn de proférer une insulte, le régisseur le complimenta sur son jeu et chercha à l'attendrir par ses louanges dithyrambiques. Mais cela émoussa à peine la rage du comédien, qui gronda :

— Palsambleu, Owen ! Avez-vous perdu la tête ?

— Moi, messire ?

— Êtes-vous aveugle ? Êtes-vous sourd ? Êtes-vous stupide ?

— Non, messire Firethorn.

— Quand je meurs, la pièce s'achève.

— Excepté pour la dernière tirade.

— Elle a été coupée, mon cher !

— Ah ? s'étonna le Gallois, faussement candide.

— On l'a supprimée de la pièce. On devrait en faire autant de vous, traître, fourbe, fumier gallois que vous êtes !

— Prenez garde, avertit Elias, frémissant sous l'injure. N'insultez pas ma nation.

— Le pays de Galles est une insulte en soi ! s'écria Firethorn. Il n'engendre que des crapules et des brigands. Qu'on me montre un Gallois qui ne soit pas un barbare répugnant à la face de poireau ! Vous m'avez trahi à l'apothéose de ma gloire, espèce de Judas !

Sous l'effet de la colère, le teint d'Owen Elias vira au violacé et Nicholas dut intervenir rapidement pour empêcher la querelle de s'envenimer. Il prit la faute à son compte en affirmant que la tirade finale avait été rétablie sur son initiative, mais soutint que la grandeur de Firethorn ne s'en trouvait nullement diminuée. Toute la troupe réunie dans la loge l'approuva avec volubilité, chacun ayant à cœur d'éviter une violente altercation. Ce fut toutefois Barnaby Gill qui eut le mot de la fin, en chuchotant non sans malice :

— C'est elle qui en jugera, Lawrence.

— De qui donc parlez-vous ?

— De la dame aux yeux de jais. Demandez-lui donc si elle couperait les vers de Benvolio. J'ai idée qu'elle refuserait.

— Le diable vous emporte !

Nicholas profita de ce bref échange pour entraîner Owen à l'autre bout de la loge, où il le cacha derrière un portant de costumes. Quand Firethorn se retourna, ils avaient disparu. Fixant son esprit sur une plus haute priorité, il chercha autour de lui comment accomplir son dessein. L'inspiration survint sous la forme de George Dart, qui avançait en titubant, les bras chargés d'accessoires. Les doigts de Firethorn le happèrent par le col telles les serres d'un aigle se refermant sur sa proie.

— George Dart !

— Oui, messire ? bégaya le petit machiniste.

— Je veux son nom.

— Le nom de qui ?

— Le sien.

La poigne puissante de Firethorn souleva le jeune homme de terre et le tourna face au rideau baissé. Écartant l'étoffe, l'acteur lui montra la déesse dans la galerie du bas.

— La voyez-vous à présent, George ?

— Oui, messire... Non, messire... Laquelle est-ce ?

— Cette beauté sans égale.

— Je suis perdu !

— Là, imbécile !

Il souffleta George si fort que celui-ci lâcha sa charge qui tomba à grand bruit sur les planches. Le doigt tendu de son employeur, la description rageuse entre des dents serrées et la menace de nouveaux coups se conjuguèrent pour désigner la dame en question aux yeux du malheureux machiniste. Sitôt relâché, il courut exécuter la mission dont il était chargé.

Lawrence Firethorn passait à l'action.

Ce furent des funérailles discrètes. Une douzaine de personnes à peine étaient rassemblées dans le petit cimetière d'Islington pour accompagner Sebastian Carrick à sa dernière demeure. Une légère bruine rendait cette sombre occasion encore plus triste. Le prêtre murmura des prières presque inaudibles. L'affliction s'exprimait par des sanglots contenus. Nicholas observait tout cela en silence, avec un désarroi accru par un constat ironique. La mise en scène était exécrable. Sebastian aurait mérité un rôle central devant un large public. Un acteur dont la vie et l'œuvre étaient un hymne à l'exubérance quittait ce monde dans un silence furtif. La terre humide attendait de l'emporter loin des applaudissements.

La bruine et l'oraison monocorde continuèrent.

— Car il a plu au Tout-Puissant, dans Sa grande miséricorde, de ramener à Lui l'âme de notre cher frère. Il nous a quittés et nous livrons son corps à la terre ; la terre retourne à la terre, les cendres aux cendres, la poussière à la poussière ; dans l'espoir assuré de la résurrection à la vie éternelle, par Notre Seigneur Jésus-Christ, Qui altérera nos corps vils afin qu'ils ressemblent à Son corps glorieux...

Les mots flottaient aux oreilles de Nicholas, avivant sa peine. Il songea au cadavre hideux qu'il avait vu sur la dalle glacée. Un corps vil, en vérité. La tête fendue, les membres contusionnés, le dos marqué d'une signature de sang signifiant son arrêt de mort.

Il parcourut des yeux la famille endeuillée, soulagé qu'aucun de ses membres n'eût été forcé de voir le bien-aimé Sebastian dans son dernier rôle. Leur souvenir du jeune homme séduisant et plein d'allant ne serait pas terni. Aucun de ses parents n'était présent. La mère était morte depuis longtemps et le père se morfondait dans sa prison. Pas même l'influence de Lord Westfield n'avait pu libérer Carrick de la Tour le temps d'assister aux funérailles de son fils unique. Le notaire veillerait en silence dans sa cellule. La principale représentante de la famille était Marion, la jeune sœur du défunt, soutenue par un oncle, une tante, quelques cousins et une vieille servante.

Edmund Hoode était venu avec Nicholas au nom de la troupe. Ils furent agréablement surpris quand Owen Elias s'attacha au cortège funèbre. Il était venu rendre les derniers devoirs à Sebastian, malgré les différends qui les avaient opposés dans la vie. C'était un geste estimable. Quand le cercueil disparut sous une mince couche de terre, le groupe encore hébété commença à se disperser. Nicholas s'éloignait en compagnie d'Edmund Hoode lorsqu'il sentit qu'on tirait sur sa manche. Il se tourna pour découvrir une Marion Carrick d'une beauté diaphane dans sa toilette de deuil.

— Je tiens à vous remercier, messire Bracewell.

— Nous ne voulions pas vous importuner en ce jour d'affliction.

— Les amis de Sebastian sont les bienvenus, messire, et vous étiez parmi ses intimes. Mon père m'a écrit, et je sais quelle considération vous nous avez montrée. Nous sommes vos débiteurs et nous n'oublierons jamais votre bonté.

— Votre frère était un excellent camarade, répondit Nicholas. Les Hommes de Westfield se souviendront de lui avec affection.

— Certainement, approuva Hoode.

— Merci, messieurs.

Marion Carrick était une jeune femme de taille

moyenne, à la beauté empreinte de réserve et de modestie. Elle avait autant de charme que son frère, l'excentricité en moins. Son chagrin céda le pas un instant à une colère fulgurante.

— C'était un crime abject !

— Il ne restera pas impuni, assura Nicholas.

— Pouvons-nous compter sur votre aide, messire Bracewell ?

— Je ne connaîtrai pas le repos avant que l'affaire ne soit réglée.

— Elle me blesse au plus vif. J'aimais Sebastian de tout mon cœur. Si son meurtrier était devant moi, je le tuerais de mes propres mains.

— Justice sera faite, mademoiselle.

— Je me fie à vous pour respecter cette promesse, messire.

— J'en fais le serment solennel.

Avant même d'assister à l'inhumation, Nicholas s'était promis de traquer l'assassin à la hache. Cette volonté profonde, il la ressentait désormais avec une urgence, une force nouvelles. La requête de Marion lui prêtait une dimension spirituelle. Nicholas se recueillit devant la tombe de son ami. Quand il s'éloigna, il savait que rien ne le détournerait de sa mission.

6

En professionnels avertis, Cornelius Gant et son fidèle Nimbus savaient adapter leur spectacle aux besoins du public. *L'Auberge du faucon*, un petit établissement assez décrépit à l'entrée du village, réunissait une clientèle peu fortunée. Dès que Gant arriva sur son cheval, il comprit que la compagnie était trop pauvre pour lui procurer une recette substantielle, trop vulgaire pour priser la subtilité, et trop ivre pour supporter un long divertissement. L'occasion idéale pour *La Saga des six seaux*.

— Posez-les ici, mon ami, dit Gant en indiquant l'endroit du doigt. Bien sur la même ligne, avec un écart de deux pas.

L'un des tireurs de bière était venu l'aider, et plaçait d'abord les trois seaux remplis d'eau avant d'ajouter les trois autres, vides, ceux-ci. Des villageois éméchés sortirent dans la cour d'un pas traînant, en manifestant une curiosité bruyante. Le tenancier, maussade, regardait par la fenêtre. Deux chiens galeux approchèrent furtivement. Si peu encourageant que fût ce groupe, il composait néanmoins un public et les artistes réagirent comme ils se devaient.

Gant commença par saluer en ôtant son chapeau et obtint ses premiers rires : Nimbus l'avait projeté en l'air en poussant son séant protubérant. Le cheval exécuta alors une révérence contrite qui mit les spectateurs en joie. Gant et l'animal se livraient à ce genre de pantomime pour chauffer le public rustique, qui finit par se tordre de rire. Le salut suivant fut dans la manière de la révérence.

— Messieurs, annonça Gant, nous allons vous présenter une saynète intitulée *La Saga des six seaux.* Vous les voyez devant vous et je vais attribuer à chacun d'eux un numéro.

Il commença par les seaux pleins, leur donnant un léger coup de pied au passage.

— Un... deux... trois... quatre... cinq... six. Gardez ces chiffres en mémoire, je vous prie. Nimbus s'en va vous les rappeler à son tour.

Le cheval obtempéra avec un aplomb acquis au fil de maintes répétitions, et donna un coup de sabot au premier seau, deux au suivant et ainsi de suite jusqu'au sixième. Afin de prouver que ce n'était pas le fruit du hasard, Nimbus repassa alors devant les seaux en sens inverse et répéta les numéros à rebours. Les applaudissements furent ponctués de bravos et de sifflements. Cornelius Gant éleva les bras pour tempérer cet enthousiasme, où la bière avait sa part.

— Vous n'avez encore rien vu, bonnes gens ! les prévint-il avec un clin d'œil espiègle. Nous allons à présent vous montrer un extraordinaire tour de passe-passe. Devant vous se trouvent trois seaux pleins — un, deux, et trois ; ainsi que trois seaux vides — quatre, cinq et six.

— En quoi consiste le tour ? s'enquit l'un des villageois.

— A déplacer l'eau par magie, répondit Gant. Sans que je bouge d'un pouce, les seaux pleins seront vidés et les seaux vides remplis. Une telle chose est-elle possible ?

— Jamais ! lança quelqu'un.

— Ça ne s'est jamais vu ! cria un autre.

— Seule la sorcellerie en serait capable ! commenta un troisième.

— Pas la sorcellerie, assura Gant, mais seulement la huitième merveille du monde, j'ai nommé : Nimbus ! Attention, messieurs. *La Saga des six seaux* est sur le point de débuter.

Il se tenait à trois mètres des seaux et demeura immobile pendant toute l'attraction. Nimbus attendait le signal de son maître sans le quitter des yeux. Gant rappela encore au public le numéro de chaque seau, puis ordonna d'un ton sec :

— Un !

Nimbus enfonça son museau dans le premier seau et entreprit d'en boire le contenu. Le niveau d'eau baissa visiblement. Quand la moitié eut disparu, Gant lança un nouvel ordre :

— Trois !

Le même traitement fut réservé au troisième seau. Gant renvoya alors son cheval vers le premier, puis vers le deuxième, et à nouveau vers le troisième. L'étalon étancha sa soif inextinguible à toute vitesse devant l'assistance sidérée. L'effarement se changea bien vite en franc amusement.

— Quatre !

Nimbus sortit son museau de l'eau et s'approcha du seau suivant afin d'uriner à l'intérieur avec une remarquable précision. Cela ne manqua pas de produire une vive hilarité.

— Cinq !

L'animal semblait renfermer une réserve inépuisable qu'il pouvait ouvrir et fermer comme un robinet. Une vapeur monta du cinquième seau et l'hilarité tourna à l'hystérie.

— Voyez ! triompha Gant. On ne vous fait pas prendre des vessies pour des lanternes !

Cette plaisanterie fit rire les spectateurs à s'en tenir les côtes.

— Six !

Nimbus réitéra obligeamment l'opération, puis plongea en une révérence digne d'une dame du meilleur monde. Trois seaux pleins étaient désormais vides, trois seaux vides étaient remplis à ras bord. Gant tendit son chapeau pour recueillir les pièces qu'on lui jetait puis l'écarta vivement, Nimbus feignant de se soulager dedans. Ce soir-là, il y eut de l'ale gratuite pour le visiteur et de l'avoine à volonté pour son cheval. Tous deux dormirent profondément dans la même écurie.

Lorsqu'ils partirent à l'aube le lendemain, Cornelius Gant pesta contre la médiocre qualité du public et celle, pire encore, de la bière. Ils méritaient mieux. Ce voyage vers Londres représentait pour eux une forme d'ascension sociale. Ils étaient issus du milieu le plus humble et dégradant. A force de travail et de patience, ils s'étaient sortis de leur misère pour se forger la promesse d'un avenir meilleur. Gant en était venu à mépriser ses origines et n'avait nulle envie qu'on les lui rappelle comme à *L'Auberge du faucon*. Il possédait un cheval remarquable, susceptible de leur assurer la célébrité et la fortune pour peu qu'on sût le prendre. Nimbus n'aurait plus à galvauder son talent ainsi que ces rustres l'y avaient forcé, et Gant lui donna une tape affectueuse en manière d'excuse.

— Un jour, nous jouerons devant la reine, affirma-t-il fièrement. Tu ne rempliras pas de seaux pour Sa Majesté, mais quand nous aurons conquis Londres, c'est de l'or que nous pisserons !

Les deux jours suivants, où ses apparitions publiques furent annulées, confirmèrent bien des soupçons et enflammèrent les imaginations. La reine Élisabeth était gravement malade. Aucun de ses médecins n'était prêt à l'admettre ouvertement, mais il ne s'en trouva aucun pour le nier de façon formelle. Leur silence était troublant. Tout aussi révélateur était le brusque changement d'attitude de Burghley, le Grand Trésorier, un vieil homme d'État avisé dont la longue association avec la souveraine était pour une large part à l'origine de la stabilité de son gouvernement. Homme de grand discernement et doté d'une rare aptitude à maîtriser les questions complexes de l'époque, Lord Burghley joignait à son sens élevé du devoir une réelle affection pour sa reine. Elle, en retour, se fiait à son intuition et à sa sagacité. Il ne fallait pas s'étonner qu'elle l'appelât « mon Esprit », car il modelait par ses conseils tout ce qu'elle faisait ou déclarait. Qu'il restât muet comme une carpe présageait assurément que le vent avait tourné. Quand un fin politicien comme Lord Burghley était pour une fois à court de mots, cela montrait qu'il pressentait également le terme de sa propre carrière. A plus de soixante-dix ans, tourmenté par la goutte, il était au bord de l'extinction.

Celle qui était au cœur de ce malaise ne faisait rien pour le dissiper. Enfermée dans ses appartements privés, à l'abri d'un mur de silence, elle s'acheminait vers une mort qui semblait chaque jour plus inévitable. L'agonie d'un monarque était toujours une cause de deuil national, toutefois la fin imminente de la reine Élisabeth serait une tragédie sans précédent. Son règne avait été l'une des périodes les plus raffinées, les plus riches de l'histoire de son pays, reléguant le passé dans l'ombre et renforçant la promesse des temps à venir. Quand elle s'en irait, un puissant symbole de la gloire anglaise disparaîtrait. Nul ne pourrait la remplacer, néanmoins la nécessité d'assurer la succession devenait pressante.

Le comte de Banbury chercha quelque éclaircissement en la matière :

— Où en sommes-nous, messire ?

— Tout est en ordre. Les négociations sont engagées et produisent déjà d'excellents résultats.

— Pouvons-nous compter sur de fermes promesses ?

— Les fermes promesses de cœurs vaillants. De grands noms soutiennent notre cause. D'autres suivront dans leur sillage.

— Alors l'argent a été dépensé à bon escient.

— Des faveurs de toutes sortes ont été dispensées à cet effet.

— Rien ne devra nous arrêter, décida Banbury sans pitié.

— Et rien ne nous fera reculer, ajouta son compagnon d'un air grave.

Dans la salle à manger de Croxley Hall, Roger Godolphin, comte de Chichester, recevait son petit cercle d'intimes. Le premier arrivé, le comte de Banbury, se montra impatient de savoir comment progressaient leurs plans. Certains des membres les plus influents de la cour avaient déclaré leur soutien et il hochait la tête avec plaisir en écoutant l'énumération de leurs noms. D'autres avaient apporté un accord tacite à ces manœuvres sans se risquer à s'engager franchement. Le comte de Chichester livrait sa dernière campagne, et était déterminé à se trouver dans le camp des vainqueurs. Ils avaient arrêté leur choix. La suite s'avérait infiniment plus dangereuse.

— Des missives ont-elles été échangées ? demanda avidement Banbury.

— Vous les verrez toutes.

— Mesure-t-on bien la force de notre loyauté ?

— N'ayez crainte, le rassura le vieux soldat, rejetant en arrière sa crinière d'argent. On saura nous récompenser.

— Vous devez lui parler en personne.

— Je quitte Londres dès demain.

— Rien ne devra être laissé au hasard, Roger.

— C'est pourquoi vous m'accompagnerez durant ce long voyage.

— Je suis votre serviteur.

— Une autre raison impose que vous chevauchiez avec moi.

— Laquelle ?

— On requiert votre présence.

Le comte de Banbury eut un sourire satisfait qui s'épanouit en un petit rire. Le lendemain, dans cette mission vitale d'ambassadeurs qui les conduirait vers le nord, il ne serait pas là simplement pour conférer du poids au directeur de l'arsenal. On l'appelait. C'était un signe.

Sa nuit roborative dans les bras d'Anne permit à Nicholas de soutenir le rythme d'une interminable journée. Au service des Hommes de Westfield, il ne connaissait pas de répit. Son travail commença de bonne heure par l'érection de la scène dans la cour de *La Tête de la Reine*. La répétition d'*Antonio le Ténébreux* occupa l'essentiel de la matinée et engendra son lot de problèmes à régler avant la représentation de l'après-midi. Une lettre lui parvint alors par un messager et il s'accorda une pause pour la décacheter. Un petit objet d'argent en sortit, que seule la prestesse de sa main empêcha de tomber à terre. C'était, dans un cadre, un minuscule portrait de Sebastian, qui remua en lui des souvenirs pénibles. Cette miniature, œuvre d'un artiste médiocre, présentait une ressemblance passable avec le modèle, dont elle captait un peu de la suave vitalité. Quant à la lettre, elle provenait de Marion qui sollicitait à nouveau son aide avant de s'abandonner au deuil. Espérant que la miniature pourrait être utile au régisseur, elle lui recommandait de prendre un soin particulier de cet objet, encore plus précieux pour elle depuis que son frère avait disparu. Il le rangea dans sa poche avec gratitude.

Lawrence Firethorn était devenu sa principale cause de souci. Après son triomphe à *La Rose*, l'acteur s'était arrangé pour découvrir le nom de la nouvelle élue — Beatrice Capaldi — et se le répétait depuis sur les tons les plus langoureux. Par malheur, George Dart n'avait réussi à glaner aucune information plus précise, sinon qu'elle était dame de quelque distinction, roulant carrosse. Comme d'habitude en pareille affaire, Firethorn mit Nicholas à contribution, le pressant de suivre la femme mystérieuse lors de sa prochaine apparition dans le public. Mais, pour l'heure, elle n'était pas revenue. Bien que Firethorn eût choisi deux pièces qui le montraient sous son jour le plus avantageux — *Le Fidèle Sujet* et *Pompée le Magnifique* —, elle n'assista ni à l'une ni à l'autre, et il en fut anéanti. *Antonio le Ténébreux* était une troisième offrande qu'il lui présentait, convaincu qu'elle serait cette fois irrésistiblement attirée par son génie. Mais la pièce se déroula pendant deux heures entières sans Beatrice Capaldi.

Du fond de son abîme de désolation, Lawrence Firethorn se lamentait :

— Oh, Nick ! Où peut-elle bien être ?

— J'aimerais le savoir, messire.

— Pourquoi faut-il qu'elle me tourmente ainsi ?

— Peut-être est-elle retenue ailleurs.

— Combien de temps encore vais-je souffrir ?

— Chassez-la de votre esprit, suggéra le régisseur.

— C'est qu'elle l'emplit si complètement ! répondit Firethorn en poussant un gigantesque soupir. Je ne suis que l'ombre de moi-même quand elle n'est pas là.

C'était hélas vrai. Des rôles où Firethorn avait jadis brillé étaient interprétés avec savoir-faire, certes, mais sans plus. Trois fois de suite, il avait déçu des habitués qui attendaient de lui un talent olympien. Nicholas se sentait décidément inquiet. La concupiscence vagabonde de Firethorn avait d'ordinaire un effet stimulant sur son jeu, alors que ce dernier caprice exerçait une influence destructrice. La vérité hideuse devait être affrontée : Firethorn était amoureux et les Hommes de Westfield en subissaient le contrecoup.

— Je veux ma Beatrice ! gémit l'acteur.

— Elle est inaccessible, messire.

— Secourez-moi, Nick. Traquez cette tentatrice.

— Il se peut qu'elle ait déjà quitté Londres.

— Loin de moi cette pensée ! s'écria Firethorn au supplice. Sinon je sombre dans le gouffre. Il doit bien exister un moyen pour qu'elle me revienne. Il doit y avoir une clef qui ouvre son cœur glacé, afin qu'elle m'y laisse entrer. Sauvez-moi une fois encore, Nick. Quel est ce moyen ? Où trouver cette clef ?

— Redonnez *Sacrifice d'amour.*

Cette proposition spontanée métamorphosa Firethorn en un éclair. Son dos se redressa, son torse se bomba, son teint s'aviva, ses yeux étincelèrent, son espoir déferla tel un raz de marée. La pièce qui les avait réunis, sa Beatrice et lui, serait l'instrument de leurs retrouvailles. Comme *Sacrifice d'amour* ne devait pas être rejoué avant une bonne semaine, il modifierait le programme afin de l'y intégrer au plus tôt. Nicholas, qui avait offert ce conseil en toute innocence, était bien loin de se douter du tort qu'il venait d'infliger aux Hommes de Westfield.

— Je vous aime encore plus pour votre bonne idée, Nick, dit Firethorn avec chaleur.

— Merci.

— Beatrice Capaldi ! Elle a du sang italien, j'en réponds. Un sang brûlant qui coule dans ses veines.

— Ne bâtissez pas de vaines espérances.

— Oh, je voudrais vous embrasser, mon bel ami !

— Il vous faudra patienter, Lawrence, glissa Barnaby Gill, qui passait. Ses lèvres sont déjà prises, monsieur !

Nicholas les laissa se quereller et quitta rapidement la

salle. Pendant que son employeur cherchait désespérément l'objet de son désir, le régisseur se mit en quête d'une femme qui était l'objet du désir des autres. Son inconnue à lui n'avait rien d'une Beatrice Capaldi, dame de qualité à la beauté cruelle, capable d'enchanter et d'enjôler. Ce n'était qu'une vulgaire prostituée des bas-fonds de Clerkenwell, qui avait laissé sa signature sur un de ses clients, pour qu'il l'emporte dans le tombeau. Nicholas revit en pensée les griffures sanglantes et fut soulagé que ce spectacle eût été épargné à Marion Carrick.

Armé du portrait miniature, il s'enfonça à nouveau dans les ruelles déjà parcourues les nuits précédentes. Dans chaque établissement, on l'accueillait avec ferveur, mais on changeait de ton en constatant qu'il n'était pas un client. Injurié, menacé, éjecté avec vigueur, il supportait patiemment ces vicissitudes et allait au bordel suivant afin d'y poursuivre ses investigations. Aucune des prostituées n'avait vu le modèle du portrait, mais quelques-unes parmi les courtisanes plus raffinées affirmèrent l'avoir connu. Quant au lieu et à l'époque, elles ne purent se les rappeler, leur mémoire étant émoussée par l'alcool et par la nature de leur vocation. Avant que Nicholas pût en tirer plus de détails en usant de son charme, il était généralement expulsé par un tenancier brutal ou une patronne vigilante.

Cette autre longue nuit, aussi épuisante que frustrante, le ramena pour finir au *Chaume hérissé,* où Bess Bidgood lui agita ses charmes sous le nez. Il déposa une pièce dans sa main pour s'acheter à boire et gagner du temps. A travers la fumée, Nicholas parcourut des yeux la petite salle au plafond bas. Une douzaine d'autres clients, affalés sur les tables, se laissaient cajoler par les filles de la maison. Dès que le nouveau venu s'assit sur un banc, deux jeunes femmes vinrent se percher de chaque côté, souriantes et familières. Il leur offrit du vin, feignit d'être séduit par leurs attentions et travailla patiemment à gagner leur confiance. L'une d'elles lui planta un baiser sur la joue et lui dit que *Le Chaume hérissé* était le lieu le plus réputé du quartier.

— On me l'a recommandé, prétendit Nick.

— Qui vous envoie, messire ? s'enquit la fille.

— A-t-il parlé de Peg ? interrogea l'autre. C'est moi.

— Je suis là sur le conseil de mon frère.

— Avec deux gaillards comme vous, nous pourrions l'une et l'autre être satisfaites, dit Peg en gloussant. Vous êtes rudement bien bâti, messire !

— Attendez que je vous montre mon frère...

— Il est ici ?

— Seulement par l'image.

Nicholas présenta la miniature à la lumière de la chandelle. Les deux femmes la contemplèrent, les yeux plissés, avant d'émettre des commentaires grivois. L'une n'avait jamais vu ce visage et l'autre croyait en avoir un très vague souvenir, cependant elles étaient pleines de bonne volonté. Avant que Nicholas pût la retenir, Peg lui arracha le portrait des mains et marcha en vacillant vers l'une des tables pour le montrer à ses compagnes. Il y eut d'autres remarques salaces et quelques vagues souvenirs, mais aucune ne parvint à mettre un nom sur ce visage ni à se le rappeler au *Chaume hérissé* cette fameuse nuit. Une seule fille, aux courbes sinueuses et toute vêtue de rouge, fixa longuement la miniature avant de secouer la tête et de lancer l'objet à Nicholas. Niant connaître ce client, Frances en appâta bientôt un autre, qu'elle entraîna dans sa chambre.

Peg tenta d'attirer Nicholas dans son lit, mais il feignit d'être abruti par l'alcool et sortit en titubant pour continuer sa quête ailleurs. Suivre les traces de Sebastian était un exercice démoralisant ; il ne pourrait jamais révéler ses activités nocturnes à Marion. Elle aurait été désolée si elle avait discerné la vraie nature de la mission qu'elle lui avait confiée. Pour elle, il devait continuer. Pour la jeune fille et pour son frère, il devait persévérer dans cette entreprise sordide en espérant qu'elle le mènerait enfin vers l'infâme meurtrier.

Le régisseur s'apprêtait à entrer dans la taverne voisine quand il perçut un pas furtif derrière lui. Il se retourna juste à temps. Une silhouette robuste surgit de l'obscurité, le bras levé pour frapper. Nicholas écarta vivement la tête, mais reçut un coup de gourdin en travers de la tempe. Pris de vertige, il fit quelques pas chancelants, puis tomba dans une mare d'eaux usées en projetant des éclaboussures. Il eut encore la présence d'esprit de se protéger le crâne contre une nouvelle attaque, mais elle ne vint pas. Tout près, des voix s'étaient élevées et il n'eut à souffrir qu'un coup de pied haineux dans les côtes avant que son assaillant ne tourne les talons. Nicholas se roula de douleur et secoua la tête pour s'éclaircir les idées. Une lanterne brillait au-dessus de lui et deux paires d'yeux curieux évaluaient les dégâts.

— N'est-ce pas là messire Bracewell ? dit une voix.

— C'est bien lui, confirma l'autre.

— Dieu me bénisse !

— Nous sommes arrivés juste à temps.

Nicholas était trop hors d'haleine pour remercier les deux veilleurs, mais il les reconnut et leur voua une éternelle reconnaissance pour cette arrivée à point nommé. Josiah Taplow et William Merryweather venaient de prévenir un autre meurtre dans Clerkenwell. Mais celui qui avait tenté de le tuer s'était trahi. La nuit avait enfin daigné récompenser sa persévérance. Nicholas approchait du but.

Dans une taverne d'Eastcheap, Cornelius Gant découvrait lui aussi la Londres nocturne. C'était sa première visite dans la capitale et il essayait encore de s'accoutumer à la taille de la cité. En comparaison avec les villes de son Cumberland natal, elle était d'une immensité écrasante. Chaque étape de son voyage avait été une nouvelle source de fascination. Il avait vu des chasseurs à Hyde Park, des pendus sur le gibet à Tyburn, des vaches paître avec satisfaction à Saint-Giles, les manoirs des puissants qui trouaient le ciel à l'horizon sur la large Tamise, les auberges biscornues d'Holborn, et les murailles massives qui s'élevaient à plus de dix-huit pieds pour enlacer la ville dans leur étreinte protectrice. Alors que Gant et Nimbus entraient par Newgate, ils découvrirent des merveilles ahurissantes à chaque détour. Les maisons, les échoppes, les tavernes et les cabarets semblaient jouer du coude pour conserver leur place près d'édifices publics imposants. Les marchés de rue changeaient les artères principales en tourbillons impétueux. Le bruit était assourdissant, les odeurs âcres. Chaque quartier était riche de nombreuses églises, cependant toutes semblaient écrasées par la majestueuse cathédrale Saint-Paul. Quant à la Tour, c'était un spectacle en soi.

Après avoir consacré la journée à s'imprégner de tant de nouveauté, Cornelius Gant passait la nuit *Aux Plumes*. Pendant que Nimbus se reposait à l'écurie, son maître se rendit dans la salle, pour goûter l'ale et évaluer ses chances de succès. Ayant de l'argent à dépenser, il trouva bien vite des compagnons volubiles pour trinquer avec lui.

— Et les divertissements ? leur demanda Gant.

— Londres a tout ce qu'un homme peut désirer, répondit un de ses nouveaux amis. Des tavernes pour le désaltérer, des exécutions pour l'amuser, des bordels pour lui donner du bon temps.

— Que pourrait encore voir cet homme pour se distraire ?

— Des condamnés fouettés, marqués au fer ou humiliés au pilori.

— J'ai ouï dire qu'on donnait des combats d'ours.

— D'ours ou de taureaux, à Southwark, répondit l'autre avec un sourire onctueux. Vous pourrez même parier sur l'issue si votre bourse est assez ronde. Il y a aussi des arènes où des chiens s'entredévorent, où des coqs se battent à mort.

— N'y a-t-il point d'animaux savants ?

— Mais si ! dit son guide bien informé. Il n'est pas de merveille que Londres n'ait déjà vue. Nous avons eu un poisson parlant, un chat chanteur, un singe qui exécutait des sauts périlleux sur commande et un chameau danseur de gigue. Un vieux marin a même dressé un serpent à jouer de la cornemuse. On a de tout, ici.

— Même un cheval volant ?

— Ça n'existe pas.

— Londres n'a jamais été témoin de ce miracle ?

— Jamais, messire.

— Cela viendra, répondit Gant avec un sourire.

— Ne bougez donc pas ainsi ! le rabroua Anne d'une voix douce. Je dois nettoyer la plaie avant de pouvoir la bander. Cessez de remuer la tête. Patientez un moment encore.

— Je ne veux pas avoir la tête bandée, protesta Nicholas.

— Vous aurez ce que j'ai décidé, répliqua-t-elle avec une affectueuse fermeté. Et vous prendrez mieux garde à vous la prochaine fois que vous traverserez Clerkenwell.

— Mais j'ai trouvé ce que je cherchais, Anne.

— Un crâne brisé et un visage en sang ?

— C'est un prix modeste à payer.

— Vous auriez subi bien pire si les gens du guet n'avaient fait fuir votre assaillant. Ne prenez aucun risque, Nick, recommanda-t-elle en l'embrassant sur la joue. Pensez à ceux qui tiennent à vous.

— Soyez-en assurée.

Il lui pressa la main puis la laissa terminer sa besogne. Le coup de gourdin avait ouvert une longue coupure sur sa tempe et laissé une contusion sombre, en forme de croissant, sur tout le côté de son visage. Sa blessure était moins douloureuse qu'elle ne le paraissait, néanmoins Nicholas se soumit aux tendres soins d'Anne et se résigna à un bandage. Il accepta aussi qu'elle mît ses vêtements souillés à tremper dans un baquet. Anne avait été bouleversée quand il était rentré dans cet état. Mais l'émotion faisait place à une anxiété teintée d'un brin de jalousie.

— Qui est cette jeune femme qui vous a adressé la miniature ?

— Marion Carrick, la sœur de Sebastian.

— Je sais cela. Mais pourquoi vous empressez-vous tant sur son ordre ?

— Elle m'en a prié, expliqua-t-il. Devant la tombe de son frère, elle m'a demandé de retrouver le meurtrier. Je ne pouvais dire non.

— Voilà qui est clair, messire.

— Pourquoi tant de froideur envers moi, tout d'un coup ?

— Moi ? Vous vous méprenez, dit-elle d'un ton glacial.

— Pas tant que vous, je crois.

Anne se détourna.

— Je regrette sincèrement ce qui est arrivé à son frère, mais cela ne donne à cette demoiselle aucun droit sur vous.

Elle laissa son irritation croître avant de révéler l'inquiétude qui pesait sur son cœur :

— Je ne veux pas que vous perdiez la vie pour un joli minois.

— Quant à cela, aucun risque ! assura Nicholas en la serrant contre lui. Pas tant qu'un minois infiniment plus joli m'attendra à mon logis.

Il lui donna un baiser et ils furent réconciliés. Anne exprima alors sa peur des dangers qu'il affrontait, mais il sut l'apaiser. C'était en de tels moments — quand il était blessé ou rentrait en retard — qu'elle prenait conscience de l'immense importance qu'il avait prise dans sa vie. Sa présence chaleureuse et discrète dans la maison ne pouvait jamais être tenue pour acquise. Si fort qu'elle désirât qu'un odieux meurtrier fût châtié, elle refusait que Nicholas risque sa vie à cette fin. Cela la mortifiait terriblement.

— Allons, Anne ! dit-il enfin. Chassez vos inquiétudes. J'ai bien assez de soucis sans cela.

— Quels soucis ?

— Messire Firethorn est amoureux.

— De son épouse, j'espère ?

— De la patiente Margery, certes, mais elle est partie à Cambridge en lui laissant la bride sur le cou. Or la liberté ne lui vaut rien.

— Son œil vagabond s'est égaré une fois de plus ?

— L'entraînant dans une aventure des plus périlleuses.

— Qui est la dame ?

— Une certaine Beatrice Capaldi. Tout ce que je sais d'elle est son nom, et l'engouement extravagant qu'elle inspire à messire Firethorn. Si seulement il se contentait du théâtre ! soupira Nicholas. Il pourrait dominer le monde... Mais il trébuche. Cette nouvelle passion risque de le mener à sa perte.

— Est-elle aussi belle que Marion Carrick ?

— Pourquoi posez-vous cette question ?

— Simple curiosité.

— Votre voix est bien coupante.

— Alors, oui ou non ? le pressa Anne.

Nicholas lui adressa un sourire tendre et sincère.

— Toutes deux font pâle figure auprès de vous...

Sa tête palpita de douleur lorsqu'elle le couvrit de

baisers, mais il se réjouit de souffrir pour une si digne cause.

Le temps qui déjà lui avait paru pesant l'oppressait désormais avec une force cruelle. Andrew Carrick trouvait la vie à la Tour encore plus étouffante. Sa cellule semblait se refermer sur lui. L'atmosphère était plus viciée, plus hostile. Durant les nuits qui s'étiraient interminablement, il restait couché sur sa pauvre paillasse et réfléchissait à son lot misérable. Pour avoir assisté à des noces, il ne pouvait être présent à des funérailles. Pour avoir offensé une reine agonisante, il ne pouvait rendre les derniers devoirs à son fils défunt. C'était pour son esprit une souffrance inextinguible. A la moindre occasion, le notaire quittait sa cellule et traînait dans l'escalier. Lorsqu'il pouvait acheter le droit de sortir respirer l'air pur, c'était pour lui un merveilleux soulagement.

Harry Fellowes comprenait son désarroi et s'efforçait de lui témoigner sa sympathie. Carrick saisissait avec gratitude cette chance de parler à quelqu'un.

— Comment se porte Sa Majesté ?

— La situation est bien sombre, répondit Fellowes.

— Que disent les rapports des médecins ?

— Ils refusent de révéler la vraie nature de son mal.

— C'est mauvais signe, en vérité.

— Il faut nous préparer au pire.

Fellowes détendit l'atmosphère en rapportant de menus potins à propos des affaires du jour et arracha même quelques sourires à son ami. Carrick était fort intrigué par le clerc de l'arsenal, grassouillet et loquace. Plus il en apprenait sur son compte, et plus cela devenait intéressant. Harry Fellowes n'était pas un employé de l'État ordinaire. Si ses prédécesseurs avaient mené une carrière militaire, il montrait pour sa part de nettes inclinations littéraires. Bien qu'il se fût inscrit à St John's College, à Cambridge, où il avait approfondi son savoir, il n'avait obtenu aucun diplôme. Plus tard, il était devenu canonnier à la Tour, puis greffier à l'arsenal tout en traduisant du latin un obscur ouvrage sur la Turquie. L'éclectisme de sa carrière contrastait avec sa fatuité.

L'année même de son entrée à l'arsenal, Fellowes avait été ordonné diacre par l'évêque de Londres, qui était confronté — comme l'épiscopat entier — à une forte pénurie d'hommes capables d'assumer les fonctions du clergé. Devenu vicaire à Grain, dans le Kent, le nouveau berger s'occupa de ses ouailles avec un enthousiasme relatif. Il remplaça également son père comme maître d'école à Sevenoaks, où il poursuivit ses entreprises littéraires en publiant des traductions de Sénèque, ainsi qu'un volume de ses propres poèmes, en latin. Son revenu le plaçait parmi les rangs de la petite noblesse de campagne et il usa judicieusement de son héritage, à la mort de son père. Érudit, maître d'école, clerc, fonctionnaire civil et canonnier, il ajouta une corde à son arc en se faisant marchand de biens. Carrick supposait que c'était cet aspect lucratif de sa carrière qui lui permettait en outre de pratiquer le prêt sur gages.

Quand Harry Fellowes eut épuisé tous ses sujets de conversation, le notaire le ramena sur la question de la succession.

— Quelle est la position du comte de Chichester ?

— Comment le saurais-je ? éluda l'autre.

— N'est-il pas le directeur de l'arsenal ?

— Il ne me fait pas de confidences, messire.

— Vous devez bien avoir une idée de celui qu'il préférerait voir sur le trône, le sonda Carrick. Peut-être Jacques VI d'Écosse ?

— Ce serait impensable ! riposta Fellowes d'un ton sec.

— Il peut faire valoir des prétentions légitimes.

— Celles-ci ne seront pas soutenues par le comte de Chichester. Que l'Écosse supporte donc les excentricités de son maître ! Nous nous y refusons, messire Carrick. D'après la rumeur, ajouta-t-il, adoptant pour une fois une onctuosité tout ecclésiastique, le roi Jacques aurait des habitudes particulières.

— Comment cela ?

— Mes enfants de chœur ne seraient pas en sécurité en sa présence.

— Mais le roi est marié !

— Cette union ne sert peut-être qu'à jeter le voile sur ses véritables penchants, répondit Fellowes. Mais d'autres éléments rendent ce choix désastreux. Le comte cherchera ailleurs. Cependant, poursuivit-il sur le ton du secret, le roi d'Écosse aura ses partisans et je sais qui sera un de leurs chefs.

— Qui donc ?

— Lord Westfield.

— Et pourquoi cela ?

— Le roi aime le théâtre.

Elle était là. Longtemps avant d'être entré en scène pour en avoir la preuve, Firethorn sut que Beatrice Capaldi était venue voir *Sacrifice d'amour* à *La Tête de la Reine* cet après-midi-là. Il sentait sa présence et ronronnait de plaisir. Le conseil de son régisseur avait porté ses fruits : la dernière pièce d'Edmund Hoode réunirait l'acteur et l'objet de sa flamme. Beatrice était la réponse à ses prières. Depuis le départ de son épouse, le lit de Firethorn était insupportablement vide et son cœur s'ouvrait tout grand dans l'attente d'une nouvelle occupante. Beatrice le comblerait avec une aisance sublime. Elle était venue ! C'était la preuve à laquelle il aspirait.

D'autres furent prompts à remarquer le changement. Edmund Hoode fut soulagé, car l'acteur principal interpréterait sa pièce de manière bouleversante. Quand Firethorn ne donnait pas le meilleur de lui-même, ce qui était le cas depuis des jours, il entraînait la compagnie entière vers le bas et ôtait tout lustre au drame le plus brillant. Un auteur aussi consciencieux que Hoode tenait à voir son talent reconnu, ce qui n'était possible qu'en jouant *Sacrifice d'amour* avec ferveur. Barnaby Gill balançait entre le plaisir et la déception. Il était satisfait que la réputation des Hommes de Westfield ne souffre pas davantage, mais regrettait de ne plus pouvoir étinceler à ses dépens. Quand Firethorn perdait sa verve, c'était l'agile comédien qui brûlait les planches et récoltait les applaudissements. De surcroît, Gill était écœuré qu'une simple femme pût exercer tant d'influence sur le travail d'un acteur et, par contrecoup, sur une troupe entière.

Quant au régisseur, il était inquiet même s'il n'en disait rien. Il avait espéré que Beatrice Capaldi serait un oiseau de passage qui ne reviendrait plus les tourmenter; alors, à coup sûr, Firethorn l'aurait oubliée sitôt qu'une autre aurait enflammé sa concupiscence. Nicholas prévoyait désormais de graves difficultés et savait qu'il serait contraint de se rendre utile.

— Nick, cher cœur!

— Nous commençons dans cinq minutes, messire...

— Je suis plus prêt que jamais. Mais d'abord, une faveur.

— Nous pourrions en parler quand je serai moins occupé, suggéra Nicholas.

— Cela n'attendra pas, répliqua Firethorn en le forçant à prendre une lettre. Après la représentation, donnez-lui ceci.

— Mais on aura besoin de moi ici.

— Faites ce que je dis, mon cher. Remettez-le-lui en mains propres et attendez une réponse. Mon bonheur en dépend.

Nicholas soupira et glissa la missive dans son gilet de cuir. La mission n'avait rien de plaisant. Il concentra toute son attention sur la pièce, dont le succès à *La Rose* avait drainé un vaste public à *La Tête de la Reine.* Bien que sa forme eût été légèrement altérée, elle conservait de multiples qualités. Une des coupes pratiquées dans le texte causait cependant un profond ressentiment. Owen Elias avait été privé de son monologue final. Maintenu dans le personnage de Benvolio sur l'insistance de Nicholas, il avait joué un rôle tronqué et affadi lors de la répétition du matin. Elias remâchait sa rancœur dans un coin de la loge. Il ne pourrait plus émouvoir le public.

Firethorn vint le lui rappeler sur un ton grinçant :

— Que je n'entende plus le monologue final de Benvolio !

— La pièce en sortait grandie, argua Elias.

— Oui, mais pas moi, Owen. Souvenez-vous-en.

— Vous ne me laissez pas le choix.

— Soufflez un seul mot de cette oraison funèbre et je me lèverai d'entre les morts pour couper votre langue traîtresse de Gallois ! Me comprenez-vous, messire ?

Owen Elias bouillait de rage, mais il ne put y donner libre cours car Nicholas prit la situation en main et annonça le début de *Sacrifice d'amour.* Le roi Gondar régnait désormais en souverain suprême. Benvolio en fut réduit à enrager à l'arrière-plan.

En effet, elle était là. Une fois encore, Beatrice Capaldi était assise bien en vue au centre de la galerie du bas, et son maintien la distinguait de toutes les autres jeunes femmes autour d'elle. Le velours sombre porté lors de sa première apparition était remplacé par une robe éclatante à la mode espagnole. Elle arborait un corsage cintré vert pâle à corset. La pièce d'estomac, d'une teinte plus soutenue, formait une longue pointe sur la jupe à vertugadin. De volumineux mancherons s'échancraient en ovale sur de longues manches ajustées bleues, ornées au poignet de fausses manchettes en dentelle fine. La robe bleu roi moulait les épaules et le buste jusqu'à la taille puis s'épanouissait sur les hanches pour tomber en plis raides jusqu'à terre. La collerette large, en guipure, était amidonnée et baleinée. Une étroite ceinture incrustée de gemmes encerclait la taille, retenant une pomme d'ambre. Les cheveux noirs étaient tirés en arrière pour dégager le visage exquis, que mettaient en valeur quelques pierres précieuses disposées avec soin. Un éventail était replié dans une main gantée.

Lawrence Firethorn vit tout cela au premier regard et comprit le message implicite. Beatrice éprouvait plus de chaleur à son égard. Bien qu'elle fût aussi distante qu'auparavant, sa toilette éclatante exprimait ses sentiments sincères. L'acteur réagit en déployant toute la palette de son talent. Son interprétation était un tour de force qui permettait à la pièce de toucher au sublime et entraînait sa compagnie jusqu'au sommet. Benvolio se laissa emporter par le même élan.

Contemplez ces amants contrariés par les étoiles,
Deux âmes qui s'élevèrent au-dessus du commun
Pour atteindre le faîte de la joie terrestre
Avant leur fin tragique, espoir sans lendemain...

Le discours funèbre tomba sur les tristes dépouilles tel un suaire doux et respectueux. Jamais l'accent mélodieux d'Owen Elias n'avait été plus émouvant. Il goûtait chaque mot et le laissait rouler sur sa langue jusqu'à en exprimer toute la suavité. Les sifflements de Lawrence Firethorn, à ses pieds, ne rencontraient qu'indifférence. Le Gallois fit couler encore plus de larmes qu'à *La Rose.* Ce n'était pas là une simple épitaphe pour un couple d'amants maudits. Owen Elias savait qu'il prononçait l'oraison funèbre de sa propre carrière chez les Hommes de Westfield. Ce moment de gloire suprême était aussi un acte suicidaire, mais cela le valait bien.

Le roi Gondar fut emporté au rythme d'une musique solennelle. Dans la loge, il bondit du cercueil pour assaillir le traître, mais l'ovation noya ses malédictions. Ayant un public à savourer et un amour à encourager, il revint sur scène avec sa troupe et s'inclina pour son premier salut. Ses yeux cherchèrent ceux de Beatrice et une flamme fugitive passa entre eux. Elle ne montra pas d'émotion, mais applaudit poliment tout en le contemplant. Sa présence était pour lui un signe, sa tenue éclatante une invite, son approbation contenue une ferme promesse.

Lawrence Firethorn capitula devant elle.

Giles Randolph connaissait l'importance d'avoir un espion dans le camp ennemi. Un palefrenier qui travaillait à *La Tête de la Reine,* et qui savait observer, lui rapportait toutes sortes d'informations utiles. Savourant le succès répété du *Juif d'Espagne,* la vedette principale des Hommes de Banbury fut ennuyée d'apprendre la résurrection triomphante de son rival dans le rôle du roi Gondar. Firethorn l'avait éclipsé une fois encore, néanmoins de bonnes nouvelles suivirent ces échos par trop familiers. Randolph réagit sur-le-champ. Après avoir dîné avec des amis, ce soir-là, il quitta Shoreditch pour se rendre à Gracechurch Street. Un grand chapeau et un long manteau lui assurèrent l'anonymat, ce qui lui permit de se glisser à *La Tête de la Reine* sans se faire remarquer. A cette heure très tardive, seuls restaient encore les clients abrutis par l'alcool.

Owen Elias était affalé sur une table, une chope en étain vide à la main. Il contemplait en gémissant les ruines de sa carrière. Les Hommes de Westfield — en la personne de leur chef — l'avaient chassé. La compagnie qui avait si longtemps été toute sa vie venait de le précipiter dans un monde solitaire et sauvage. Après avoir enfin ressenti un réel pouvoir sur scène, il était réduit à une totale impuissance. Ses perspectives de retrouver un emploi étaient minces. Une tirade de vingt lignes avait scellé son destin.

Il prit conscience d'une silhouette assise près de lui, d'un bras autour de ses épaules courbées. Owen tourna des yeux injectés de sang vers le nouveau venu, mais une bonne minute s'écoula avant qu'il reconnût Giles Randolph. Tiré brusquement de la compassion larmoyante qu'il ressentait pour lui-même, il se redressa en sursaut et battit des paupières. Il connaissait l'autre acteur de vue et respectait son talent, mais il ne se serait jamais attendu à partager le banc d'une taverne avec un tel astre.

Randolph formula son offre avec un sourire persuasif :

— Nous avons besoin de vous, Owen.

— De moi, messire ?

— Oui, mon bel ami.

— Comment cela se fait-il ?

— Rejoignez une compagnie où l'on apprécie votre fougue à sa juste valeur.

— Les Hommes de Banbury ?

— Nous avons un rôle que seul Owen Elias peut tenir.

— Ce n'est pas une plaisanterie ?

— Venez avec moi, messire, et je le prouverai.

Il ne fallut même pas au Gallois une seconde de réflexion. Ils partirent de conserve.

7

Margery Firethorn s'ennuyait à Cambridge. Elle trouvait la ville beaucoup trop provinciale à son goût, l'université beaucoup trop exclusive et l'atmosphère puritaine beaucoup trop oppressante. Mais, pis que tout, elle trouvait la compagnie de son beau-frère beaucoup trop affligeante et ne tarda pas à se demander pourquoi sa sœur avait épousé cet être inférieur. Jonathan Jarrold était un homme studieux, et les lacunes de la vie qu'il menait étaient inscrites en grand sur sa personne. De stature médiocre et le cheveu rare, il était nerveux et préoccupé ; ses yeux affairés étaient emprisonnés derrière des bésicles et ses épaules se voûtaient déjà sous le poids de l'érudition. Il consacrait autant de temps à lire des livres qu'à en vendre et n'avait pas de conversation qui ne touchât au monde littéraire. Jonathan Jarrold craignait à juste titre sa belle-sœur pour son tempérament de virago. En Agnes, il avait certainement trouvé une compagne plus douce et mieux assortie à ses habitudes érudites. C'était une épouse attentive dont la pâle beauté n'était pas entièrement éteinte par la platitude de sa toilette. Agnes Jarrold aimait son mari avec une sorte de résignation défensive.

— C'est un homme bon, Margery, dit-elle d'un ton plaintif.

— Sa bonté ne fait pas de doute, répondit sa sœur. C'est sa virilité que je mets en cause. Un tel imbécile peut-il réellement jouer un rôle dans la procréation ?

— Tu lui fais du tort !

— Seulement parce qu'il commet envers toi une injustice plus grave.

— C'est un excellent époux.

— Jonathan Jarrold est marié à ses livres.

— Nous sommes heureux ici, à Cambridge.

— Moi, il m'en faut plus qu'un squelette dégingandé pour faire mon bonheur !

— Margery !

— J'attends dans mon lit de la vraie passion !

— Silence ! Il pourrait t'entendre.

Agnes frémit d'appréhension. Elles étaient assises dans le jardin de sa petite maison, dans Trinity Street, et la présence de sa sœur lui offrait un réconfort mitigé. Bien que Margery lui prodiguât son affection et la rassurât sur l'épreuve à venir, elle apportait aussi une note discordante dans un foyer harmonieux. Le calme et velléitaire Jonathan mettait en rage sa belle-sœur, qui le méprisait pour son caractère inoffensif. Il restait encore deux semaines avant que la grossesse ne soit à terme et Agnes priait pour que la paix domestique fût préservée jusqu'au moment où l'enfant les unirait tous.

Son époux était préparé à accomplir un suprême effort. En sortant dans le jardin, il se composa un sourire qui contenait un peu de sincérité et de plaisir.

— Êtes-vous prête pour moi, Margery ? s'enquit-il poliment.

— Non, monsieur, grogna-t-elle.

— Le spectacle va bientôt commencer.

— Ne le ratez pas à cause de moi.

— Mais j'espère que vous m'accompagnerez.

— Je suis bien assez contrariée comme cela.

— Va avec lui, ma sœur, intercéda Agnes. Tu es restée longtemps auprès de moi. Jonathan aimerait t'emmener voir une distraction.

— Oui, déclara-t-il. Londres n'est pas la seule qui puisse s'enorgueillir de ses représentations dramatiques. Nous avons notre propre théâtre ici, à Cambridge !

— Cela allégera peut-être ton ennui, dit sa femme.

« Ou cela le rendra encore plus insupportable », songea Margery. Néanmoins, elle se laissa convaincre. Agnes elle-même n'était pas en état d'assister à un spectacle et montra une gratitude pathétique à sa sœur qui la remplaçait. Toutefois, sitôt qu'elle se mit en route avec son beau-frère, Margery regretta sa décision. Vêtu avec sa sobriété coutumière, il marchait à côté d'elle en traînant les pieds dans les rues étroites, agitant ses mains veinées de bleu. Jonathan cherchait désespérément à plaire.

— C'est une tragédie sur Richard III.

— J'en ai vu quatre à Londres sur le même thème.

— Les étudiants apportent une certaine fraîcheur à l'intrigue.

— Je suis mariée à un Titan de la scène.

— Nous ferons pourtant votre conquête, Margery !

— Ne vous appuyez pas sur cet espoir futile, messire.

La beauté de Queen's College l'incita cependant à plus d'indulgence. Elle sourit même en voyant le soleil se refléter sur la Cam et parer une flottille de cygnes d'une aura éclatante et duveteuse. Dans la tranquillité monacale de l'université, Margery trouva en effet matière à s'intéresser, et son compagnon attentif se berça de la conviction que Cambridge pourrait encore la surprendre par son talent. La représentation de pièces, de divertissements et de *scenarii ludi* dans les collèges et les chapelles formait un élément essentiel de la vie universitaire et Jonathan y participait joyeusement. Ce plaisir fut refusé à Margery. Quand elle prit place dans le hall de Queen's College, elle découvrit que la pièce sur Richard III s'intitulait en fait *Richardus Tertius,* pour la simple raison qu'elle était écrite entièrement en latin.

— Je n'y entendrai goutte ! se plaignit-elle.

— Le jeu des acteurs se suffira à lui-même.

— Réveillez-moi si je ronfle.

C'était une parole prophétique. Dès le début, la pièce l'écrasa sous le poids de l'ennui. *Richardus Tertius* était une œuvre sérieuse, qui inspirait un enthousiasme maladroit à sa troupe d'étudiants. Ils entrèrent pleins d'ardeur, puis restèrent figés tout en tâchant de déclamer un latin alambiqué. Ceux qui tentaient un geste, un mouvement, l'accomplissaient tellement à contretemps qu'ils renoncèrent vite et se bornèrent à former un tableau. Les amoureux des belles-lettres trouvaient beaucoup à admirer et opinèrent du chef tout du long, mais rien ne pouvait retenir l'attention du profane. Margery ne hocha la tête que pour la poser sur son ample poitrine. Absorbé par la beauté austère des vers, son beau-frère se concentrait sur l'acte III quand il perçut à côté de lui des ronflements indignes d'une dame bien élevée.

Avant qu'il eût pu la réveiller, la vie réelle fit irruption.

— Venez, messire. Venez vite !

— Qu'y a-t-il, Nan ?

— Votre épouse vous réclame. Venez immédiatement.

La vieille servante s'approcha pour tirer son maître par la manche, ce qui lui valut un tollé général du public autour d'elle. Jonathan fut d'abord ennuyé de cette interruption, mais il comprit très vite ce qu'elle signifiait. Son troisième enfant s'apprêtait à faire son entrée dans le monde. Un coup de coude appuyé ramena Margery à la réalité et un chuchotement urgent la fit bondir sur ses pieds. Sa voix résonna à travers la salle et interrompit la pièce :

— Conduisez-moi près de ma sœur ! lança-t-elle, impérieuse. Son supplice ne peut être pire que celui-ci, et au moins elle n'aura pas le bébé en latin !

Margery manquait terriblement à Firethorn sans qu'il fût capable de profiter de son absence, et cela l'ulcérait. Des journées de licence ne lui avaient valu que de la déception. Des nuits de liberté restaient encore à marquer du sceau de la conquête. Il se tordait dans les tourments. Sa vie d'acteur avait toujours été faite de hauts et de bas, mais jamais encore des deux simultanément. Alors qu'il gravissait les sommets de sa profession, il était précipité dans les abysses du malheur. Beatrice Capaldi l'avait repoussé. La missive remise par Nicholas contenait une invitation à souper avec lui ce soir-là, or elle avait refusé d'un mouvement de tête dédaigneux. Deux heures dans la peau du roi Gondar l'avaient mis dans un état de folle félicité, mais une spectatrice de la galerie du bas l'avait anéanti en un instant. Il ne trouvait guère de compensation ailleurs. Firethorn avait invité une connaissance de longue date à réchauffer son lit, mais rien n'y faisait. Bien que sa tête la désirât, son cœur restait fidèle à Beatrice et son corps nu se déclarait pour cette dernière. Pour la première fois de sa vie, une belle femme quitta sa chambre insatisfaite.

Son travail en souffrait inévitablement. Durant la représentation des *Deux Jouvencelles de Milchester* l'après-midi suivant, Firethorn se montra si terne que Barnaby Gill lui arracha la vedette scène après scène. Le chef de la troupe ne paraissait même pas remarquer cet affront, et encore moins s'en soucier. Son esprit était fixé sur de plus nobles pensées. Quand, à la fin de la pièce, le public eut quitté *La Tête de la Reine* sans cacher son mécontentement, le comédien se tourna vers le seul membre de la troupe qui pouvait encore le sauver.

— Conseillez-moi, Nick !

— Je vous recommande d'oublier cette dame.

— Elle m'a repoussé. Aucune femme ne m'avait jamais fait cela auparavant. Ne suis-je pas Lawrence Firethorn ? Ne suis-je pas le roi Gondar, et aussi Tarquin, Antonio le Ténébreux, Pompée le Magnifique, Richard Cœur de Lion et tous les autres géants de la scène londonienne ?

— Si, assurément.

— Pourtant, elle nous repousse tous !

— Cela vaut peut-être mieux.

— Quand cela perce mon âme jusqu'au tréfonds ?

Le mugissement de Firethorn fit trembler les poutres du salon privé où ils s'entretenaient. Nicholas hésitait entre la diplomatie et la franchise. Il était soulagé que dame Capaldi eût refusé l'invitation, mais n'osait le dire à un homme amoureux dont l'irascibilité était proverbiale. En outre, il comprenait mieux la nature de cette passion depuis qu'il avait approché la jeune femme. Beatrice Capaldi n'avait rien en commun avec les beautés conventionnelles qui idolâtraient l'acteur célèbre et se jetaient à ses pieds. Toutes succombaient à son charme, à sa virilité arrogante. Beatrice Capaldi ne serait jamais du nombre. C'étaient les hommes qui se jetaient à ses pieds.

— Pourquoi ose-t-elle me dédaigner ? voulut savoir Firethorn.

— La dame est peut-être mariée, messire.

— Cela ne constitue pas un obstacle. J'ai emprunté leur femme à bien des époux avant ce jour, et je le ferai encore. D'ailleurs, aucun sieur Capaldi ne l'accompagnait pour me voir jouer. Quand vous lui avez remis ma lettre, elle était escortée par deux serviteurs, que je sache.

— Il est vrai, messire.

— Alors au diable le mari ! décida Firethorn en claquant des doigts. S'il existe, mon devoir impérieux est de le cocufier. Sinon, n'usons pas plus longtemps notre salive à son sujet. Beatrice est venue seule vers moi. Je m'en tiens à cela.

— Considérez son nom, suggéra Nicholas, tentant une dernière fois de dissuader son employeur. Capaldi.

— Je le considère à chaque minute du jour, Nick.

— La dame est d'origine italienne.

— C'est l'essence même de sa beauté.

— Elle pourrait aussi être mariée à un gentilhomme italien.

— Votre conclusion ?

— Beatrice Capaldi est catholique romaine.

— L'amour ne connaît pas de religion ! déclara pompeusement Firethorn. Fût-elle protestante, juive ou presbytérienne, je ne l'adorerais pas moins. Fût-elle une enfant sans dieu des sauvages d'Afrique, cela n'altérerait pas mon cœur. Fût-elle née d'un druide et d'une druidesse dans quelque culte païen, cela ne m'arrêterait pas. Je l'aime !

— C'est évident.

— Alors aidez-moi, Nick !

— Je suis à vos ordres.

— A quel jeu joue-t-elle avec moi ?

Beatrice Capaldi se tint immobile jusqu'à ce que son couturier eût apporté les toutes dernières retouches à son ultime création. Avec une aimable courbette, il recula afin qu'elle pût juger du résultat dans l'immense miroir à cadre doré qui dominait un mur de sa chambre. La robe était une symphonie de blanc et d'argent. Elle se composait d'un corsage ajusté et d'un long corset plongeant en pointe vers la basque empesée d'un vertugadin à la française. Cette basque, de la même étoffe que la jupe froncée en cloche, dissimulait les lignes dures du panier. Les manches à bouffants, fermées sur le haut du bras puis fendues jusqu'aux poignets, créaient l'effet en demi-canon qui était alors à la mode. Beatrice Capaldi inspecta chaque détail avec soin jusqu'à ce qu'elle fût entièrement satisfaite. Elle fit alors le tour de la pièce pour se familiariser avec sa nouvelle toilette et savourer le frou-frou sensuel de la jupe. Enfin, elle récompensa son tailleur par un sourire indulgent. Il s'inclina avec frénésie avant de sortir à reculons d'un air de gratitude servile. Seule devant le miroir, elle joua avec le grand décolleté carré afin de pouvoir montrer plus généreusement ses seins ronds. On frappa un coup discret à la porte et un serviteur entra avec de quoi écrire sur un plateau. Beatrice Capaldi alla s'asseoir devant la petite table et le parchemin fut déposé devant elle. Trempant la plume dans l'encrier, elle écrivit une seule ligne :

« L'amour vrai requiert un vrai sacrifice. »

La lettre fut cachetée mais non signée et le nom de Lawrence Firethorn fut ajouté avec un large parafe. La jeune femme tendit alors le parchemin au serviteur et ordonna d'un ton sec :

— Qu'on porte cela sur-le-champ à *La Tête de la Reine.*

Nimbus se montra à la hauteur de l'occasion. Les débuts londoniens de « Cornelius Gant et son cheval extraordinaire » furent un succès total. Ils eurent lieu *Aux Plumes,* dans la cour où plus de cinquante badauds se transformèrent en un public ravi. Les artistes déployèrent leurs talents de sorte à éblouir les spectateurs tout en réservant leurs meilleurs tours en vue de plus larges assistances, à quelque date ultérieure. La danse et le calcul constituèrent l'essentiel de leur spectacle. Tandis que Gant jouait du fifre, Nimbus exécuta toute une série de danses, commençant par une courante pour conclure par une gaillarde endiablée. Mais ce fut le tour de la pièce de monnaie qui fit jaillir l'argent hors des bourses.

— Placez une pièce dans ce chapeau, messieurs, invita Gant en tendant le couvre-chef. Elle vous sera rendue avec intérêt, j'en suis garant.

Comme les spectateurs hésitaient, Nimbus s'empara du chapeau entre ses dents afin de le passer à la ronde. Une vingtaine de pièces furent jetées en riant dans le feutre qu'on rapporta alors à Cornelius Gant. Celui-ci en sortit une pièce d'or qu'il leva bien haut.

— Qui t'a donné ceci, Nimbus ?

Le cheval désigna aussitôt le donateur en le poussant doucement du museau. Gant indiqua un autre spectateur et demanda quelle somme il avait donnée. Nimbus frappa du sabot par trois fois, et trois pièces furent remises au propriétaire ébahi. Et cela se poursuivit ainsi. L'animal parvint à associer le donateur et la somme offerte jusqu'à ce que le chapeau fût complètement vide. Les applaudissements éclatèrent et les pièces tombèrent en abondance. En guise de bis, Gant laissa son partenaire les verser par terre afin de les compter en tapant du sabot. Nimbus était un greffier minutieux dont le zèle rapporta une autre volée de monnaie.

C'était une réponse valorisante à cette performance hors du commun, toutefois Gant n'était pas seulement enchanté de sentir sa bourse pleine. L'impression qu'ils avaient produite auprès des spectateurs le satisfaisait plus encore. Ceux-ci répandraient la nouvelle dans tout Eastcheap et au-delà. Les graines de la renommée seraient semées et n'auraient plus qu'à croître.

Cornelius Gant et Nimbus étaient arrivés.

Une fois encore, l'influence de Lord Westfield ouvrit les portes à Nicholas. Il rendit visite à Andrew Carrick dans la tour Beauchamp et lui fit le compte rendu des funérailles et de ses investigations nocturnes. Le notaire se confondit en remerciements, mais l'exhorta à ne pas courir de risques inconsidérés. Nicholas avait pu enlever son bandage, toutefois il conservait une ecchymose sombre et une vilaine cicatrice. Il se dit prêt à subir d'autres blessures si elles le rapprochaient du meurtrier, ce dont le père fut ému.

Le chagrin l'accablait. Ayant perdu son fils, il eût voulu consoler sa fille, mais il était emprisonné à la Tour de par une saute d'humeur de sa souveraine. Tant que la reine était souffrante, tout espoir de libération était impossible. Andrew Carrick était étonnamment bien informé.

— Sa Majesté s'en va, et ses courtisans courent en tous sens pour lui trouver un successeur qui leur accordera sa faveur. Plusieurs noms ont été cités, chacun ayant ses partisans et ses parasites.

— Le mal de la reine est-il si grave ? s'enquit Nicholas.

— Tous les rapports le confirment.

— Comment pouvez-vous savoir cela ?

— L'emprisonnement aiguise l'ouïe, or on ne parle de rien d'autre ici. Le sort des fonctionnaires royaux est lié aux changements de pouvoir. Mon ami, messire Fellowes, qui est ici le clerc de l'arsenal, me tient au courant de tous les événements.

— Sait-il de quelle nature est le mal de la reine ?

— Le grand âge en constitue la cause principale.

— Elle n'a que soixante ans et prend grand soin de sa personne.

— C'est pourquoi la rumeur se propage.

— Quelle rumeur, messire ?

— La reine aurait succombé au poison.

— Du poison ? s'étonna le régisseur. Administré par qui ? Seuls ses médecins pourraient l'approcher d'assez près.

— Il se peut que vous ayez pointé du doigt le criminel, messire.

— Qui est-ce ?

— Le docteur Lopez.

Nicholas était sceptique, mais voyait fort bien comment cette théorie était née. Roderigo Lopez était un des membres les plus haïs et les plus enviés de la profession médicale. Juif portugais fuyant l'Inquisition, il était venu exercer en Angleterre et travaillait à l'hôpital Saint Bartholomew. Son renom de conseiller en matière de régime alimentaire s'était répandu jusqu'à inclure parmi sa pratique le comte de Leicester et Sir Francis Walsingham. En 1586, il avait été nommé médecin attitré de la reine Élisabeth, cependant Lopez ne se contenta pas d'un rôle purement médical. Il se servit de sa position à la cour pour soutenir la cause d'Antonio Perez, le prétendant portugais. Puis, rompant avec ce dernier, le médecin commit l'imprudence de se disputer avec le comte d'Essex, son principal partisan anglais. Le docteur Lopez fut alors arrêté à l'instigation d'Essex, qui prétendait avoir éventé une conspiration du médecin pour empoisonner la reine. Sa maladie semblait confirmer ces allégations, mais Nicholas entretenait de sérieux doutes à ce sujet.

— Le docteur Lopez est sous les verrous. Il n'a pas approché Sa Majesté depuis des mois.

— L'action du poison est peut-être lente, répondit Carrick avec un haussement d'épaules. Il a pu lui être administré par le médecin sous l'aspect d'un remède.

— La reine est suivie avec trop de vigilance.

— Des complices auront accompli ce forfait.

— Ses médecins n'ont jamais fait allusion à du poison, objecta Nicholas. On accuse le docteur Lopez trop hâtivement. Les charges portées par le comte d'Essex restent à démontrer. Il se pourrait fort qu'il n'y ait eu aucune trahison. Non, c'est pour deux autres crimes que le médecin est accusé.

— Lesquels, messire Bracewell ?

— Il est étranger et il est juif.

Andrew Carrick hocha la tête et dit avec un sourire las :

— Vous dites vrai. Nous montrons peu de respect envers les étrangers dans nos îles. Nous méprisons ce qui est différent et le considérons comme une menace. Mais l'inquiétude qu'inspire l'état de la reine a été profitable à certains. Vos rivaux prospèrent.

— Les Hommes de Banbury ?

— J'entends parler d'une pièce nommée *Le Juif d'Espagne*. Elle ne pourrait tomber à un moment plus opportun. Barrez le mot « Espagne », remplacez-le par un pays voisin et vous tenez le traître de l'intrigue.

— Le docteur Roderigo Lopez...

— La pièce attire la foule.

— Elle se nourrit de la haine et du préjugé, dit Nicholas.

— Les Hommes de Banbury ont pris le pas sur vous. Pourvu que leur mécène n'en fasse pas autant !

— Que voulez-vous dire, messire ?

— Une bataille pour la succession entraînerait une bataille pour la suprématie sur scène, affirma Carrick. Lord Westfield soutiendra les prétentions de Jacques VI d'Écosse, qui a un faible pour le théâtre. S'il est notre prochain souverain, vos camarades et vous pourriez bien prendre le nom d'Hommes du Roi.

— Nous ne sommes pas encore prêts à perdre notre reine, répliqua Nicholas avec loyauté. Mais qu'en est-il du comte de Banbury ? Quel groupe suit-il en cette affaire ?

— Celui qui servira le mieux ses intérêts, répondit Carrick. Prions Dieu que ceux qu'il soutient n'accèdent pas au pouvoir. Les Hommes de Banbury triompheraient alors, et votre troupe serait dissoute.

— Par le nouveau roi ?

— Par la nouvelle reine.

Hardwick Hall offrait un spectacle impressionnant. Même inachevé, il stimulait l'esprit et l'imagination. En guère plus de deux ans, des bâtisseurs industrieux avaient bien avancé le corps principal et continuaient à s'y activer. A deux lieues et demie au sud-est de Chesterfield, la demeure était l'idée originale de la redoutable Elizabeth de Hardwick, comtesse de Shrewsbury. Veuve de son quatrième mari, elle était non seulement la femme la plus riche du royaume mais une des plus ambitieuses, et des plus puissantes aussi. L'édifice devait être un monument durable à sa propre gloire et la pierre portait ses initiales gravées au sommet des quatre grosses tours carrées du mur ouest. Bess Hardwick ignorait la demi-mesure. L'imposante façade ne comptait pas moins de cinquante fenêtres, dont certaines aux dimensions gigantesques. Le paisible paysage du Derbyshire n'avait jamais connu une telle étendue de verre.

— Notre visite a été fructueuse.

— Je me serais volontiers passé du tour du propriétaire.

— Bess en tire une fierté sans bornes, dit le comte de Chichester. Nous devons la contenter.

— Il n'y aurait qu'un moyen pour ce faire, Roger.

— Vraiment ?

— Devenez son cinquième époux.

— Palsambleu ! Vous m'offrez le purgatoire !

— C'est une veuve bien gaillarde.

— Qu'elle passe sa gaillardise sur Hardwick Hall.

Le comte de Banbury s'esclaffa en voyant l'embarras de son ami. Leur carrosse brinquebalait sur le chemin qui traversait les vastes jardins, à l'avant du domaine. Partout alentour on voyait des dos courbés, une équipe de jardiniers s'efforçant d'embellir encore la magnifique demeure par un cadre de verdure à sa mesure. La symétrie régissait le manoir et les jardins. Les nobles voyageurs espéraient que leurs plans atteindraient une semblable perfection.

— La fille est à nous, décida le vieux soldat.

— Elle nous impose un prix terrifiant, observa Banbury. Nous devrons supporter sa grand-mère.

— Bess n'est pas si dure à vivre.

— Quatre époux vous marqueraient leur désaccord.

— Nous avons notre reine. Que nous faut-il de plus ?

— Un trône où l'asseoir.

— Il sera bientôt vacant...

— ... Et prêt à recevoir la souveraine que nous aurons nommée.

— Arabella Stuart.

— Reine d'Angleterre !

Les gentilshommes se félicitèrent de leur célérité et de leur sens de la diplomatie. Arabella Stuart était une ravissante jeune fille de dix-sept ans, dont les prétentions au trône valaient au moins celles de Jacques VI. Elle était le fruit d'une union dynastique arrangée par Bess la manipulatrice entre sa propre fille, Elizabeth, et Charles Stuart, comte de Lennox. Arabella, devenue orpheline, était passée sous la férule de sa grand-mère. Celle-ci songea la marier au fils du duc de Parme, Rainutio Farnese, qui possédait un lien infime avec la monarchie anglaise car il descendait de Jean de Gand. Durant cette période, Arabella passa un temps précieux à la cour, mais la mort du futur fiancé, en 1592, précipita son retour dans le Derbyshire. Encline à l'indocilité, la jeune fille était soumise à l'intense surveillance de sa grand-mère. Les visiteurs londoniens en avaient eu conscience au plus haut point.

— Pauvre petite ! dit Banbury. Elle ne peut pas respirer sans la permission de la vieille rosse.

— Une reine n'a d'ordre à recevoir de personne.

— On ne lui en donnera pas moins, Roger.

— Nous saurons réduire Bess au silence. Nous aurons l'oreille de la reine, sans avoir à subir la grand-mère. Nous avons réussi, mon ami ! dit son compagnon en se tapant sur la cuisse. Tous les partis seront satisfaits en cette affaire. L'Angleterre aura sa nouvelle reine. Arabella montera sur son trône. Nous exercerons une influence suprême. Nos amis obtiendront leur récompense et nos ennemis recevront un fameux camouflet.

— Et que faites-vous de l'encombrante aïeule ?

— Bess sera trop accaparée par Hardwick Hall.

Ils se retournèrent pour lancer un dernier regard vers l'édifice. Même de cette distance et inachevé, c'était un superbe exemple d'architecture. Ses dimensions étaient tout à fait saisissantes et la hardiesse de ses lignes rappelait le tempérament de sa créatrice. Bess de Hardwick avait une bonne soixantaine d'années. Cette toute dernière obsession occuperait sans doute entièrement le temps qui lui restait à vivre.

Le comte de Chichester rit à gorge déployée, et déclara avec vantardise :

— C'est nous qui sommes les véritables architectes.

— Comment cela ?

— Bess se contente de bâtir un manoir.

— Et que bâtissons-nous, Roger ?

— Un royaume !

Lawrence Firethorn ne pouvait en croire ses yeux embués par l'alcool. Tenant la lettre près de la chandelle, il relut les mots une douzaine de fois pour s'assurer de leur sens et de leur provenance. Il engloutissait une autre coupe de xérès en compagnie de Barnaby Gill quand le messager l'avait trouvé dans la salle, à *La Tête de la Reine.* Ses doigts gauches avaient brisé le cachet, et six mots avaient opéré sa métamorphose.

« L'amour vrai requiert un vrai sacrifice. »

C'était un message de Beatrice Capaldi, qui le fit rire de bonheur avant de taper impulsivement du poing sur la table. Barnaby Gill rattrapa sa propre coupe qui dansait sur le bois vibrant.

— Du calme !

— Elle a parlé, Barnaby !

— Alors fermez-lui la bouche immédiatement.

— Beatrice me veut ! Beatrice a besoin de moi !

— Allez jouer ailleurs cette scène de démence.

— Regardez ! dit Firethorn en lui mettant la lettre sous le nez. Qu'est-ce que ces mots pourraient signifier d'autre ? Elle m'invite !

Gill concéda au message un regard dédaigneux avant d'émettre un de ses reniflements de mépris :

— Cette femme est comme toutes les autres, Lawrence. Le chemin de la damnation.

— Non, Barnaby. La route vers le paradis.

— Faites demi-tour pendant qu'il est encore temps, mon vieux.

— Voyez ce qu'elle demande : un vrai sacrifice !

— Vous lui avez déjà sacrifié votre bon sens et votre virilité ! N'y ajoutez pas la troupe par-dessus le marché.

— Beatrice m'appelle !

— Écoutez plutôt vos amis.

— Un vrai sacrifice ! Ne comprenez-vous point ?

— Hélas, si, trop bien.

Firethorn relut la lettre. Le sacrifice, c'était la pièce qui avait par deux fois amené sa Beatrice vers lui. Elle ordonnait une troisième représentation, elle exigeait de revoir le roi Gondar. Tel était le moyen de conquérir son cœur. Beatrice avait refusé de dîner avec lui pour mieux attiser son appétit. Quand elle aurait une preuve supplémentaire de son amour, croyait Firethorn, elle se soumettrait à ses désirs les plus fous. Le chef de la troupe agita le parchemin au-dessus de sa tête tel un pavillon pris à l'ennemi vaincu. Il n'hésita pas un instant.

— Nous modifions notre programme pour *Le Théâtre.*

— Non ! protesta Gill, horrifié.

— Il faut donner *Sacrifice d'amour.*

— Pas à Shoreditch ! Nous avions choisi d'un commun accord *La Folie de Cupidon.*

— Elle sera remplacée.

— C'est de la cruauté, Lawrence !

— Beatrice a parlé.

— Pensez à l'aide de votre cervelle et non de votre vit !

— Nous donnerons *Sacrifice d'amour.*

Gill tapa du pied avec irritation.

— *La Folie de Cupidon !*

— Une vieillerie, bonne à mettre au rebut.

— On me l'avait promis !

— On n'oppose pas de refus à Beatrice.

Gill tremblait de fureur devant cette injustice éhontée. Ce n'était pas si souvent qu'ils jouaient au *Théâtre*, et plus rarement encore pour y présenter sa pièce favorite. *La Folie* était une comédie trépidante qui offrait à Gill un rôle vedette. Dans le personnage de Rigormortis, il se distinguait comme le plus grand comique de son temps. Voir la pièce annulée était déjà fâcheux : savoir qu'elle serait remplacée par une tragédie où Firethorn raflerait tous les applaudissements était une blessure purulente. L'âpre haine de Gill envers le beau sexe en fut exacerbée, mais ses récriminations tombèrent dans l'oreille d'un sourd.

— Me priveriez-vous de mon plus beau rôle ? s'écria-t-il.

— Je vous demande d'y renoncer pour moi, Barnaby.

— Non, non et non !

Firethorn lui passa un bras paternel autour des épaules.

— L'amour vrai requiert un vrai sacrifice...

Owen Elias conservait quelques doutes sur son entrée dans une autre compagnie. Les Hommes de Banbury lui proposaient un important second rôle dans une nouvelle œuvre, devant le public connaisseur du *Rideau.* Cela n'effaçait pas toutes ses réserves, néanmoins un emploi était une faveur pour laquelle il ressentait une profonde gratitude, même s'il se demandait encore comment elle lui était échue. Giles Randolph l'éclaira sur ce point :

— Demain, nous jouons *Le Juif d'Espagne.*

— On en parle beaucoup, messire Randolph.

— Oui, et ce n'est qu'un début. Depuis la maladie de Sa Majesté, le nom du docteur Lopez est sur toutes les lèvres. Il me suffit de paraître sur scène sous ses traits pour que le public se délecte à m'invectiver.

— Quel personnage incarnerai-je ? demanda Elias.

— Le gouverneur de la ville. Voici vos répliques, afin que vous les étudiiez, dit-il en tendant au Gallois une liasse de feuillets.

— On dirait que c'est un rôle de poids.

— Assurément, Owen.

— Comment devrai-je l'interpréter ?

— Là, vous touchez le fond de la question.

Giles Randolph avait peine à contenir sa jubilation en chuchotant ses instructions. Tout d'abord intrigué, Owen Elias discerna très vite les vertus de ce qu'on lui suggérait. Son rôle dans *Le Juif d'Espagne* serait bien plus qu'une gageure. Il lui permettrait de régler un ancien grief.

Les deux hommes rirent bientôt à s'en tenir les côtes.

Ses longues années passées en compagnie d'acteurs avaient déteint sur Nicholas. Un régisseur se devait d'affronter toutes sortes d'impondérables et, en certaines occasions, il avait dû interpréter au pied levé des rôles mineurs. Il aimait assez ces brèves incursions sur les planches pour être certain de faire illusion. Sans être un vrai comédien, il avait appris à parler et à se mouvoir dans la peau d'un autre. Ces talents trouvaient désormais une application pratique.

— Vous m'offrez un verre, messire ?

— Ce que vous désirez.

— Alors je commencerai par un baiser.

— Autant que vous voudrez.

Cette nuit-là, Nicholas était retourné au *Chaume hérissé* de Clerkenwell. Vêtu avec recherche, les cheveux et la barbe taillés par un barbier, il fut à même d'entrer sans qu'on le reconnût. Peg, qui avait voulu l'aguicher à sa première visite, croyait cajoler un tout autre client. Il commanda du vin pour deux et prit une voix pâteuse afin de dissimuler son accent. En se tenant voûté, il altérait sa silhouette entière. Bess Bidgood s'était laissé duper par ce déguisement et Peg fut également abusée.

— Vous montez avec moi, messire ? lui demanda-t-elle.

— Bientôt, ma belle.

— Vous me permettrez de vous faire plaisir ?

— De toutes les façons que tu voudras.

Peg pouffa de rire.

— Pour ça, comptez sur moi.

Nicholas badina avec la fille tout en observant la salle attentivement. Dans une atmosphère de tapage, d'autres clients plaisantaient avec d'autres courtisanes. On buvait, on jouait, on chantait, on se caressait sans retenue. Des couples gravissaient l'escalier, vite remplacés par ceux qui revenaient de l'étage. Nicholas ne pourrait maintenir très longtemps sa surveillance. Sa bourse n'était pas assez fournie pour supporter de longues libations et Peg ne patienterait pas indéfiniment. Le moment approchait où il devrait feindre d'être pris de nausée afin de s'éclipser, quand il eut une nouvelle preuve qu'il se trouvait au bon endroit.

Dans un fracas assourdissant, un jeune gentilhomme roula jusqu'au bas des marches. Il fut accueilli sous les huées par ses camarades peu compatissants. Nicholas alla aider le jeune ivrogne à se relever et le trouva à peu près indemne. Il portait son pourpoint sur son bras, et sa chemise blanche tombait sur ses chausses. Même dans la pénombre, Nicholas vit des filets de sang sur l'étoffe et sa curiosité s'éveilla aussitôt.

— Vous saignez, jeune homme.

— Oui, au service de l'amour !

— Qui vous a blessé ainsi ?

— La belle de la chambre à coucher.

— Quel est son nom ?

— Perfection...

L'adolescent émit un rot sonore puis rejoignit en titubant son groupe d'amis, qui le rattrapèrent au moment où il s'écroulait en avant. L'alcool et le plaisir lui feraient oublier le monde pour un bon moment et Nicholas n'en tirerait rien de plus. Néanmoins, *Le Chaume hérissé* lui avait apporté une confirmation essentielle. Il était tout près d'une criminelle ; elle marquait ses victimes dans une des chambres, à l'étage. Peg s'approcha du régisseur pour l'enlacer et l'entraîner vers l'escalier, aussi feignit-il un violent haut-le-cœur. La fille le repoussa avec dégoût, puis des mains viriles le jetèrent dans la ruelle. Bien que sa visite fût terminée, sa conviction était faite.

La courtisane se trouvait là.

Le travail fut difficile. Agnes lutta et souffrit considérablement. La petite maison de Cambridge résonna sous ses cris de douleur des heures durant. Quoique l'enfant fût pressé de venir avant son temps, la mère semblait étrangement réticente. Le triste souvenir de ses deux précédentes délivrances la retenait. Aussi longtemps qu'il resterait en elle, le bébé serait en vie, sain et sauf. Agnes craignait de le mettre au monde pour le confier au tombeau, où il irait rejoindre ses deux enfants mort-nés. Dans le lit conjugal de Trinity Street, la bataille entre le corps et l'esprit faisait rage. Il n'y avait pas de soporifique pour apaiser son tourment, pas de potion pour chasser les spectres qui la hantaient. Prise dans l'éternel mystère de l'enfantement, une épouse aimante en endurait toutes les souffrances. Ce qui créait une différence cruciale pour elle, en l'occurrence, c'était la présence de sa sœur aînée.

— Accroche-toi bien à moi, Agnes.

— Je n'ai plus de force.

— Pousse, mais pousse !

— Je me sens si faible, je défaille...

— Allons, Agnes ! Sois une mère courageuse et bats-toi pour l'enfant !

Margery l'assista d'un bout à l'autre, l'exhortant, partageant son travail, apaisant ses craintes, régentant le médecin, houspillant la sage-femme et interdisant la porte de la chambre au mari anxieux en l'agonisant d'insultes. Quand la mère exténuée trouva un dernier sursaut d'énergie pour donner la vie, ce fut Margery qui lui parla tout du long et lui annonça qu'elle était la mère d'un superbe garçon. Agnes lui adressa un sourire apaisé avant de perdre connaissance. Le médecin s'occupa de sa patiente, la sage-femme emmaillota le nouveau-né dans des langes et Margery se rappela l'existence de l'époux.

En bas, elle trouva Jonathan qui essayait de lire un lexique grec pour s'occuper l'esprit. Après l'avoir réprimandé, Margery l'informa qu'il était de nouveau père, et que la mère et l'enfant se portaient bien. Le libraire sentit ses genoux lui manquer et bredouilla sa gratitude en latin et en grec. Sa belle-sœur coupa court à cet épanchement polyglotte.

— Comment s'appellera-t-il ?

— Qui donc ?

— Votre fils, triple buse ! Les enfants ont besoin d'un nom.

— Nous n'en avions pas encore choisi.

— Alors décidez-en maintenant, insista Margery, déterminée à ce qu'il paie un peu de sa personne. Votre femme a risqué sa vie pour mettre au monde un troisième enfant. Ce petit Jarrold doit recevoir un prénom. Prononcez-le, messire !

— Vous-même venez de le faire, Margery.

— Moi ?

— C'est effectivement un troisième enfant, d'où son nom.

— Tout cela est du grec pour moi.

— Je préfère le latin.

— Alors ?

— Richardus Tertius.

— Un nourrisson innocent, nommé d'après une pièce assommante ?

— Non, Margery. Notre fils s'appellera Richard Jarrold.

— Comme Richard le troisième, Richard III...

— Le hasard nous a souri.

— Il vous aidera à oublier les chagrins passés.

8

Nicholas pénétra dans la cour de *La Tête de la Reine* et découvrit qu'il n'était pas, pour une fois, le premier des Hommes de Westfield à arriver. Deux silhouettes surgirent de la brume matinale pour l'arrêter. Avant qu'il pût tenter de se défendre, il fut harcelé par leurs doléances.

— Dissuadez-le, Nick !

— Empêchez ces égarements !

— Intercédez pour notre compte !

— Usez de votre influence !

— Faites-lui entendre raison !

— Plaidez pour *La Folie de Cupidon* !

— Sauvez notre réputation !

— Sauvez notre compagnie !

— Sauvez-nous la vie !

Edmund Hoode et Barnaby Gill s'accordaient rarement sur un sujet avec un tel ensemble. De plus, bien que le dramaturge fût un ami en qui le régisseur avait toute confiance, ce n'était assurément pas le cas du comédien. Que l'un et l'autre se trouvassent là si tôt, parlant à l'unisson, avait de quoi surprendre. Fallait-il qu'ils fussent désemparés pour agir de concert, Gill contenant son animosité envers Nicholas afin d'implorer son aide ! Il les laissa exprimer leurs griefs sans les interrompre et apprit l'existence de la lettre fatale. Espérant désormais une conquête, Firethorn avait entraîné le poète dans sa liaison naissante.

— Il exige des vers pour sa sombre Italienne! se récria Hoode avec dégoût. J'ai des pièces à composer pour les Hommes de Westfield, et il voudrait que je la charme par mes sonnets, afin de la trouver nue dans son lit. Mes poèmes d'amour ne serviront pas sa concupiscence!

— Moi non plus, je ne serai pas lésé à cause d'elle! assura Gill. Nous avons choisi mon Rigormortis pour *Le Théâtre* et c'est lui que tout Londres désire voir. Allons-nous laisser une femelle poudrée dicter notre programme? Messieurs, je ne le supporterai pas!

— Nick, il faut parler à Lawrence.

— Voire au besoin le menacer.

— C'est toute la troupe qu'il sacrifie!

Nicholas éprouva de sérieuses appréhensions. Comme eux, il s'opposait à l'ingérence de Beatrice Capaldi et s'en alarmait. Elle survenait à un moment où les Hommes de Westfield ne pouvaient se reposer sur leurs lauriers. Leurs rivaux étaient applaudis de toutes parts, alors que les conflits dynastiques trouvaient une réplique dans la lutte entre compagnies théâtrales. Si Lawrence Firethorn voulait faire entrer sa troupe dans une nouvelle ère, tous ses efforts ne seraient pas de trop. Il n'y avait pas place dans ce projet pour une Beatrice Capaldi.

Barnaby Gill suggéra un remède à leurs maux :

— Chevauchez jusqu'à Cambridge. Ramenez Margery.

— Oui, approuva Hoode. Elle aura tôt fait de tempérer ses ardeurs.

— Les épouses ont leur utilité, quelquefois.

— Elle le taillerait en pièces, si elle avait vent de sa folie.

— Dépêchez-lui un message sans tarder.

— Non, répondit Nicholas. Dame Firethorn est partie à Cambridge pour une affaire importante et restera peut-être absente pendant des semaines. On ne la détournera pas de son devoir.

— Quel recours avons-nous, en ce cas? demanda Hoode avec un haussement d'épaules impuissant.

Nicholas les calma et accepta de raisonner l'acteur vedette en temps voulu. Qu'elle le repoussât ou qu'elle le tentât, Beatrice Capaldi exerçait une influence néfaste sur sa compagnie, et Firethorn devrait bien en tenir compte. Ainsi, une autre tâche ingrate venait de s'ajouter à la liste déjà longue du régisseur, et exigeait mûre réflexion.

Une ou deux heures passèrent avant que le chef de la troupe apparaisse dans la cour sur son cheval. Il semblait un autre homme. Disparu, l'acteur morose de la veille, humilié de se savoir repoussé! A sa place, le cavalier exubérant débordait d'une telle jovialité qu'il décerna même un sourire aimable à Alexander Marwood. Nicholas laissa passer la répétition afin que Firethorn dépense un peu de son énergie débridée sur scène. Mais quand il décida d'agir, il vit qu'on l'attendait de pied ferme.

— Vous perdez votre temps, Nick. Quels que soient les vils arguments que vous auront débités Edmund et Barnaby, je ne les écouterai pas. Nous montons *Sacrifice d'amour* au *Théâtre*. Parfaitement! Et les Hommes de Westfield donneront cette pièce trois fois par semaine, si c'est mon seul moyen de voir ma Beatrice bien-aimée.

Nicholas aborda le problème sous un autre angle.

— Il faut une oraison funèbre au roi Gondar.

— Et alors?

— Il serait bon de nous réconcilier avec Owen Elias pour qu'il revienne.

— Jamais ! Le traître a été banni.
— Il cherchera un emploi ailleurs, messire.
— Grand bien lui fasse, à ce vaurien !
— Même s'il entre chez les Hommes de Banbury ?
— Le lieu idéal pour lui ! rétorqua Firethorn sur un ton de mépris. Un serpent se sent à l'aise dans un nid de vipères. Vous pouvez être certain d'une chose, Nick, conclut-il, se redressant de toute sa taille. Owen Elias et Lawrence Firethorn ne partageront jamais plus la même scène !

Giles Randolph sombra une fois de plus dans la cuve d'huile bouillante et déchaîna les applaudissements frénétiques des spectateurs réunis au *Rideau*. Le cours des événements avait prêté au *Juif d'Espagne* un faux air d'actualité, coïncidence que le dramaturge des Hommes de Banbury avait exploitée en étoffant son texte. Non contente de fustiger les usuriers et les Juifs, la pièce désignait plus clairement son personnage central comme le docteur Roderigo Lopez, et impliquait un lien entre sa science des poisons et le mal incurable de la reine. Giles Randolph, plus brillant que jamais, attisait davantage la haine que l'amusement. Toute l'œuvre avait adopté un ton sinistre et grinçant.

L'humour n'était en rien effacé du *Juif d'Espagne*. Dans le rôle du gouverneur — principal adversaire et pourfendeur du traître —, Owen Elias mêlait l'autorité à un comique audacieux. L'autorité émanait naturellement de sa présence sur la scène, toutefois l'humour avait une autre cause. Les amateurs de théâtre reconnaissaient aussitôt son jeu. Au lieu de se borner à incarner son rôle, le Gallois imitait la manière dont Lawrence Firethorn l'aurait interprété, et le résultat était saisissant. Par l'apparence, le geste et la voix, il composait un Firethorn irrésistible de drôlerie. L'assistance qui se pressait au *Rideau* succombait à un fou rire incontrôlable. Pendant que son rival était tourné en ridicule, Giles Randolph s'en donnait à cœur joie. Tous ceux qui quittaient la salle voyaient en lui le plus grand acteur de sa génération.

Lawrence Firethorn se trompait. Owen Elias partageait la scène avec lui, après tout.

Trois autres représentations magistrales dans trois cours d'auberge choisies avec soin avaient accru la réputation de Cornelius Gant et de Nimbus. Ils offraient un divertissement de qualité qui plaisait à un large éventail de spectateurs, et la rumeur continuait à s'étendre. Pour accorder à son cheval un repos bien mérité, Gant décida de découvrir les distractions de la cité et fut inéluctablement entraîné sur l'autre rive, à Paris Garden. De la Tamise, des escaliers permettaient d'accéder à ce lieu d'amusement réputé, qui abondait en bosquets, en buissons et en bassins, cadre propice aux rendez-vous galants. Gant se mêla à la foule qui convergeait vers l'amphithéâtre de bois. Plus d'un millier de spectateurs se serraient dans la salle circulaire, pour trouver un peu d'amusement cet après-midi-là. Ayant donné une pièce de deux pence, Gant obtint une bonne place dans la galerie du bas. Il ne manquerait rien.

Le public, d'humeur déjà turbulente avant le début du spectacle, s'exprima plus bruyamment encore quand on fit entrer le premier ours. Ses jambes étaient retenues par de lourdes chaînes fixées à un pieu solide, qui ne lui permettaient pas d'aller plus loin que quelques mètres dans chaque direction. Quand le dresseur quitta l'arène, des dogues furent lâchés pour harceler la malheureuse bête. Ils tournaient rapidement pour lui mordre les pattes ou lui sauter à la gorge. Les crocs acérés s'enfonçaient dans la fourrure épaisse et le sang coulait. Encouragée par la foule hurlante, la meute redoubla de férocité et l'ours subit de profondes blessures en tentant de repousser ses assaillants. Sa force brute finit cependant par l'emporter. Des griffes fulgurantes éventrèrent un chien, un coup de dents brisa l'échine d'un autre et un troisième fut étouffé dans une étreinte mortelle. Leurs carcasses gisaient encore sur le sol quand de nouveaux dogues vinrent les remplacer.

Cornelius Gant était atterré. Cruel et insensible à maints égards, il avait un amour des animaux que la scène sous ses yeux ne pouvait que blesser. La satisfaction bruyante de la multitude lui répugnait presque autant que la bestialité qui régnait dans l'arène. Tout cela était fort loin des plaisanteries inoffensives d'un cheval bien entraîné et de son maître attentif.

Quand le premier ours fut blanc d'écume et ruisselant de sang, le dresseur le fit sortir. Les chiens geignant furent tirés par des laisses pour lécher leurs plaies et regretter leur échec. Le nouvel ours qui fut conduit à l'intérieur avait été aveuglé par son propriétaire afin de procurer une autre sorte d'amusement aux spectateurs criant à tue-tête. Enchaîné au pieu, l'animal avait en face de lui un demi-cercle de six hommes, chacun armé d'un long fouet. Sur un signal donné, ils commencèrent à frapper l'ours sans pitié, ouvrant sa chair avec un plaisir visible et accumulant tourment sur tourment. Il en était réduit, en guise de défense, à s'écarter de ses attaquants invisibles en faisant trembler le pieu dans un cliquetis de chaînes. Cornelius Gant fut encore plus horrifié par ce spectacle, mais trouva quelque consolation quand un des hommes glissa, roula près de l'ours et eut le visage arraché d'un coup sauvage des énormes griffes.

La popularité de cet odieux spectacle était indéniable, et il n'était pas destiné au goût vulgaire des bas-fonds. Des gens issus de toutes les couches de la société étaient présents. Gant vit des dames se recroqueviller au bras de gentilshommes, ainsi que des catins poudrées caressées par leurs clients. S'il était bouleversé par le traitement infligé aux ours, il fut encore plus révolté par ce qui suivit. Tel un ultime morceau de pain jeté à la foule assoiffée de sang, un poney fut pourchassé dans l'arène, un singe attaché à son dos. Le poney poursuivait sa cavalcade en un cercle de douleur pendant que son cavalier le mordait, le griffait et tirait sur sa crinière, mais le singe était le moindre de ses soucis. Une meute de chiens était entrée pour mordre les jambes fines qui couraient de plus en plus vite autour de l'arène. Les rires et les huées accentuèrent la panique du poney, dont les sabots martelaient follement le sol, et qui ne pourrait échapper à son destin atroce.

Il essayait encore en vain de distancer ses poursuivants quand Cornelius Gant quitta le bâtiment, le cœur au bord des lèvres.

Lord Westfield prenait toujours un vif intérêt à la fortune de sa troupe, mais les événements au palais royal rendaient cet intérêt encore plus intense. Cet après-midi-là, après une captivante représentation d'*Hector de Troie* à *La Tête de la Reine*, il se rendit dans son salon privé accompagné de quelques intimes pour se désaltérer et discuter de l'avenir avec les principaux partenaires. Le noble gentilhomme était sans doute vaniteux et trop épris des plaisirs, mais il avait assez d'intelligence pour discerner la main qui œuvrait si dur et si efficacement au profit des Hommes de Westfield. C'est pourquoi Nicholas fut invité à se joindre au groupe — mais il choisit toutefois de se tenir en retrait. Lawrence Firethorn, rendu au meilleur de sa forme par le mot d'amour, buvait les compliments tel du petit-lait et badinait un peu avec les deux jeunes dames présentes dans le salon. Barnaby Gill faisait des grâces et Edmund Hoode demeurait silencieux. On bavarda à bâtons rompus, mais Lord Westfield fut le seul à proférer des mots de quelque valeur.

— La maladie de Sa Majesté est inopportune.

— Pour qui ? demanda Firethorn.

— Pour elle-même, évidemment, risqua Gill avec un sourire mauvais qui fut immédiatement remplacé par un masque de profonde loyauté. Je respecte notre chère reine autant que quiconque dans le royaume et je prie chaque jour pour sa prompte guérison.

— Celle-ci surviendra peut-être, ou peut-être pas, répondit Westfield. Or, nous sommes forcés de tenir compte de cette seconde possibilité. Un changement de monarque signifiera un changement d'attitude vis-à-vis du théâtre. Je ne voudrais pas que ma troupe soit menacée.

— Certes pas, dit Firethorn, alarmé.

— Que pouvons-nous faire d'utile ? s'enquit Gill.

— Nous portons votre nom avec honneur, ajouta Hoode.

— Oui, et j'espère que vous continuerez, Edmund, cependant des dangers nous guettent. Il me faudra user de prudence et de diplomatie, et vous devrez faire des choix avisés.

— Vous parliez de dangers, remarqua Firethorn.

Son mécène se tourna vers le régisseur pour l'encourager à intervenir.

— Dites-leur, Nicholas. Vous êtes au courant.

— J'en sais assez peu, monseigneur, répondit Nicholas poliment. Si Sa Majesté meurt, la succession sera matière à des disputes, et beaucoup s'y préparent dès à présent. Chaque faction a son propre prétendant, dont elle espère la gratitude en retour de son dévouement. Le comte de Banbury, par exemple...

— Ce vieux fou ! marmonna Firethorn.

— ... a formé alliance avec le comte de Chichester pour soutenir la cause d'Arabella Stuart. Si cette jeune fille accédait au trône, nos rivaux deviendraient les Hommes de la Reine.

Cette suggestion révolta les trois partenaires au point qu'ils protestèrent et gesticulèrent à l'unisson. Leur mécène les fit taire d'un geste, mais ils demeurèrent troublés.

— Vous voyez, messieurs? Votre régisseur est mieux informé que ses maîtres. Il prévoit fort bien les conséquences de cette affaire. Vous comprendrez désormais que j'aie formé ma propre alliance. Le successeur que nous avons choisi est le roi Jacques VI d'Écosse, et notre groupe est dirigé par Sir Robert Cecil.

Ceux qui l'écoutaient furent dûment impressionnés. Sir Robert Cecil, fils de Lord Burghley, était nonobstant ses défauts physiques un politicien des plus fins et habiles. Avec un tel homme à la barre, le groupe de Lord Westfield ne courait aucun risque. En même temps, chacun comprenait que l'issue demeurait incertaine. Ce fut Nicholas qui se souvint d'une remarque de leur mécène.

— Vous parliez de choix avisés, monseigneur...

— En effet. Chacune de vos décisions doit promouvoir la troupe. Chaque pièce que vous choisissez doit renforcer notre parti. Que les Hommes de Westfield éclipsent toutes les autres troupes et jettent ces gredins de Banbury dans l'ombre la plus noire!

— Ce sera fait! affirma Firethorn.

— Où notre prochaine représentation se déroulera-t-elle, Lawrence?

— Au *Théâtre,* à Shoreditch.

— Ce lieu sert excellemment notre dessein.

— Donnons *La Folie de Cupidon,* avança Gill. Mon Rigormortis éclipserait le soleil lui-même.

Westfield secoua la tête.

— Non, Barnaby. Cette œuvre ne convient pas à la gravité de l'occasion.

— Très certainement, monseigneur, déclara Firethorn. C'est pourquoi nous avons choisi *Sacrifice d'amour.*

— Elle s'y prête à merveille. Edmund !

— Monseigneur ?

— Reprenez votre texte, mon cher. Voyez si vous ne pouvez ajouter une ou deux tirades faisant l'éloge de la reine Elsin. Glorifiez son règne. Flattez et caressez à votre guise. Que chacun dans ce théâtre sache que vous parlez de notre souveraine bien-aimée.

— Je m'y emploie sur-le-champ, monseigneur.

— Lawrence !

— Monseigneur ?

— Cette oraison funèbre...

— Elle sera entièrement supprimée...

— Pas question, le coupa son mécène. C'est notre meilleure occasion d'exposer nos plans. Le roi Gondar meurt. La fin d'un règne marque le début d'un autre. Travaillez là-dessus avec subtilité, mes amis. Que ce discours final exalte la tristesse d'une nation tout en annonçant notre intention.

— Ce sera fait, monseigneur, marmonna Firethorn.

— Vous avez l'acteur idéal pour prononcer ces lignes !

— Owen Elias nous a quittés, dit Nicholas d'une voix douce.

— Oui, renchérit Gill, bondissant sur l'occasion de déconfire son camarade. Lawrence l'a chassé en dépit de mes objurgations. Je me suis battu pour conserver les services de cet acteur de talent. Mais selon la rumeur, Owen Elias est entré chez les Hommes de Banbury, soupira-t-il.

— Cela est-il possible ? se récria Lord Westfield, au bord de l'apoplexie. Répondez-moi, Lawrence ! Dites-moi qu'il n'en est rien !

— Ma foi, monseigneur...

— Pouvez-vous avoir commis une telle stupidité ?

Firethorn dut essuyer en public les remontrances de son mécène. Ce fut une affreuse humiliation. L'acteur se fit réprimander si vertement qu'il songea tout à coup à son épouse absente.

Margery se sentait à nouveau dans son élément. La longue attente pleine d'ennui cédait le pas à une activité frénétique. Elle avait un nouveau-né à dorloter, une sœur à choyer, un beau-frère à tancer et une maison à diriger. Le calme monacal de Cambridge fut heurté de plein fouet par cet ouragan. Elle se hâtait à travers ses rues, marchandait sur ses marchés, dispersait ses citoyens et terrorisait tout malheureux étudiant égaré sur son chemin.

Dans son lit, affaiblie mais heureuse, Agnes leva une main diaphane en un geste de gratitude.

— Tu as été très bonne, Margery.

— Je me suis bornée à faire ce qu'il fallait.

— Nous n'y serions pas arrivés sans toi.

— L'enfant est en bonne santé, c'est là ma récompense.

— Jonathan se joint à moi pour te remercier.

— Si ton dévoreur de livres tient à me remercier, qu'il ne vienne pas m'encombrer. Les hommes n'ont pas leur place en de tels moments. La paternité n'est rien de plus qu'un sourire niais sur un visage d'imbécile.

— Ne sois pas si méprisante, dit Agnes d'un ton longanime. Ton époux était le bienvenu dans ta chambre quand vos propres enfants sont nés.

— Il l'était encore plus quand ils furent conçus, riposta Margery, une lueur malicieuse dans les yeux. Qu'on présente son bébé à un homme et il en redevient un lui-même.

— C'est vrai, ma sœur. Jonathan se conduit comme un enfant de trois ans.

— Je ne le croyais pas si vieux.

Le bébé s'agita dans son berceau et Margery se pencha pour le border. Des larmes obscurcissaient les yeux de la mère alors qu'elle contemplait son tout-petit. Après avoir perdu deux enfants, elle voyait dans la survie du troisième une bénédiction particulière. L'aide et l'affection pleines d'entrain de sa sœur avaient été décisives.

— Ton époux doit beaucoup te manquer, dit Agnes.

— Seulement quand mes yeux se posent sur le tien.

— Et Lawrence se languit très certainement de toi.

— Je ne nourris guère d'illusions sur ce chapitre.

— Son existence doit lui paraître épouvantablement vide, sans toi.

La tristesse se mêla au ressentiment dans la voix de Margery :

— Lawrence a une façon bien à lui de combler le vide...

Beatrice Capaldi était adossée contre sa chaise, en haut de la table. Ses invités avaient dîné royalement dans de la vaisselle d'argent et dégusté les meilleurs vins. Les gentilshommes la couvraient de compliments tandis que les dames enviaient son maintien et son mystère. Dans le petit groupe ne réunissant que l'élite, l'hôtesse dominait sans conteste. Beatrice vivait pour l'effet et le paraître. Elle jouissait du pouvoir qu'elle exerçait sur les autres.

Une servante ayant frappé à la porte vint chuchoter quelques mots à son oreille. Elle s'excusa et se leva pour traverser la pièce avec grâce, puis sortit dans le hall. L'homme qui attendait s'inclina avec obséquiosité et lui remit l'affiche qu'il avait arrachée d'un poteau dans Shoreditch. Elle le renvoya d'un claquement de doigts avant d'examiner ce qu'il lui apportait, et vit que c'était une annonce pour *Sacrifice d'amour,* qui serait donné au *Théâtre.* Beatrice Capaldi sourit. Elle avait obtenu la réponse qu'elle désirait de Lawrence Firethorn. Alors que les spectateurs iraient voir une pièce, elle se rendrait à un rendez-vous d'amour. Les préparatifs ne devaient rien laisser au hasard.

— Je veux mon tailleur ! ordonna-t-elle.

— Maintenant, madame ? demanda la servante.

— A l'instant !

Une affiche identique offrit aux yeux de Giles Randolph un message différent.

— Nous le tenons, Owen !

— Vraiment, messire ?

— Il joue au *Théâtre* et nous au *Rideau*.

— Shoreditch abritera les deux meilleurs acteurs de Londres.

— Non, corrigea Randolph. *Le Rideau* aura cet avantage. Nous présentons Giles Randolph et Lawrence Firethorn.

— Dans *Le Juif d'Espagne* ?

— Quoi d'autre, mon cher ? On réclame la pièce de toutes parts. Il nous suffit de l'annoncer pour faire salle comble. Le public viendra siffler le docteur Lopez et railler Firethorn. Savoir votre ancien employeur à Shoreditch le même après-midi rend mon bonheur complet. Pendant qu'il se démènera dans *Sacrifice d'amour*, nous en ferons la risée de la ville. Ridiculisez-le, messire, et les Hommes de Banbury resteront à jamais vos débiteurs, affirma Randolph en pressant le bras de son compagnon.

— En ce cas, permettez-moi de vous rappeler votre promesse, messire.

— Certes, certes...

— Ce rôle que j'interprète devait me garantir une place de partenaire au sein de votre compagnie. Je souhaiterais que cela me soit confirmé avec la rapidité qui s'impose.

— Mais bien entendu, consentit Randolph, désinvolte. Dès que nous aurons mis Firethorn en déroute, vous entrerez légalement chez nous en qualité de partenaire.

— Quand pourrai-je voir le contrat ? insista Elias.

— Mon notaire le rédigera en temps utile.

Owen Elias s'en réjouit. Son avenir était assuré.

Nicholas arriva à la Tour pour trouver Andrew Carrick en conversation avec un individu replet qui ne mesurait pas plus d'un mètre cinquante. Il fut présenté à Harry Fellowes et fit ainsi la plus fortuite des rencontres avec le clerc de l'arsenal.

— Messire Carrick vous doit d'avoir conservé toute sa raison, lui dit Nicholas.

— Croyez-vous ?

— Vous êtes sa fenêtre sur le monde extérieur.

— C'est bien vrai, confirma Carrick.

— Vous lui permettez de voir au-delà des murs de cette morne prison.

Fellowes acquiesça d'un air important.

— Il n'aurait jamais dû être enfermé dans la Tour. Le moins que je puisse faire est de lui offrir mon amitié et ma petite gazette.

— Elle est fort appréciée et ne cesse d'étonner, répondit Nicholas. Messire Carrick me dit que vous connaissez tous les rouages de l'État et que vous percevez les plus légers mouvements qui troublent le palais. A-t-on des nouvelles de Sa Majesté ?

— Aucune qui puisse nous réconforter, messire Bracewell. Elle se meurt.

— C'est bien triste, soupira Carrick.

— Pour certains, mais pas pour tous, observa Nicholas.

— Oui, dit Fellowes. La cour bourdonne de rumeurs. Il y en a qui placeraient un nouveau monarque sur le trône avant même que la reine nous ait quittés. On se demande qui s'élèvera, qui tombera, qui sera anobli, qui frappé de disgrâce. Ce n'est pas le moment de manquer d'amis, ou d'argent, pour acheter cette amitié.

— Et les favoris ? interrogea Nicholas.

— Ils sont au désespoir, répondit l'autre, s'échauffant sur son sujet. La reine s'est montrée généreuse envers beaucoup. Certes, Robin Dudley est mort et Hatton l'a suivi au ciel, toutefois il en reste bien d'autres dont le sort ne tient que par le fil de sa royale indulgence.

— Oxford, par exemple, dit Carrick.

— Edward de Vere ne mérite pas sa faveur, jugea Fellowes. C'est un gaillard exaspérant et querelleur. Non, Oxford ne sera pas une grande perte. Raleigh est une autre affaire. Il est sincèrement affligé par la maladie de la reine. Le comte d'Essex, bien que bouleversé, n'en cherche pas moins son avantage. Puis, il y a Lord Mountjoy et une demi-douzaine d'autres qui, comme lui, craignent seulement que la fontaine d'or se tarisse...

Nicholas et Carrick étaient fascinés par la profondeur de ses connaissances et par l'étendue de ses indiscrétions. Ils lui posaient mille questions et obtenaient en réponse autant de détails sur les scandales et les intrigues. Harry Fellowes était un collectionneur fervent de commérages, qu'il aimait distribuer avec prodigalité à ses amis. Ce fut seulement quand Nicholas l'interrogea sur le comte de Chichester que le clerc de l'arsenal recula. Il n'avait pas l'intention d'en dire plus sur le sujet. Prenant congé des deux hommes, il retourna à ses devoirs officiels.

Carrick orienta immédiatement ses questions vers une affaire qui lui importait davantage. Nicholas relata sa toute récente incursion dans Clerkenwell. L'homme de loi fut en même temps animé et anxieux.

— Vous vous rapprochez chaque fois un peu plus du meurtrier, mais je ne voudrais pas que vous soyez trop téméraire, messire Bracewell. Rappelez-vous ce qui est arrivé à mon fils. Gardez notre cher Sebastian en mémoire.

— Il ne la quitte jamais.

— Quelle sera votre prochaine manœuvre ?

— Il ne faut rien précipiter. Maintenant que j'ai repéré la femme, je dois la confronter à ses crimes, mais seulement lorsque je disposerai de preuves. Ce n'est pas elle qui a porté le coup mortel, bien qu'elle ait laissé sa marque sur le corps de Sebastian. Elle était complice, messire. Ma prochaine tâche consiste donc à découvrir le tueur.

— Sortez armé.

— J'y veillerai.

— Entourez-vous, pour votre sécurité.

— C'est convenu.

— Et trouvez ce fourbe !

— Je l'ai déjà trouvé une fois.

— Quelle sorte d'homme est-il ?

— Un homme aux abois, répondit Nicholas d'un ton paisible. Il sait que je le cherche.

Frances reposait, à moitié somnolente et à demi nue, sur le lit de sa petite chambre au *Chaume hérissé*. Marqué par sa violence passionnée, son dernier client de la nuit dévala l'escalier en ressentant un mélange de félicité et de souffrance. Une heure dans les bras de Frances valait son pesant d'or. Il portait ses égratignures avec fierté et ses souvenirs avec un honneur fanfaron. Il la redemanderait lors de sa prochaine visite à Clerkenwell. Sortant dans la rue d'un pas mal assuré, le client se tourna pour lever les yeux vers la chambre qu'il venait de quitter et souffla un chaste baiser dans sa direction. Il descendit alors Turnmill Street, un refrain paillard sur les lèvres.

L'homme tapi dans l'ombre l'observa jusqu'à ce qu'il

fût hors de vue, puis fixa la même fenêtre avec placidité. Frances apparut assez longtemps pour adresser un signal avant de fermer le rideau déchiré. L'homme entra dans la taverne. Simplement vêtu d'un gilet de cuir, d'un collant et d'un bonnet, il était petit et laid, mais son corps courtaud semblait concentrer une force intense. Il devait avoir une trentaine d'années. Quand il pénétra dans la chambre de Frances du pas assuré d'un propriétaire, la chandelle éclaira un visage peu avenant, sur lequel on aurait collé un gros nez pareil à une tomate écrasée. Les yeux comme percés au foret allèrent d'abord vers l'argent sur la petite table. Le cœur battant, Frances le regarda compter, mais elle se détendit en voyant son mince sourire d'approbation. Elle ne risquait rien.

Lasse mais réconfortée, elle fut bientôt étendue dans ses bras musclés.

— Ce fut une longue nuit, murmura-t-elle.

— Les longues nuits paient bien.

— Tous ont été satisfaits.

— Cela ne me laisse guère d'ouvrage.

— Mais tu étais là.

Frances se blottit contre lui comme une enfant avide de l'amour et de la protection de ses parents. Sa vitalité rageuse était assoupie et seule demeurait sa jeunesse vulnérable. Il la serra contre lui avec une affection machinale. Dans le noir, elle se remémora d'autres nuits dans une autre chambre maudite. Elle fut reprise de frissons. Quand il se mit à ronfler, elle se parla à elle-même.

— Ma mère avait quinze ans à ma naissance. Je l'ai vue ouvrir son lit à un homme après l'autre. Certains l'aimaient bien, d'autres l'adoraient et quelques-uns la payaient. Mais dans leur grande majorité, ils la battaient. Il y avait chez ma mère quelque chose qui poussait les hommes à la battre par plaisir. Moi, je regardais. Ils prenaient tout ce qu'elle avait, puis ils la récompensaient à coups de poing, à coups de pied. Elle a versé tellement de sang qu'un jour c'en fut fini. Devant sa tombe, je me fis le serment que cela ne m'arriverait jamais, dit Frances, tremblant de tout son corps. Ils paieraient pour leur plaisir ou bien ils souffriraient. Ceux qui me duperaient n'auraient jamais plus l'occasion de recommencer. Grâce à vous...

Frances se nicha contre lui, qui ronflait plus fort. Elle était sur le point de s'assoupir elle aussi, quand une inquiétude refit surface.

— Et lui ? chuchota-t-elle. Cet homme qui est venu avec un portrait de son ami mort... Il reviendra un jour. Que ferons-nous ?

Son compagnon roula sur elle et la soumit au poids écrasant de son corps. Elle cessa de trembler et put dormir en paix. Tout allait bien.

La reine Élisabeth restait hors de vue, mais non hors des esprits. Son absence prolongée donnait lieu aux spéculations les plus folles. Lorsqu'elle annula ses rendez-vous avec des ambassadeurs étrangers, la raison interdit de douter plus longtemps de sa maladie. Polyglotte et habile diplomate, elle se plaisait à s'adresser aux émissaires dans leur langue natale, à les confondre par son sens intuitif des enjeux politiques. Sa Majesté se délectait de tout ce qui relevait de sa fonction. Qu'elle renonçât à ses devoirs préférés disait assez la gravité de son état. Les négociations qui agitaient tout Londres redoublèrent de frénésie.

— Montrez-moi la lettre, Roger.

— Je l'ai juste ici.

— Quand l'a-t-on apportée ?

— Ce matin, par un courrier spécial.

Roger Godolphin, comte de Chichester, tenait désormais des réunions quotidiennes avec son cercle restreint. Le comte de Banbury fut le premier à voir la missive envoyée de Hardwick Hall par la formidable comtesse de Shrewsbury. Grand-mère de la future reine d'Angleterre, elle accomplissait son devoir avec un zèle admirable.

> « Mon bon seigneur, je suis fort troublée de penser aux stratagèmes malfaisants qui pourraient être ourdis contre ma pauvre Arabella, afin de la déposséder de son héritage. Vos recommandations à cet égard ont été observées à la lettre. Je n'admets dans ma demeure aucune personne inconnue ou suspecte. Au moindre doute, j'aviserai Votre Seigneurie. Arabella ne se promène jamais tard. Lorsqu'elle prend l'air, c'est près du manoir et sous bonne escorte. Elle ne fait absolument aucune visite. Je l'ai sous les yeux presque à chaque heure du jour. Elle couche dans ma chambre. Si je peux fournir plus de précisions, je m'y emploierai. Je me vois contrainte d'être prudente pour Arabella, et la trouve affectueuse et soumise envers moi. Elle comprend nos espérances et s'y prête de bonne grâce. Ne doutez pas que cette affaire aura une heureuse conclusion dont nous tirerons avantage, ainsi que tout le royaume... »

Le comte de Banbury rendit la lettre en hochant la tête.

— C'est on ne peut plus satisfaisant.

— Si seulement Bess ne se mettait pas si constamment en avant !

— Nous devons lâcher la bride à la vieille jument.

— Ne nous préoccupons que de la jeune pouliche, dit Chichester, riant tout bas. Reine elle sera, mais vierge elle ne restera pas. Nous devrons lui trouver un époux en temps voulu.

— Le duc de Parme a proposé son fils.

— Le jeune homme mourait de peur.

— Il y a d'autres ducs, et d'autres fils.

— Italiens ? Français ?

— Voire espagnols. Non, se reprit-il après réflexion. Pas l'Espagne.

— Chercherons-nous du côté de la Hollande ou de l'Allemagne ?

— Il y a assez de possibilités sur notre propre sol, Roger.

— Soit ! déclara Chichester, se redressant avec une énergie toute militaire. Arabella en essaiera un, elle les essaiera tous jusqu'à ce qu'elle trouve celui qui convient le mieux à ses appétits. Elle pourra se vautrer dans toutes les chambres à coucher d'Europe.

— C'est de bonne politique, en vérité !

— Qu'elle en épouse donc quatre, comme sa grand-mère !

— Un peu de tenue, messire ! Vous parlez de la future reine d'Angleterre.

— Élisabeth a bien ses favoris — pourquoi pas Arabella ?

— Voudriez-vous que notre souveraine soit une espèce de catin ?

— Pourquoi pas ! répliqua Chichester avec paillardise. Toute femme devrait mettre un peu de folie dans ses ébats.

— Une souveraine en quête de compagnon, dit Banbury, amusé. Couchant avec la jeunesse dorée de toute l'Europe.

— A Arabella Stuart, reine d'Angleterre !

— A Arabella, la folle courtisane !

9

Alexander Marwood avait embrassé le martyre de son plein gré. Un homme terrifié par les femmes avait épousé l'un des membres les plus redoutables de son espèce. Un citoyen qui exécrait les responsabilités et les débordements possédait l'auberge la plus grande et la plus animée de Gracechurch Street. Un être qui détestait à la fois le théâtre et les acteurs accueillait l'une des meilleures compagnies dramatiques de Londres. Un solitaire par nature, éprouvant un mépris opiniâtre envers l'humanité, se trouvait chaque jour entouré par des centaines de figures patibulaires. Un père peu démonstratif consacrait une grande part de ses journées à garder la virginité de sa fille nubile. Un individu sérieusement guetté par la calvitie se dotait de prétextes réguliers pour arracher les quelques touffes de cheveux qui subsistaient sur son crâne ingrat. La vie de Marwood était une mort par crucifiement.

Il sentit un autre clou s'enfoncer dans sa paume.

— Un propriétaire avisé ne devrait jamais refuser un bénéfice.

— J'ai suffisamment de fumier à *La Tête de la Reine*.

— Nous offrons à vos clients un pur enchantement, messire Marwood.

— Pas de ça chez moi.
— Mais cette cour est idéale pour notre dessein.
— Nous avons plus de bidets savants qu'il ne nous en faut.
— Nimbus est le roi des chevaux.
— Allez le couronner ailleurs.
Cornelius Gant rencontrait une opposition inflexible de la part de l'aubergiste aux traits émaciés. Plus il pressait Marwood, plus celui-ci se retranchait derrière une hostilité que traduisaient les contractions nerveuses de son visage. Les yeux caverneux lançaient des regards furibonds. Les paupières palpitaient violemment tels des papillons affolés. Le corps frêle et anguleux se voûtait et frissonnait de répulsion. Gant tempéra ses arguments par des flatteries grossières.
— Vous jouissez d'une haute réputation, messire, inventa-t-il avec extravagance. Beaucoup affirment que *La Tête de la Reine* n'a pas sa pareille. Votre ale fait l'objet de louanges unanimes et votre hospitalité est recommandée. Quand les gens pensent à l'aubergiste accompli, c'est le nom d'Alexander Marwood qui leur vient aux lèvres.
— Foin de ces plaisanteries !
— Votre établissement est toujours bondé, vos clients toujours comblés.
— Ne gâchez pas mon commerce avec vos mauvais tours.
— Nimbus et moi ne cherchons qu'à le rendre plus prospère, répliqua Gant sur un ton persuasif. Six hostelleries nous ont déjà permis de donner notre spectacle, et chacune nous supplie de revenir. Nous avons bien rempli leurs coffres, messire Marwood, et ajouté du lustre à leur nom. Informez-vous à notre sujet *Aux Plumes* d'Eastcheap. Allez au *Serpent d'airain*. Voyez quel rapport on vous fera à *L'Antilope*. Ces établissements et trois autres encore attesteront notre mérite.

Marwood observa Nimbus à la dérobée puis dévisagea son maître avec une suspicion intacte. Quelque chose lui disait qu'il accroîtrait ses souffrances s'il accédait à cette étrange requête. Son tic élut résidence dans l'oreille gauche qui se mit à vibrer comme l'aile d'un oiseau-mouche.

Gant essaya une fois encore :

— Ne donnez-vous pas ici des pièces de théâtre ?

— En dépit de tout bon sens.

— Ne vous rapportent-elles point d'argent ?

— Pas assez ! se lamenta Marwood. Elles ne rapporteront jamais assez pour rembourser les tortures que j'endure en leur cédant ma cour.

— Les Hommes de Westfield vous versent sans doute un loyer considérable.

— Une fois que je les ai pourchassés afin de l'obtenir.

— Permettez-moi de vous offrir le mien d'avance, messire...

Marwood en resta sans voix. L'étrange vieillard vêtu comme un ancien soldat lui tendait un sac de pièces. Il désirait pour de bon acquérir le droit de faire parader son cheval dans la cour. Quoi qu'il arrivât durant la représentation, l'aubergiste ne pouvait en pâtir. Il emprisonna l'oreille vibrante dans une main, puis jaugea Nimbus une nouvelle fois. Cornelius Gant fit tinter les pièces. Le marché fut conclu.

Sans plus attendre, Gant sortit une trompette et claironna sur un rythme rapide afin d'attirer l'attention de tous les flâneurs à portée d'oreille. Quand son sens de la musique s'exprima en battant du tambourin, des dizaines de clients sortirent au grand air cependant que Nimbus avançait en rond sur ses jambes arrière. Le temps que Gant eût fini de jouer et Nimbus de caracoler, plus de deux cents personnes avaient formé un cercle autour d'eux et d'autres affluaient de la rue. Le spectacle proprement dit pouvait commencer.

C'était infaillible. La précision et le brio que le cheval mettait à danser ou à compter stupéfièrent l'assistance, mais toutes ces bouches béantes furent soulagées de temps à autre par des bouffonneries inspirées. Cornelius Gant subit des bourrades, des crocs-en-jambe, des coups de tête, des morsures et des piétinements de mille manières différentes. A un certain moment, Nimbus posa même ses pattes de devant sur les épaules de son maître pour l'entraîner dans une danse hilarante. Quand Gant s'inclina, ses sabots frappèrent son séant avec tant de vigueur qu'il en exécuta un double saut périlleux avant. Puis l'ennemi, en un geste amical, happa le vieil homme par le col pour le remettre debout. Et le reste à l'avenant.

Les artistes captivaient leur public. Gant éprouvait le déferlement de puissance familier. Écœuré par les combats d'animaux dont il avait été témoin au Paris Garden, il était prêt à s'infliger de la douleur, mais pas à son cheval. C'était les spectateurs qui subissaient ses grincements de dents et ses légers claquements de fouet. Ils étaient à lui. Il contrôlait leur plaisir et dictait leurs réactions. En retardant leur rire par un numéro élaboré, il créait une pénible surexcitation. En entretenant leur stupéfaction, il les privait du soulagement qu'ils ressentaient en applaudissant. Les hommes, les femmes et les enfants qui observaient la pantomime se sentaient peut-être joyeux, mais ils étaient aussi tendus par le suspense cruel, mis à l'épreuve par les multiples imprévus et châtiés avec subtilité.

Le clou du spectacle survint lorsque Gant abattit son cheval, brisant le cœur de toutes les personnes présentes. Nimbus expira, et un silence consterné tomba sur la cour, brisé par les sanglots des femmes et le cri d'un enfant terrifié. Le cheval resta figé assez longtemps pour inspirer une pitié et un chagrin inconsolables, puis il bondit sur ses pattes et entama une gigue effrénée. Un désordre indescriptible s'ensuivit, ce spectacle engendrant un tourbillon d'émotions.

Le chapeau de Cornelius Gant n'avait jamais été rempli avec tant d'empressement et de générosité. Il récolta cinq fois le prix de la location versé à l'aubergiste. Marwood en était pantois. La représentation avait attiré des gosiers secs dans sa cour et d'agiles serveurs avaient vendu une large quantité de bière aux spectateurs. Nimbus représentait un solide investissement. Il n'occasionnait aucun des risques terribles associés aux Hommes de Westfield. Un vieillard et son cheval constituaient un divertissement à eux seuls.

Gant souligna le fait dans son discours d'adieu.

— Merci, mes amis ! s'époumona-t-il. Aujourd'hui, vous avez vu un roi à *La Tête de la Reine*. Nimbus a surpassé votre fameux Lawrence Firethorn. Je vous le demande : qui voudrait un âne bâté d'acteur, quand on peut avoir un cheval prodigieux ?

Alexander Marwood sourit d'un air désenchanté.

Nicholas eut plus que son lot habituel de tracas, au *Théâtre*, ce jour-là. Ayant veillé au transfert des décors, des costumes et des accessoires conservés à *La Tête de la Reine*, puis supervisé une répétition assez consternante de *Sacrifice d'amour*, il dut apaiser des acteurs inquiets, chapitrer des machinistes étourdis et s'assurer que tout serait prêt pour la représentation de l'après-midi. Cent décisions mineures durent être prises puis imposées, mille voix semblaient crier son nom et implorer son conseil. C'étaient toutefois les motifs d'anxiété supplémentaires qui pesaient le plus lourd sur les épaules du régisseur.

Le principal d'entre eux provenait de Lawrence Firethorn, qui avait ordonné ce changement de programme pour servir ses visées amoureuses. L'importance déterminante de l'événement le rendait nerveux et capricieux. Son comportement oscillait follement entre les extrêmes, et les Hommes de Westfield souffraient autant de son affabilité excessive que de sa rage impétueuse et aveugle. Nicholas se dépensait sans compter pour arrêter les querelles, empêcher les effusions de sang et limiter les atteintes au moral de la troupe. Beatrice Capaldi exerçait une dangereuse influence sur l'acteur vedette, et il fallait trouver un moyen de la contrer. Le régisseur s'efforçait de comprendre pourquoi cette influence était liée à cette pièce particulière.

Sacrifice d'amour était un triomphe marqué par bien des malheurs en contrepoint. Derrière les acclamations remportées à *La Rose* et à *La Tête de la Reine*, demeuraient des faits déplaisants. La pièce avait aigri les relations au sein de la troupe. Elle avait abouti à l'éviction d'Owen Elias, puis à son entrée chez les Hommes de Banbury. Elle s'était muée en un duo entre un acteur trop épris et une femme mystérieuse. Elle devenait aussi la première salve d'un jeu d'influences mené par leur mécène. Le plus troublant de tout pour Nicholas, c'était qu'elle contenait un rôle écrit spécialement pour Sebastian. Cette idée le hantait. Chaque fois qu'il travaillait sur la pièce, il revoyait la dépouille de son ami sur la table de marbre. Chaque fois qu'il entendait l'oraison funèbre tant controversée, elle semblait s'adresser à l'acteur disparu.

— Nicholas ! Nicholas !

— Oui, messire Gill ?

— Sauvez-nous d'une catastrophe certaine.

— Quel est le problème ?

— Mais Lawrence, bien entendu, répondit Barnaby Gill terrorisé. Il nous sourit de toutes ses dents ! Il rôde dans la loge en souriant tel un sinistre Priape. Ce sourire hideux nous mènera tous à notre perte. Il nous épouvante et nous réduit à l'imbécillité !

A l'approche du lever de rideau, les nerfs étaient à

vif. Gill n'était que le premier de tous ceux qui eurent besoin d'une parole d'encouragement et d'un compliment rassurant. Edmund Hoode craignait pour l'intégrité de son œuvre.

— Ce n'est plus ma pièce, Nick ! se plaignit-il.

— Rien ne peut altérer sa qualité.

— On a coupé des lignes, supprimé des scènes, modifié des personnages et inséré des chansons, le tout pour plaire à cette sorcière qui a jeté un sort sur Lawrence. Il m'a contraint à écrire des poèmes d'amour qu'il pourra lui lancer tels des bouquets de roses. Je ne changerai plus un seul mot à mon texte, décréta-t-il en croisant les bras avec contrariété. Les sacrifices, ça suffit comme cela.

— La pièce éblouira les spectateurs, Edmund.

— Mais ce n'est plus la mienne !

— Votre talent améliore tout ce qu'il effleure.

— J'améliorerais volontiers Lawrence en l'effleurant d'un gourdin, si cette femme ténébreuse ne lui avait déjà écrasé la cervelle. Qui est-elle ? interrogea-t-il en serrant le bras de son ami. Que cherche-t-elle ? Il faudrait en savoir plus à son sujet !

Nicholas était également parvenu à cette conclusion depuis quelque temps.

— Nous allons nous y efforcer.

Anne exécutait une double mission ce même après-midi. Elle devait accompagner Marion Carrick au spectacle à Shoreditch et choisir un siège lui permettant de surveiller certaine personne de l'assistance. Nicholas avait vu juste dans ses prédictions. La ténébreuse Beatrice Capaldi entra majestueusement pour occuper sa place favorite au milieu de la galerie du bas, au grand émoi du public masculin. Anne avait déjà pris place au même niveau, mais plus près de la scène. Elle fut donc en mesure de se retourner pour se faire elle-même une opinion de la femme mystérieuse.

Beatrice Capaldi était certes d'une beauté frappante, qui devait bien plus à la nature qu'à l'aide artificielle des cosmétiques. Elle se tenait telle une princesse étrangère, traitant tous les coups d'œil admiratifs et les compliments plats qu'elle suscitait avec un mépris absolu. Tandis qu'Anne l'observait, une pensée ignoble traversa son esprit, mais elle la chassa en rougissant et continua d'examiner la toilette resplendissante. Comme dans les précédentes occasions, Beatrice était là pour voir et être vue. Elle portait une robe de soie blanche bordée de perles minuscules et à moitié couverte par un mantelet de soie noire brodé de fils d'argent. Les manches et la jupe étaient une explosion de noir et de blanc, mais c'était le chapeau qui éveilla surtout l'intérêt d'Anne.

Son mariage avec Jacob Hendrik lui avait beaucoup appris sur la chapellerie, et la direction de son commerce avait encore parfait cette éducation. Elle travaillait exclusivement dans le style hollandais pour fabriquer de petits capuchons en batiste. Beatrice Capaldi, en revanche, avait opté pour un chapeau à la mode espagnole, de forme haute mais sans bord et décoré de pierreries sur son pourtour. L'ornement le plus extraordinaire était une haute plume d'autruche, maintenue en place par d'autres pierres précieuses. Anne évalua le prix de cette toque et se rendit compte qu'elle coûtait plus cher que toute sa garde-robe réunie. Elle s'anima en remarquant des détails bien caractéristiques qui lui imposèrent aussitôt un nom à l'esprit.

— Je n'étais encore jamais allée au théâtre, avoua Marion. C'est si coloré et si captivant !

— Vous êtes courageuse de venir ici en de pareils moments.

— J'espère que cela n'est pas inconvenant, madame.

— Votre frère l'approuverait sûrement.

La jeune fille hocha la tête.

— Pleurer sa mort m'a donné le désir d'en savoir plus sur son métier. Messire Bracewell, qui s'est montré si secourable, m'a dit que Sebastian aurait joué dans *Sacrifice d'amour*. La curiosité me pousse à connaître le rôle qu'il a hélas abandonné.

Marion ajouta en souriant :

— Messire Bracewell m'a aussi parlé de vous avec beaucoup de chaleur.

Ce fut au tour d'Anne de sourire.

— J'en suis heureuse.

— C'est un homme généreux, mais il s'est chargé d'une tâche si hasardeuse au nom de ma famille ! Je crains pour sa sécurité.

— Nicholas est tout à fait capable de se défendre.

Leur conversation fut coupée par une sonnerie de trompette et le lever d'un drapeau qui flotterait au-dessus du théâtre pendant les deux heures suivantes. La musique résonna et le Prologue apparut pour récolter la première petite moisson d'applaudissements. *Sacrifice d'amour* avait débuté et Marion fut immédiatement fascinée. Anne était elle aussi passionnée, mais cela ne l'empêcha pas de lancer des coups d'œil réguliers en direction de Beatrice Capaldi. Touchée par ce que son locataire en avait dit, elle était désormais en mesure de le récompenser.

Elle savait qui avait fabriqué ce chapeau.

Pour l'heure, le régisseur se préoccupait avant tout des perpétuels changements de pourpoints, de manteaux, de casques, de robes, de tuniques et de bottes imposés par l'histoire. Il y avait des décors à enlever et à porter sur scène, ainsi que d'innombrables accessoires à utiliser puis à écarter. L'agitation des coulisses ne le cédait en rien, dans son aspect dramatique, à l'intrigue qui se déroulait devant le public. Nicholas l'affrontait avec son impassibilité coutumière. Il n'avait pas d'inquiétude quant à la pièce elle-même. Edmund Hoode pouvait bien se lamenter, mais *Sacrifice d'amour* n'était nullement amoindri par les changements auxquels on l'avait forcé. Le ton était plus incisif qu'à *La Rose*, plus assuré qu'à *La Tête de la Reine*. Les rares faiblesses de la construction se trouvaient complètement occultées par la puissance d'un superbe acteur principal.

Lawrence Firethorn défiait tous les superlatifs. Le roi Gondar régnait en souverain suprême. A la passion brûlante et à l'audace étonnante des précédentes représentations, il joignait une pointe de supplication bouleversante. Un monarque péremptoire osait se montrer vulnérable et cela rendait son personnage infiniment plus émouvant. L'assistance captivée qui soupirait sans réserve avec lui ne se doutait pas qu'il destinait son jeu à une seule spectatrice, dont un sourire esquissé au milieu du cinquième acte valait plus, aux yeux de Firethorn, qu'un tonnerre d'applaudissements.

La reine Elsin dans ses bras, il expira lentement. Les légères émendations pratiquées par Hoode permirent au roi de prononcer la phrase clef face à la galerie du bas :

Notre récit tragique montre sans artifice
Que l'amour vrai requiert le seul vrai sacrifice.

Le discours final fut prononcé par Hoode lui-même qui, vacillant d'émotion devant les amants brisés par le cruel destin, prit une voix flûtée de ténor pour déclamer ses vers. Les cadences bercèrent le public, la noblesse des sentiments enchanta Lord Westfield, et tant d'envolée lyrique trouva enfin le chemin du cœur de Beatrice. Tout prostré qu'il fût, Firethorn n'eut pas besoin de voir sa main essuyer une petite larme. Il le sentit immédiatement. Au troisième assaut, le roi Gondar avait réussi sa conquête.

Nul cadavre ne partit jamais vers un caveau royal avec autant d'entrain.

Le comte de Banbury était également satisfait de son après-midi dans un théâtre de Shoreditch. Assis auprès de Roger Godolphin au *Rideau,* il vit *Le Juif d'Espagne* pousser les spectateurs à un paroxysme de haine qui fut alors adouci par une comédie fielleuse. Lopez fut dénoncé et Firethorn calomnié sans que nul s'arrêtât à questionner l'équité de tout cela. Giles Randolph poignarda l'ancien médecin tandis qu'Owen Elias bafouait son ancien employeur. L'actualité de la pièce était plus brûlante que jamais et de nouveaux éléments avaient été intégrés pour exalter les vertus d'un règne féminin. Si Élisabeth était à l'article de la mort, il était expédient d'aplanir le chemin pour celle qui lui succéderait. Les Hommes de Banbury étaient d'habiles praticiens. Tout en divertissant les citoyens de Londres, ils parvenaient à détruire la réputation d'un médecin étranger, à ternir le nom d'un remarquable acteur et à présenter un argument politique de manière probante.

Les spectateurs se déversant du théâtre tout en discutant avec animation savaient qu'ils venaient de vivre une expérience unique. *Le Juif d'Espagne* était bien plus qu'une bonne pièce. C'était un pamphlet sur l'époque et un symbole de la suprématie incontestée des Hommes de Banbury. Dans le conflit dynastique entre prétendants rivaux, Giles Randolph était finalement sorti vainqueur. Il était le roi sans couronne de la scène londonienne.

Ignorant son abdication forcée, Lawrence Firethorn entra avec audace dans un salon privé du *Théâtre,* pour l'une des entrevues les plus déterminantes de sa vie. Elle l'attendait. L'invitation que Nicholas lui avait portée dès la fin de la représentation avait provoqué la réponse pour laquelle Firethorn avait prié. Beatrice et lui se tenaient enfin face à face. La beauté qui l'avait fasciné de loin était enivrante, d'aussi près, et il se sentait pris de vertige. Il recouvra ses esprits pour s'incliner devant elle en une profonde et respectueuse révérence. Alors, il remarqua qu'ils n'étaient pas seuls. Un chaperon attendait en silence dans un coin, son visage discrètement caché derrière un éventail. Sa présence n'intimida pas Firethorn. Il prit d'un geste délicat la main gantée de Beatrice pour y poser le plus doux des baisers. Rayonnant de gratitude, il s'inclina derechef.

— Vous me faites un très grand honneur ! lui dit-il.

— L'honneur est pour moi, messire, répondit-elle avec un léger accent italien des plus charmants. Ce fut un privilège de vous voir jouer cet après-midi.

— Mon interprétation vous était entièrement destinée.

— Je n'oublierai jamais ce compliment.

— Très chère, poursuivit Firethorn, se dispensant des formalités d'usage, accepterez-vous de dîner avec moi aujourd'hui ?

— Hélas, messire, je ne le puis.

— Demain, alors ? Ou bien après-demain ?

— Cela ne convient pas, dit-elle sur un ton modeste.

— Je ne pourrai donc jamais vous inviter ? demanda-t-il tout déconfit.

Beatrice adressa un signe à son chaperon, qui traversa la pièce pour ouvrir la porte. Sa maîtresse s'approcha du seuil d'un pas léger jusqu'à ce qu'elle fût nimbée par la lumière du dehors.

— J'aimerais vous revoir, messire Firethorn, dit-elle avec une timidité affectée. Retrouvons-nous samedi.

— Nommez le lieu et l'heure.

— Mon bateau nous emportera le long du fleuve jusqu'à Chelsea. Nous pourrons passer tout l'après-midi ensemble.

— Mon cœur déborde de reconnaissance...

— Un message vous confirmera les dispositions précises.

— Je ne connaîtrai pas le sommeil jusqu'à ce qu'il me parvienne.

Il s'apprêtait à plonger dans une troisième révérence quand la dure réalité s'interposa.

— Un instant. Samedi prochain, je suis tenu par contrat de jouer avec les Hommes de Westfield.

— J'espérais que vous préféreriez ma compagnie, messire.

— Mais oui, bien sûr...

— En ce cas, tout est dit.

— Je ne peux pourtant pas abandonner ma troupe ainsi.

— Vous choisiriez de me trahir ?

— Non, très chère. Ma loyauté est à toute épreuve.

— Il semblerait que non, riposta-t-elle d'un ton mordant. Vous pouvez parader sur scène n'importe quel jour de n'importe quelle semaine. Mon bateau n'est pas ouvert au premier venu, je vous assure. Laissez-moi mettre à l'épreuve votre dévotion. Si elle est sincère, embarquez sur la Tamise avec moi, samedi prochain.

— Je voguerai vers le paradis !

— A moins que vous privilégiiez les obligations de votre métier.

Firethorn était à la torture.

— Les Hommes de Westfield s'appuient sur moi...

— Je pensais pouvoir en faire autant.

— Mon absence sera cruellement ressentie.

— L'amour vrai requiert un vrai sacrifice.

Beatrice plongea son regard dans le sien pour rendre ses paroles plus éloquentes. Avec un sourire gracieux qui annihila en lui toute résistance, elle tourna alors les talons et sortit rapidement. Sa compagne la suivit et referma la porte. Lawrence Firethorn resta immobile pendant plusieurs minutes. Il était anéanti par cette entrevue. Beatrice était la femme la plus remarquable qu'il eût rencontrée. Hormis le désir de la courtiser, il lui semblait que rien n'avait de sens dans sa vie. L'air était encore chargé de son parfum et il l'aspira dans ses narines frémissantes. Un lent voyage jusqu'à Chelsea dans un bateau privé promettait la félicité. Il cessa de se préoccuper des Hommes de Westfield, et appela en silence la déesse disparue :

— Je suis à vous, mon amour...

Marion se sentait embarrassée. Les émotions contradictoires avec lesquelles elle s'était rendue au *Théâtre* avaient été exacerbées par une pièce palpitante et elle ne savait plus que penser. Le respect pour un frère défunt l'obligeait à rester chez elle, étreinte par une douleur que seules pouvaient apaiser des visites quotidiennes à l'église, mais le désir d'en savoir plus sur Sebastian était trop fort. *Sacrifice d'amour* la fit pleurer, rire, soupirer, frémir et trembler d'excitation. Cette première visite à un théâtre lui apprit beaucoup sur son frère, mais plus encore sur elle-même.

Nicholas était un guide attentif. Une fois qu'il eut expédié ses diverses tâches, il fit faire à Marion et Anne un tour rapide dans les coulisses et expliqua les effets techniques qu'il avait conçus pour la pièce. Marion put ensuite couvrir Edmund Hoode d'une pluie d'éloges naïfs qui compensa pour le dramaturge les tensions éprouvantes de l'après-midi. Tout en le félicitant sur sa propre interprétation, Marion était avide d'apprendre comment son frère se serait acquitté du même rôle, et fut touchée par l'estime dans laquelle Hoode le tenait.

Nicholas profita de l'occasion pour échanger quelques mots seul avec Anne. L'identification du chapelier était une excellente surprise dont il fut dûment reconnaissant.

— Vous avez rendu aujourd'hui un immense service aux Hommes de Westfield.

— En regardant un chapeau au lieu de suivre la

pièce ? répondit-elle d'un air espiègle. Si tous les spectateurs agissaient de même, vos compagnons et vous perdriez très vite votre emploi.

— La menace qui pèse sur notre gagne-pain vient d'ailleurs, et vous nous avez aidés à en mesurer le pouvoir. Ce chapeau me conduira à la demeure de dame Beatrice Capaldi, où je pourrai commencer à débrouiller le mystère dont elle s'entoure.

Anne ressentit un léger pincement de jalousie.

— Et vous, Nick, que pensez-vous d'elle ?

— Moi ?

— Vous l'avez approchée par deux fois.

— Seulement en tant qu'ambassadeur pour messire Firethorn.

— Vous avez des yeux, vous avez des sentiments.

— Ils sont engagés ailleurs, déclara Nicholas avec tact.

— Une jolie réponse, mais qui élude ma question.

— Je pense ce que penserait n'importe quel homme, Anne, dit-il avec franchise. Beatrice Capaldi est une femme d'une grande beauté.

— Mais vous n'êtes pas devenu l'esclave de ses charmes ?

— Non.

— N'aimeriez-vous pas être à la place de messire Firethorn ?

— La mienne me convient beaucoup mieux.

— Vous n'admettrez donc rien sur cette enchanteresse ?

— Elle n'est pas mon amie, répondit-il avec gravité.

Anne se détendit et décrivit en détail la conduite de Beatrice Capaldi durant la pièce. Elle-même semblait donner une représentation répétée et mûrie avec autant de soin que celle qui se déroulait sur scène. L'idée qui avait déjà traversé l'esprit d'Anne apparut brièvement pour la seconde fois.

— Nick...
— Oui ?
— Avez-vous observé autre chose au sujet de cette femme ?
— Je n'étais qu'un messager.
— Ce n'est qu'une vague impression, cependant...
— Je me fie à votre instinct, Anne.
Elle hésita, mais se ravisa très vite.
— Non ! C'est une pensée mesquine née de la jalousie. Cette femme est d'une réelle beauté et je donnerais n'importe quoi pour lui avoir vendu le chapeau qu'elle portait.

Nicholas déposa un tendre baiser sur son front. Marion les rejoignit pour les remercier une fois encore. Comme ils quittaient le théâtre, la réalité assaillit sa mémoire et elle redevint la sœur affligée d'un acteur assassiné.

— Nous vous sommes infiniment redevables, messire Bracewell.
— Sebastian était mon ami.
— Nous ne pourrons peut-être jamais vous dédommager pour votre bonté.
— Je ne cherche pas de dédommagement.
— Cela coûte beaucoup à mon père, expliqua-t-elle. Être enfermé en de pareils moments, et dans une telle situation... Notre dette envers vous lui pèse. Père aimerait vous apporter son aide. Il cherche désespérément un moyen d'exprimer notre gratitude.

L'oisiveté forcée était un supplice croissant pour un homme tel qu'Andrew Carrick. Notaire consciencieux pourvu d'une nombreuse clientèle, il n'était jamais plus heureux qu'en traitant un litige épineux. Pour lui qui trouvait si revigorant le jeu d'attaques et de ripostes du débat contradictoire, l'implacable mélancolie de la Tour de Londres était accablante. Il ressassait sans cesse les mêmes idées. Harry Fellowes en vint à prendre plus d'importance dans sa vie. Non seulement Carrick savourait leurs brèves conversations, mais celles-ci étaient matière à d'interminables suppositions. Le clerc de l'arsenal était bien davantage qu'un simple serviteur de la couronne. D'éminents personnages lui rendaient visite à son bureau et Carrick notait leur arrivée avec intérêt. Il était concevable que le comte de Chichester vînt à la Tour pour remplir un devoir officiel avec son subalterne, et que le prêt convenu entre eux — dont le notaire avait été témoin — fût lié au fonctionnement de l'arsenal, cependant cette explication ne s'appliquait pas à tous les autres, qui venaient en quête d'Harry Fellowes.

Un observateur astucieux comme Carrick élabora bientôt une théorie et il attendit patiemment l'occasion de la mettre à l'épreuve. Son ami était trop fin pour répondre à des questions directes, aussi le notaire choisit-il une tactique plus subtile.

— J'ai une faveur à requérir de vous, mon bon monsieur.

— Demandez-la, l'encouragea Fellowes. Je ferai tout ce que je peux, hormis vous relâcher — pourtant vous seriez libre s'il ne tenait qu'à moi.

— Vous êtes un véritable ami.

— Je déteste vous voir souffrir pour une offense si dérisoire.

— A l'avenir, je me garderai d'assister à un mariage.

Ils rirent en chœur, puis se promenèrent dans la cour. Un soleil éclatant coulait à flots pour les emprisonner dans un rectangle de lumière. Carrick continua sur le ton de la confidence :

— A l'évidence, vous connaissez bien les gens de qualité.

— Et eux me connaissent tout autant.

— Alors peut-être pourrez-vous me conseiller.

— A quel propos ?

— J'ai pour client un gentilhomme de haut rang...

— De quelle manière servez-vous ses intérêts ?

— Fort mal depuis que je suis confiné ici, or son affaire est très pressante. C'est en outre un sujet délicat, qui ne relève pas tout à fait de ma compétence, ajouta-t-il en baissant le ton. Le problème de mon gentilhomme...

— Il a besoin d'argent, termina Fellowes.

— Messire ! Quelle perspicacité !

— Il n'est pas nécessaire d'être très clairvoyant pour le deviner. La pauvreté est l'état naturel de nos nobles. Ils bâtissent des châteaux qu'ils n'ont pas les moyens d'entretenir, emploient des trains de domestiques qu'ils ne peuvent payer, et prodiguent une hospitalité qui les enfonce encore plus dans la dette.

— C'est tout le cas de mon client.

— C'est le cas de la plupart d'entre eux, messire Carrick. Parmi les dix-neuf comtes et marquis que nous avons en Angleterre, moins d'une demi-douzaine vivent de leurs propres ressources. Ces gens-là sont nés pour emprunter, confia-t-il, devenant expansif. Il suffit de voir feu le comte de Leicester. A sa mort, l'année de l'*Armada,* il laissa une dette de quatre-vingt-cinq mille livres. Furent-elles honorées par ses héritiers ?

— Dites-le-moi, messire.

— Bien au contraire, ces dettes furent accrues avec promptitude. Les funérailles du noble personnage coûtèrent à elles seules huit mille livres. Même pour un favori royal, cela représente un véritable gouffre.

— Ces sommes me rassurent considérablement.

— Donc, les difficultés de votre client sont d'un moindre degré.

— Elles proviennent d'un spectacle qu'il a voulu donner sur ses terres.

— Combien doit-il à ses créanciers ?

— Environ six cent cinquante livres.

— Une bagatelle ! assura Fellowes d'un air prétentieux. Je pourrais lui prêter la somme moi-même.

Carrick affecta une légère surprise.

— Vous, monsieur ?

— A un taux d'intérêt modéré.

— Mon client accepterait volontiers.

— Puis-je connaître son nom ?

— Permettez-moi d'abord de le consulter, répondit Carrick. On me tient enfermé, mais on m'autorise de l'encre et une plume. Je vais lui écrire sur-le-champ et lui annoncer que j'ai trouvé un banquier digne de confiance.

— Précisez également que je jouis d'une excellente réputation parmi ses pairs, indiqua Fellowes, ne résistant pas à l'envie de se vanter. J'ai été d'une précieuse assistance pour trois comtes et un duc.

Andrew Carrick le remercia et s'écarta peu à peu du sujet de son client fictif. Ayant confirmé une partie de sa théorie, il s'attela à une autre. C'était l'heure de la relève de la garde, et les soldats accomplissaient les manœuvres traditionnelles. Carrick les observa d'un air approbateur avant de remarquer :

— Ils ont de bien beaux uniformes et de bonnes armes.

— C'est essentiel dans le monde militaire.

— Cet aspect-là aussi entre-t-il dans vos attributions ?

— Tout passe par moi à un moment ou un autre, affirma Fellowes. C'est pourquoi j'ai tant de subordonnés pour m'aider à tenir les comptes. Ma commission n'est pas une sinécure. Rien que ce mois-ci, j'ai établi l'estimation des dépenses navales liées à l'arsenal et des dettes afférentes. J'ai évalué le coût des munitions pour les châteaux et les fortins, puis j'ai acquitté les ordonnances de paiement du Trésor. J'ai organisé l'acheminement des munitions vers nos armées en Irlande. Et j'ai fourni au comte d'Essex un aide-mémoire sur une question d'intérêt militaire.

— Ce zèle est tout à votre honneur, messire Fellowes.

— Je sers la couronne de mon mieux.

— Nous sommes bien fortunés d'avoir un homme d'une pareille probité à un poste si influent, déclara Carrick sur un ton solennel. De terribles tentations doivent éprouver les âmes moins bien trempées.

Le clerc de l'arsenal répondit sèchement :

— Nous avons une liste de consignes qui gouverne toutes les procédures. Elle rend les abus impossibles. Les écritures sont archivées en double, un exemplaire à l'arsenal et l'autre au Conseil. Les contrats doivent être signés par trois officiers. Aucun achat ne peut être effectué sur l'ordre d'un seul responsable. Le coffre où sont gardés nos reçus et nos bordereaux est pourvu d'un mécanisme à trois serrures, avec des clefs séparées pour le directeur, le lieutenant et le contrôleur de l'arsenal. Comme ces précautions vous permettent d'en juger, nous sommes scrupuleux dans nos procédés, conclut Fellowes, adoptant la pose qu'il utilisait en chaire.

Andrew Carrick acquiesça d'un signe de tête. Il songea toutefois que des régulations aussi sévères n'auraient pas été adoptées s'il n'y avait eu d'abord de larges abus et des détournements de fonds. Il flatta l'autre par d'abondantes louanges avant de glisser une dernière question :

— Et depuis combien de temps êtes-vous le clerc de l'arsenal ?

Josiah Taplow et William Merryweather s'en allaient lentement par les rues de Clerkenwell, tentant, mais en vain, d'imposer la loi et l'ordre à un quartier turbulent. C'était une nuit sombre où une brise hargneuse annonçait la pluie. Les deux hommes du guet déambulaient de conserve et se demandaient s'il existait un métier plus vexatoire et ingrat que le leur. Ils avaient un uniforme, une lanterne et une arme, si l'on pouvait dire, mais ils ne faisaient peur à personne. Taplow se remémorait souvent avec nostalgie le temps où il était plâtrier et Merryweather aspirait à retourner parmi sa volaille morte. Le premier aurait mieux tenu tête aux criminels une truelle à la main et le second se serait mieux distingué dans une rixe s'il avait été muni de son couperet. Ils échangèrent leurs plaintes coutumières, puis retombèrent dans un silence soumis. Tandis que leurs vieilles jambes arpentaient les immondices puantes de Turnmill Street, ils inhalaient un air chargé de souvenirs plus doux. Josiah Taplow voyait des rangées de murs l'inviter, et William Merryweather se représentait les cous de centaines de poulets.

Les deux collègues dépassèrent *Le Chaume hérissé* sans rien remarquer de fâcheux. Le tapage à l'intérieur et les clients rôdant à l'extérieur étaient propres à l'établissement, auquel ils ne jetèrent pas même un coup d'œil. L'ivrognerie s'épanouissait dans les salles du bas et la luxure dans les chambres d'en haut. Certes, si le péché avait exercé un poids, alors l'édifice entier aurait croulé sous la charge. Les hommes de guet étaient arrivés à Cow Cross lorsque la silhouette apparut à la fenêtre. Frances connaissait de nouveaux tourments. Bien que son client l'eût payée, il l'avait battue pour accroître son plaisir et l'avait laissée couverte de bleus. Elle attendit que l'homme sorte de la taverne puis fit un geste de la main. Le message fut parfaitement compris.

Las de ses excès, l'amant brutal se traîna dans l'obscurité et jura tout haut quand les premières gouttes de pluie commencèrent à l'assaillir. Il tourna dans Cock Alley, où le vent cogna furieusement son visage. Il cracha par défi et s'obstina à avancer, la tête baissée, sans se soucier du bourbier dans lequel il cheminait. D'un coup de pied, il chassa un chien errant jailli d'une maison. Sans se douter qu'il était suivi, il continua à braver la nuit humide.

Les hommes du guet étaient à une centaine de pas lorsqu'ils entendirent le premier cri et ils réagirent aussitôt. Montrant une agilité surprenante pour leur âge, ils coururent vers le déchaînement de violence qui sévissait dans Cock Lane, guidés par chaque nouveau hurlement. Ils arrivèrent à temps pour voir l'homme à terre, frappé des pieds et des poings avec une sauvagerie incontrôlable. Leur prompte approche mit en fuite l'attaquant, qui disparut dans les ténèbres. A la lumière de leurs lanternes, les deux compagnons examinèrent la loque gémissante prostrée sur le sol. L'homme était en charpie, tous ses os avaient été rompus. C'était l'œuvre d'une véritable brute. Au lieu de tuer d'un coup, le meurtrier avait pris le temps de faire souffrir.

Josiah Taplow et William Merryweather débouchèrent, haletants, en haut de la rue et découvrirent la scène avec une totale stupeur. Aucune autre patrouille n'était chargée de leur secteur, cette nuit-là. Taplow leva son bâton comme pour frapper et cria d'un ton impérieux :

— Qui va là ?

— N'ayez crainte, messire, répondit Nicholas en se tournant vers lui. Nous sommes des amis qui avons simplement emprunté votre uniforme ce soir, dans un dessein honnête.

— Cet homme a besoin d'un médecin, fit observer Edmund Hoode.

— Qui êtes-vous ? grogna Merryweather.

Nicholas ôta son couvre-chef pour révéler ses traits, puis présenta Hoode. Leurs uniformes étaient de simples costumes de scène. Sous l'apparence des gens du guet, ils avaient toute latitude d'inspecter les rues de Clerkenwell.

— Qui cherchiez-vous ? demanda Taplow.

— Un meurtrier, répondit Nicholas.

— L'avez-vous trouvé ?

— C'est son œuvre que vous voyez là.

Nicholas se pencha sur la victime, qui avait perdu connaissance.

— J'ai la conviction que nous trouverons aussi la marque de sa complice.

L'homme gisant sur le ventre, le régisseur fut à même de soulever son pourpoint et sa chemise pour dénuder le large dos. Hoode orienta sa lanterne de sorte qu'ils pussent tous voir les traces. Des sillons sanglants avaient été creusés par des doigts frénétiques durant cette nuit de passion, cette étreinte sans amour.

Nicholas plaignait sincèrement la victime, toutefois il se félicitait d'être venu à Clerkenwell avec Hoode ce soir-là. Il s'était encore rapproché de l'assassin. Ce n'était plus qu'une question de temps avant que le tueur implacable et sa complice du *Chaume hérissé* aient à rendre des comptes.

Sebastian Carrick pourrait alors reposer en paix.

10

L'enfantement était source de mystère et de douleur. Nulle femme n'échappait à ses imprévisibles cruautés. Le rang, la richesse et les meilleurs médecins du royaume ne pouvaient préserver d'un désastre. Catherine d'Aragon, épouse d'Henri VIII, eut de nombreuses grossesses mais la plupart se soldèrent par des fausses couches ou des enfants mort-nés. Une seule fille, Marie, survécut, et lorsqu'elle-même accéda au trône, son ventre stérile fut la proie de grossesses nerveuses, pourtant confirmées par de doctes praticiens. La mendiante la plus misérable accouchant sous une haie avait parfois autant de chances de voir grandir son enfant que les dames de haute naissance, astreintes à de longues périodes d'alitement. Rien n'était certain, dans ce processus miraculeux, sinon qu'il coûtait la vie à nombre de mères et de bébés. La naissance et la mort étaient des compagnes de lit familières.

Margery ne le savait que trop bien. Sa sœur et elle étaient les deux seules survivantes d'une fratrie de sept enfants, et elle avait vu la mortalité infantile endeuiller le foyer de maints de leurs parents et amis. Sa bonté affairée dans la demeure de Cambridge masquait une profonde inquiétude pour Agnes, qui n'était pas aussi robuste qu'elle, sa sœur aînée. Mais chaque jour apportait une amélioration visible chez la mère comme chez l'enfant. De son côté, le père montrait une conscience croissante de sa propre importance, à mesure qu'il s'accommodait de son nouveau rôle. Après les épreuves de l'accouchement, le bébé semblait savoir que le pire était derrière lui et tétait avec une joyeuse avidité les seins de la nourrice. Le petit Richard aimait suffisamment le monde pour décider d'y rester, et cela constituait le meilleur remède curatif pour sa mère. Grâce à la présence rassurante de Margery à ses côtés, Agnes en vint à croire qu'elle arriverait enfin à élever une famille.

Ses pensées se tournèrent avec affection vers son beau-frère.

— J'aimerais tant revoir Lawrence !

— Alors il te faudra venir à Londres et prendre place parmi son public, répliqua Margery avec une feinte irritation. Mon époux est si célèbre, ces temps-ci, que je dois moi-même débourser un penny pour l'apercevoir, et deux pence pour converser avec son éminence.

— Est-il un bon père pour vos enfants ?

— J'espère qu'il ne l'est pas pour les enfants d'une autre !

— Ne déforme donc pas ainsi mes paroles, Margery.

— Lawrence fait ce que sa profession lui permet. Ce qui signifie, hélas, qu'il voit assez peu les enfants et les soumet aux élans paternels qu'il ressent lorsqu'ils se rencontrent. Ils m'ont pour mère, et cela leur donne deux parents en un seul, termina-t-elle, les mâchoires crispées.

Agnes tourna la tête sur l'oreiller pour contempler son fils endormi dans le berceau. Les langes de lin qui l'emmaillotaient étroitement ne permettaient de voir qu'un petit bout de son visage, mais elle y lisait la paix de la véritable innocence.

— Tu as été une mère, un père et une tante pour mon petit Richard, ainsi qu'une épouse et une amie pour le pauvre Jonathan.

— Ne me marie pas à un libraire ! protesta Margery. Et ne fais pas de moi la protectrice d'un amoureux du grec et du latin. Je supporte ce balourd pour toi, Agnes, toutefois je ne pourrais jamais coucher auprès de tant d'érudition béate.

— Mais il t'adore !

— Il faudrait qu'il soit un adorateur du diable.

Elles pouffèrent de rire à l'unisson. La vie à Cambridge avait donné à Margery un aperçu sur une union conventionnelle, et elle aspirait à retrouver sa propre version, plus excentrique, des liens sacrés du mariage. Lawrence était vaniteux, irascible, retors et enclin aux égarements, mais, avec lui, on ne s'ennuyait jamais. Sans doute subissait-elle ses soucis, cependant elle partageait aussi ses triomphes, porteurs d'une joie de vivre qui était inconnue dans une paisible boutique de livres d'une ville universitaire. Quand elle allait voir une pièce avec Jonathan Jarrold, elle ronflait. Quand elle visitait un théâtre où jouait Lawrence, il la bouleversait jusqu'au plus profond de son être. Après toutes leurs années de vie commune, il lui donnait encore la sensation d'être la première dans son cœur.

— Je me sens tout à fait remise, aujourd'hui, déclara bravement Agnes.

— Il te faut encore beaucoup de repos.

— Mais je déteste être pour toi une contrainte.

— Ne te préoccupe pas ainsi.

— Tu as ta maison et ta famille, Margery.

— Ils ne vont pas fondre en mon absence.

— Tu leur manqueras terriblement.

— Cela leur fera du bien !

— Combien de temps as-tu l'intention de rester à Cambridge ?

— Aussi longtemps que je le jugerai nécessaire.

— Nous détesterions te retenir si...

— Assez, Agnes ! Je ne me laisserai pas renvoyer

avant d'être prête à partir. Cet enfant a besoin de mes soins, cette nourrice, de mes conseils, ces servantes, de mes ordres et ton rêveur d'époux mérite qu'on lui chauffe les oreilles.

Elle se pencha au-dessus du lit pour embrasser Agnes sur la joue.

— Si tout va bien, il se peut que je parte à la fin de la semaine.

— Lawrence sera étonné de ton retour anticipé.

— C'est ce que j'espère.

— Lui écriras-tu, Margery ?

— Je préférerais lui réserver la surprise.

— Donc, tu partiras peut-être en fin de semaine ?

— Oui, samedi.

— Samedi ! C'est la plus basse des trahisons ! Samedi !

— Calmez-vous, Barnaby.

— Alors ne m'échauffez pas la bile.

— Je ne manquerai qu'une seule représentation.

— Une, c'est encore trop, Lawrence.

— Même le plus solide d'entre nous doit se reposer.

— Oui ! riposta Gill avec humeur. Et nous savons tous où vous vous reposerez, monsieur. Entre les jambes d'une brune au sourire caressant.

— Vous mettez mon honneur en doute !

— De l'honneur ? J'ignorais qu'il vous en restât.

Edmund Hoode s'interposa vivement pour empêcher la querelle de dégénérer en un échange d'insultes grossières. Barnaby Gill, Nicholas et lui étaient réunis à Shoreditch, chez l'acteur-directeur. Le bruit de la discussion était déjà si fort et les vitupérations si nourries que les autres occupants de la maison crurent Margery rentrée de Cambridge. Gill était blême d'indignation. Les trois visiteurs étaient venus discuter d'une situation difficile et Firethorn avait immédiatement précipité une nouvelle crise en les informant qu'il ne jouerait pas avec les Hommes de Westfield le samedi suivant. C'était une décision singulière de sa part, surtout après que sa réputation eut été battue en brèche. *Sacrifice d'amour* avait certes ravi ses spectateurs et valu à l'acteur principal la promesse d'une croisière sur la Tamise, néanmoins l'intérêt des amateurs de théâtre se concentrait sur *Le Juif d'Espagne*.

La brillante interprétation d'Owen Elias, ridiculisant son ancien maître, avait enflammé l'imagination du public. Ceux qui l'avaient vue célébraient à grand bruit sa cruelle exactitude, les autres réclamaient qu'elle soit répétée. En deux représentations, un acteur gallois évincé avait causé plus de tort à la renommée de Lawrence Firethorn que les Hommes de Banbury en deux années entières. La troupe de Lord Westfield en mesurait toute l'horreur. Par le biais de leur vedette, elle perdait la face.

— Nous devons riposter vite et fort, Lawrence, déclara Hoode.

— C'est exactement ce que je vais faire, promit l'autre d'un air menaçant. Je provoquerai Owen Elias en duel, je trancherai sa tête ingrate et je la renverrai à Randolph avec une pomme dans la bouche. C'est ainsi qu'on sert le cochon rôti, messieurs !

— *Le Juif d'Espagne* est une arme puissante.

— Nous disposons d'une artillerie plus lourde, Edmund.

— Alors faisons feu depuis la scène.

— Dès samedi ! insista Gill. Samedi après-midi !

— Non, monsieur ! répliqua Firethorn avec une soudaine véhémence. Lundi, mardi, mercredi, jeudi et vendredi, mais pas samedi prochain.

— Donnez-nous-en une seule raison, l'exhorta Hoode patiemment.

— Demandez plutôt cela à sa braguette ! rétorqua Gill, boudeur.

— Samedi, je me suis engagé ailleurs.

— Mais notre programme prévoyait la représentation du *Fidèle Sujet,* lui rappela l'auteur, troublé. Nous devons en appeler à votre propre loyauté, dans le cas présent, Lawrence. Restez fidèle à vos camarades.

— Ai-je déjà fait défaut à la troupe ? demanda Firethorn, prenant la pose.

— A maintes reprises, répondit Gill.

— C'est toujours beaucoup moins que vous !

— Mon art est irréprochable.

— Dommage que l'on ne puisse en dire autant de votre jeu.

— Barnaby Gill, c'est les Hommes de Westfield.

— Alors nous creusons tous nos propres tombeaux.

Hoode bondit à nouveau pour les séparer et tourna un visage suppliant vers Nicholas. Le régisseur avait écouté en silence, soupesant la situation. Il avait une solution à proposer.

— Owen Elias est notre seule chance de salut, annonça-t-il.

— Seulement si nous le supprimons sans tarder ! tempêta Firethorn.

— Il nous est plus utile vivant que mort. Et il revêt beaucoup plus de valeur parmi nous que contre nous, au sein des Hommes de Banbury, raisonna posément Nicholas. Si nous parvenons à le ramener au bercail, nous privons nos rivaux de leur venin. Pour peu qu'on lui donne des rôles à sa juste mesure, nous aurons un acteur superbe qui nous fera honneur à tous. En se hâtant, on peut encore monter *Le Fidèle Sujet* pour samedi, même si messire Firethorn a affaire ailleurs.

— Oui ! approuva Hoode. Owen reprendra son rôle.

— Qu'il jouera d'ailleurs beaucoup mieux, glissa Gill, perfide.

— Non ! mugit Firethorn. Jamais, jamais, jamais ! Je ne céderai jamais une seule syllabe à Elias, encore moins un rôle entier. Je préférerais offrir la pièce à Giles Randolph afin qu'il me remplace. Avez-vous perdu l'esprit, Nick ? Ne prononcez même pas le nom de ce pendard de mangeur de poireaux en ma présence. Il est effacé à jamais !

— Pas tant que *Le Juif d'Espagne* restera à l'affiche.

— Nick parle avec bon sens, approuva Hoode.

— Owen Elias a vendu son âme noire aux hommes de Banbury.

— Rachetez-la, le pressa Nick.

— Pour rien au monde !

Ce cri à tourner les sangs termina ce stade de la discussion. Nicholas lança alors une autre suggestion, qui consistait à reporter *Le Fidèle Sujet* au moment où sa vedette serait disponible et à lui substituer *La Folie de Cupidon.* Barnaby Gill fut aussitôt ragaillardi à cette idée et Edmund Hoode concéda que l'on pallierait ainsi une situation embarrassante. Quand Firethorn eut donné son accord de principe, les deux hommes s'excusèrent pour laisser Nicholas seul un moment avec le chef de la troupe.

Le régisseur ne mâcha pas ses mots.

— Lord Westfield est extrêmement préoccupé.

— J'en ai bien conscience, Nick.

— Ce n'est pas le moment de céder le haut du pavé aux Hommes de Banbury. Cela pourrait avoir de funestes conséquences.

— Pas de sermon !

— Nos représentations sont régies par un programme.

— J'ai contribué à le fixer, répliqua Firethorn, irrité, et vous n'avez pas à m'apprendre pourquoi *Le Fidèle Sujet* fut choisi pour samedi après-midi. C'est pour nous le meilleur jour de la semaine, celui où notre influence est la plus grande. Cette œuvre a été commandée à Edmund en vue d'une représentation à la cour. Vu l'état critique où se trouve Sa Majesté, le choix ne saurait être plus approprié. La pièce célèbre la vie de notre reine bien-aimée et enjoint à tous ses sujets de la servir avec dévouement.

— Notre mécène porte une grande admiration à cette œuvre.

— A juste titre.

— Il s'attend à la voir à la fin de cette semaine.

— En ce cas, il sera déçu ! s'écria Firethorn, avant de hausser les épaules, découragé. Je suis déchiré, Nick. Je souhaite jouer à la tête de ma troupe samedi, mais c'est impossible. Je ne le peux pas. Je ne le dois pas, tout simplement.

— Votre raison est sans doute très sérieuse.

— J'ai... donné ma parole, marmonna Firethorn.

— Cette promesse ne pourrait-elle tout aussi bien être honorée dimanche ? hasarda Nicholas. Il ne s'agit que d'un retard de vingt-quatre heures. A la différence de nos rivaux, qui disposent de théâtres hors de la ville, les Hommes de Westfield ne peuvent jouer le dimanche. Nous devons opposer un front uni, messire.

— Il suffit, Nick, je me sens bien assez coupable comme cela.

— Mais vous concédez une telle marge de manœuvre aux Hommes de Banbury ! Si vous nous abandonnez samedi, nous perdons notre pièce la plus émouvante et renvoyons notre public vers *Le Rideau,* où nos ennemis donneront *Le Juif d'Espagne.* Nous serons une armée privée de son capitaine, soupira Nicholas. Les Hommes de Banbury auront samedi et dimanche pour prendre l'avantage sur notre compagnie.

— Votre conseil est sage, mais mon amour parle plus fort.

— Puis-je intercéder auprès de la dame en votre nom ?

— Non, non ! protesta Firethorn, redoutant de tout

compromettre. Je dois suivre ma propre intuition en la matière. Mais ce n'est pas de gaieté de cœur, croyez-moi.

— Votre décision est donc prise ?

— Irrévocablement.

Nicholas accepta la défaite et se dirigea vers la porte. Firethorn se montrant d'humeur plus pacifique, il tenta de nouveau de suggérer un nom.

— Ne soyez pas trop dur envers Owen Elias, messire.

— J'écartèlerai ce fieffé maraud puant !

Les imprécations se déversaient encore comme de la lave en fusion quand Nicholas lui adressa un au revoir et sortit de la maison. Cette visite l'avait rendu sombre. L'engouement de Firethorn était encore plus grave qu'il ne l'avait craint... Un comédien pour qui jouer était une joie laissait une femme s'interposer entre sa troupe et lui. Beatrice Capaldi n'aurait pu apparaître dans sa vie à un pire moment.

Il était temps de rendre visite à un chapelier.

Le grand âge et une santé défaillante exigeaient peu à peu leur tribut du comte de Chichester, mais leurs effets avaient été temporairement inversés par l'excitation croissante de la lutte pour la succession. L'action était une fontaine de jouvence. Elle soulageait ses épaules du poids des ans et atténuait sa surdité naissante, ses aigreurs d'estomac chroniques et sa lassitude générale. Par goût de l'ostentation, Roger Godolphin avait toujours vécu bien au-dessus de ses moyens, et satisfait son penchant pour la bonne chère et le bon vin avec une application ruineuse. Désormais, il avait une excuse idéale pour s'y adonner. Ayant obtenu un autre prêt, il put à nouveau recevoir avec prodigalité et acheter des appuis à sa cause. Soudain, il représentait le pouvoir à l'œuvre derrière le trône, et les autres gravitaient vers lui. Si celle qu'il avait choisie était couronnée, il ne vivrait pas assez vieux pour jouir de tous les bénéfices de son règne, mais sa famille récolterait d'innombrables avantages, ses amis prospéreraient immensément et son propre nom resterait inscrit dans l'histoire. Il n'était pas donné à beaucoup d'hommes d'apposer leur marque sur un règne. Chichester en aurait gravé deux de son empreinte.

— L'avenir de l'Angleterre repose dans la balance, déclara-t-il.

— Nous devons la faire pencher de notre côté.

— L'heure venue, nous pèserons dessus de toutes nos forces.

— Mais avons-nous suffisamment de poids ?

— Regardez autour de vous, messire. Certains des noms les plus puissants du royaume dînent à ma table aujourd'hui.

— Certains, mais pas tous.

Le comte de Banbury voyait non sans nervosité le moment crucial approcher et il était soulagé par la discipline toute militaire de son compagnon. Roger Godolphin ne flanchait pas au cœur de la bataille. Banbury en tirait un légitime réconfort. Les deux hommes dînaient dans la demeure du Strand, où l'hôte radieux présidait une table animée par les conversations. Ce banquet fastueux leur offrait l'occasion de renforcer leur position tout en cédant à la gloutonnerie. C'était le moyen idéal de servir leur dessein. Des figures importantes de l'État et de l'Église, assises tout autour d'eux, dévoraient leur viande avec délices, vautours affamés se repaissant de la carcasse d'une reine mourante, et buvaient à la santé de la future souveraine Tudor.

Banbury hésitait encore.

— Il nous faut Burghley.

— Il refuse de s'engager d'un côté ou de l'autre, répondit l'hôte. En outre, son étoile pâlit. Que la reine meure, il tombe... s'il n'est pas emporté par la goutte avant.

— Son fils Robert a pris la tête du camp Westfield.

— C'est sans conséquence.

— Si Robert Cecil obtient l'aval de son père...

— Oubliez toute cette famille, le rassura Chichester. Elle appartient à l'ancien règne et n'a aucune place dans le nouveau. Robert Cecil draine peut-être des imbéciles comme Westfield dans son sillage, mais il est encore trop jeune, trop novice dans les voies de ce monde. Ce petit bossu rusé n'est pas à la hauteur d'un vrai politicien comme moi, dit-il, narquois.

— Certes pas, Roger.

— Je suis au centre de tout.

C'était une métaphore appropriée. Le comte de Chichester était parfaitement capable de manger, de boire, de donner des ordres à ses serviteurs, de régenter ses invités, d'alimenter cinq conversations à la fois tout en parvenant encore à converser tout bas avec Banbury. En très peu de temps, il avait assuré à son camp un net avantage.

Le comte de Banbury se permit un soupir attristé.

— Cela signifiera la fin de la dynastie Tudor.

— Et alors ? dit l'autre sèchement.

— Le règne de Sa Majesté a été long et stable.

— Trop long.

— Cela nous a été profitable à tous.

— La mémoire vous fait défaut, répliqua Chichester avec amertume. Les Tudor n'ont jamais aimé les nobles. Quand Henri Tudor n'était qu'un marmot pleurnicheur, il y avait soixante-quatre pairs en Angleterre. Quand il s'empara de la couronne à Bosworth, il n'en restait que trente-huit, dont il ne contribua guère à accroître le nombre.

— Son fils créa des comtes et des marquis.

— Puis il les fit exécuter par dépit ! Henri VIII

connaissait le grand principe de son père : pour une royauté forte, affaiblissez les nobles. Puis notre reine a suivi ce précepte. Les Tudor n'ont élevé que pour mieux rabaisser, continua-t-il avec une profonde amertume. Montrez-moi un duc ou un marquis, ce dernier siècle, qui n'ait été accusé de félonie.

— William Paulet ? avança Banbury en se grattant la barbe.

— C'est le seul. Marquis de Winchester, et à présent mort.

— Et si Arabella monte sur le trône ?...

— Non point « si », mais « quand », messire. Quand Arabella sera couronnée, j'obtiendrai un duché.

Pendant cette conversation, les yeux du vieillard fixaient attentivement le messager qui avait été admis à l'extrémité de la salle. Celui-ci parla au majordome, puis fut encouragé d'un signe à s'avancer vers la tête de la table. Le nouveau venu s'inclina et chuchota son message, avant de le confirmer par une lettre. Le comte de Chichester la décacheta tandis que le brouhaha autour de lui cessait progressivement et que tous les regards se tournaient vers lui. La missive provenait d'un des propres médecins de la reine.

L'hôte n'eut pas besoin de réclamer le silence. Tous étaient avides d'entendre les dernières nouvelles et d'être confortés dans la certitude de soutenir le bon camp.

— Messieurs, un message du palais ! annonça Chichester. Sa Majesté lutte pour continuer à vivre, mais décline rapidement. Si la fièvre ne tombe pas bientôt, elle mourra samedi.

La tristesse, le soulagement et la joie concentrés en un mot.

Samedi !

Quoiqu'il n'y eût pas de représentation cet après-midi-là, Nicholas eut une journée de travail bien remplie. Après la tempête matinale chez Lawrence Firethorn, il regagna l'auberge pour organiser son équipe. Hugh Wegges, le costumier, reçut ordre de confectionner de nouvelles toilettes, Nathan Curtis, le maître charpentier, fut chargé de construire des mécanismes scéniques, Thomas Skillen, le machiniste, s'en alla acheter des roseaux frais pour en joncher les planches, et George Dart partit chercher des affiches chez les imprimeurs. Nicholas trouva aussi le temps de donner aux apprentis une leçon d'escrime, d'écouter les dernières chansons composées par Peter Digby, de calmer l'agitation persistante de Barnaby Gill et de faire d'intéressantes suggestions à Edmund Hoode lorsque celui-ci lui exposa la trame de sa prochaine œuvre. Mais aucune visite à *La Tête de la Reine* n'eût été complète sans une prise de bec avec l'aubergiste cadavérique.

— Bien le bonjour, messire Marwood, dit Nicholas.

— Il n'a rien eu de bon jusqu'à présent, répliqua le patron avec un sourire affecté. Il se peut que j'invite Nimbus à revenir dans ma cour.

— Nimbus ?

— Prenez garde à votre réputation, messire Bracewell !

— Pourquoi donc ?

— On trouve en ville un divertissement plus raffiné que le vôtre.

— De quelle nature ?

— Les Hommes de Westfield ont été supplantés dans ma faveur.

— Par Nimbus ?

— Tout juste.

— Qui est-ce ?

— Un meilleur acteur que messire Firethorn.

— J'en doute.

— Un comique plus hilarant que messire Gill.

— Cela se peut-il ?
— Et un locataire plus rentable que votre compagnie.
— Que fait ce Nimbus ? interrogea Nicholas.
— Tout.
— C'est un artiste ?
— Il a subjugué jusqu'à mon épouse.

Il n'y avait pas de plus grande louange. La sombre mélancolie d'Alexander Marwood provenait en très large part de son mariage avec une femme à la volonté implacable et au visage de marbre. Quiconque savait plaire — et, à plus forte raison, arracher un sourire — à Sybil Marwood était sans conteste un artiste d'exception. Nicholas demanda avec curiosité :

— Quelle sorte d'homme est ce Nimbus ?

Le patron lâcha avec un petit rire sournois :

— Un cheval.

Marwood laissa le régisseur digérer cette information. Nicholas obtint quelque lumière en bavardant avec un des palefreniers. Pendant que les Hommes de Westfield jouaient au *Théâtre*, leur place avait été prise à l'auberge par Cornelius Gant et Nimbus. Comme son employeur, le garçon d'écurie émerveillé ne tarissait pas d'éloges sur le spectacle. Nicholas se réjouit que le chef de la troupe ne fût pas là pour l'entendre. Lawrence Firethorn n'aurait pu souffrir d'être comparé avec un étalon savant.

Après avoir fini sa tâche quotidienne, Nicholas se rendit bien vite à Cheapside pour se présenter chez le chapelier dont Anne lui avait indiqué le nom. A son arrivée, un apprenti fermait la boutique et il ne fallut pas longtemps pour lui soutirer l'information. Nicholas se fit passer pour un gantier auquel Beatrice Capaldi avait commandé une paire de gants assortie à son dernier chapeau. L'apprenti le laissa entrer pour voir la nouvelle création, afin qu'il pût juger de la couleur et de l'étoffe. Au cours de la conversation, Nicholas obtint l'adresse de la dame, puis le remercia et s'éclipsa.

Elle habitait près du fleuve à Blackfriars. Malgré la façade étroite, c'était une vaste demeure pourvue d'un long jardin à l'arrière ainsi que d'une petite cour où se trouvaient des écuries. De toute évidence, son entretien nécessitait des revenus appréciables. Pendant que Nicholas longeait le jardin, il distingua les bribes d'un madrigal chanté par un jeune garçon accompagné d'un luth. Il crut entendre également la voix de la dame, mais sans pouvoir en être sûr, et son attention fut bientôt distraite par l'arrivée d'un visiteur. Les carrosses étaient plus répandus qu'avant, à Londres, toutefois ils avaient rarement la taille et la magnificence de celui-ci. Il appartenait à un personnage éminent, et bien que Nicholas ne pût distinguer l'homme qui s'était rapidement glissé dans la maison, il entrevit les armoiries du véhicule qui s'en allait. Il les avait déjà vues, sans pouvoir se rappeler où exactement. Il songea cependant à une réflexion d'Anne au sujet de la maîtresse de maison. Il écouta le madrigal avec plus d'attention.

Le début de la soirée le trouva à *L'Éléphant,* à Shoreditch. C'était l'auberge la plus proche du *Rideau,* et elle était donc fréquentée par les membres de la compagnie résidante. Nicholas avait conscience de s'aventurer en territoire ennemi, néanmoins il n'avait pas le choix. C'était le seul moyen de parler à Owen Elias, qui appartenait désormais aux Hommes de Banbury.

Le Gallois festoyait avec ses nouveaux collègues. Il accueillit chaleureusement le régisseur.

— Nick ! Qu'est-ce qui vous amène ici ?

— Une faveur, Owen.

— A requérir ou à octroyer ?

— Les deux.

— Appelons le serveur et commandons encore de l'ale !

— C'est moi qui régale.

— Non, répondit Elias avec bienveillance. Sur mon terrain, je paie.

Nicholas le laissa régler, puis l'entraîna dans un coin de la salle. Owen Elias était d'humeur expansive après un nouveau triomphe dans un rôle difficile. Il était encore grisé par son succès et le régisseur le laissa longuement parler. En un très bref laps de temps, l'acteur s'était installé dans son foyer de fraîche date, dont la nouveauté le séduisait. Néanmoins, son attitude était empreinte d'une légère culpabilité, d'une répugnance guère coutumière à regarder son vieil ami dans les yeux. Nicholas en dit peu, mais écouta tout avec intérêt.

Elias adopta soudain un ton fuyant, sur la défensive.

— Est-ce messire Firethorn qui vous envoie? demanda-t-il.

— Non.

— Pourquoi êtes-vous venu, alors?

— Sur ma propre impulsion.

— Vous parliez d'une faveur.

— En effet. La meilleure que j'aie à vous offrir, Owen. Une invitation à revenir chez nous.

— Cela n'est point une faveur, mais une vile menace!

— Cela servirait vos plus sûrs intérêts.

— J'en ai à jamais fini avec les Hommes de Westfield.

— On a besoin de vous, Owen.

— Alors pourquoi m'a-t-on chassé?

— Messire Firethorn a un tempérament bouillant.

— Qu'il l'exerce contre d'autres que moi. Je ne veux plus en entendre parler!

— Le haïssez-vous donc à ce point?

— J'ai juré de me venger de ce traître!

— Oui, dit calmement Nicholas. Et vous pouvez savourer votre vengeance, à tous égards. Londres ne parle que de votre interprétation dans *Le Juif d'Espagne*. Vous n'y allez pas de main morte pour fustiger messire Firethorn. Combien de fois encore allez-vous recommencer?

— Combien de fois ?
— Quand votre vengeance sera-t-elle assouvie ?
— Eh bien...
— Vous faudra-t-il une autre représentation, deux, trois ? Ou comptez-vous salir cet homme indéfiniment ?
— Il m'a jeté dehors, Nick !
— Messire Randolph agira peut-être de même.
— Oh, non !
— Lorsque vous ne lui servirez plus à rien, il vous congédiera sans l'ombre d'un remords.
— Non, répliqua Elias d'un ton ferme. Je serai l'un des associés de la compagnie. Engagé par contrat.
— Ce contrat, l'avez-vous signé ?
— Pas encore.
— L'avez-vous vu, alors ?
— Il en est cours de rédaction.
— Et vous vous contentez de cela ?
Sous le regard scrutateur de Nicholas, Elias se dandina avec embarras sur son tabouret, vida sa chope et s'essuya la bouche d'un revers de main.
— Ma vie est ici, désormais.
— Pouvez-vous en avoir la certitude ?
— Messire Randolph a la plus haute admiration pour mon travail.
— Comment en a-t-il découvert la qualité ?
— Il m'a vu dans *Sacrifice d'amour*, à *La Rose*.
— Giles Randolph ?
— Il a été frappé par mon talent.
— Mais qu'allait-il faire là-bas, en premier lieu ? demanda Nicholas. Pourquoi observe-t-il les Hommes de Westfield quand il a sa propre troupe à diriger ? Il était à *La Rose*, disiez-vous ?
— Il cherchait de nouveaux talents.
— Et ses yeux se sont posés sur vous ?
— Ma ressemblance avec messire Firethorn l'a impressionné.

Non seulement Nicholas se sentait perplexe, mais il s'inquiétait pour son ami. Il était furieux qu'Owen eût tourné son talent contre son ancienne compagnie, mais cela ne l'empêchait pas de craindre pour lui. Le Gallois avide de gloire était utilisé adroitement par Giles Randolph, qui lui offrait une tentation irrésistible pour un employé. Si Elias devenait partenaire, son avenir serait assuré, toutefois ce même talent qui était exploité contre les Hommes de Westfield menacerait Randolph avec le temps. La présence de leur rival à *La Rose* tracassait Nicholas. Owen Elias était sans doute le bénéficiaire accidentel de cette visite, toutefois Randolph n'était pas venu à seule fin de le voir. Il fallait bien qu'une autre raison l'eût conduit dans Shoreditch ce jour-là.

— Je dois vous quitter, Nick, dit Elias, l'air mal à l'aise.

— Mais je ne vous ai pas encore expliqué quelle faveur je requiers !

— Quelle est-elle ?

— Honorez une ancienne dette.

— Une dette ?

— Envers Sebastian Carrick. Oui, je sais, ajouta Nicholas, voyant l'autre sur le point de protester. Il vous devait de l'argent. Mais vous devez bien plus à Sebastian. Vous lui devez les Hommes de Banbury.

— Comment cela ?

— Sa mort vous a profité. Sans elle, Sebastian aurait joué dans *Sacrifice d'amour* et vous auriez continué à vous morfondre dans des rôles mineurs, déclara Nicholas de but en blanc. Messire Randolph n'aurait pas remarqué votre excellence dans le rôle d'un laquais. Il n'aurait pas été frappé par votre oraison funèbre. Tout cela est arrivé grâce à Sebastian. Vous lui devez votre rôle dans *Le Juif d'Espagne,* et jusqu'à votre espoir de contrat !

Le Gallois respirait fort et cherchait une riposte à

cette accusation. Une longue minute passa avant qu'il ne relève la tête.

— Vous avez raison, Nick. J'ai une dette envers lui.

— Remboursez-la.

— Comment ?

— Aidez-moi à capturer son meurtrier.

— Vous savez qui c'est ? demanda Elias avec animation.

— Je sais où le trouver.

— Où ?

— M'aiderez-vous ? Cela requiert notre double intervention.

— Je vous aiderai, répondit Elias, ému. Sans Sebastian, je jouerais encore les seconds rôles à *La Tête de la Reine*. Si telle est la faveur que vous réclamez, j'y accède avec joie.

— Merci, Owen. Je vous avertirai le moment venu.

— Je suis votre homme.

Nicholas lui donna une tape amicale sur l'épaule, puis se leva pour partir. Il lança un coup d'œil vers les autres acteurs de la troupe, au bout de la salle, et jaugea à nouveau son vieil ami du regard. Owen travaillait avec les Hommes de Banbury, pourtant il ne semblait pas des leurs, et son arrogance avait forcément froissé ses nouveaux collègues. Les anciens employés de la troupe éprouveraient une rancœur bien naturelle que le Gallois eût été promu avant eux. Cela n'augurait rien de bon pour lui.

Il posa carrément la question au comédien :

— A quelles conditions reviendriez-vous chez nous, Owen ?

— Chez les Hommes de Westfield ?

— Fixez votre prix.

— Il est beaucoup trop élevé, Nick.

— J'ai les nerfs solides.

— Alors, voici mes deux exigences. Des excuses complètes.

— C'est beaucoup demander à messire Firethorn.
— Et un contrat qui fasse de moi un partenaire.
Nicholas réfléchit, puis serra les dents.
— Vous aurez satisfaction.

Nimbus se lança à la conquête de Londres à un trot régulier, se mit au galop, puis entra à fond de train dans le cœur et l'esprit des citadins. Son maître astucieux choisissait avec soin leurs lieux de représentation. Ils augmentaient à chaque fois leur audience et élargissaient l'envergure de leur spectacle. Des gens de tous milieux les regardaient et s'émerveillaient. Chaque spectateur courait ensuite répandre la nouvelle de ce dernier prodige. Nimbus n'avait plus à chercher une arène. Cornelius Gant était assiégé par les aubergistes et les tenanciers, qui offraient de belles récompenses en retour d'un spectacle dans leurs hostelleries respectives. Une cité qui se délectait des combats d'ours et de taureaux n'avait plus que ce cheval sensationnel à la bouche. Sans l'effusion d'une seule goutte de sang, sans la moindre souffrance infligée à l'animal, sans nulle cruauté, les deux complices ensorcelaient leur public.

Gant profitait de chaque occasion pour annoncer les délices à venir.

— Merci, mes bons amis ! clama-t-il. Ce soir, vous pourrez nous admirer à *La Cloche noire,* sur Candlewick Street. Demain matin, vous nous trouverez aux *Clefs entrecroisées,* dans Gayspur Lane, et l'après-midi au *Canon,* à Cordwainer Street. Vous nous verrez prochainement à *La Licorne,* dans Hosier Alley, où vous pourrez juger que Nimbus est aussi rare que cet animal fabuleux ! conclut-il avec un large sourire.

De nouveaux applaudissements éclatèrent parmi les spectateurs du *Lion rouge*. Enchantés de ce qu'ils avaient vu, ils en voulaient davantage et réclamèrent à grands cris, pleins d'espoir. Gant fanfaronna au-dessus du tumulte :

— Nimbus dansera sur le Pont de Londres et traversera la Tamise à la nage en son point le plus large. Il accomplira ce qu'aucun cheval n'a fait auparavant, assura-t-il, alimentant l'excitation du public tel un fourneau. Il volera jusqu'au sommet de Saint-Paul !

La nouvelle de cet exploit suscita une approbation retentissante.

— Quand ? cria la foule.

— Nous allons voir, répondit Gant.

Il regarda le cheval et donna un signal. Nimbus secoua lentement sa crinière comme s'il se concentrait, puis vint hennir doucement dans l'oreille de son maître. Gant attendit que les rires s'apaisent avant de transmettre la décision :

— Samedi !

Josiah Taplow et William Merryweather entamèrent leur ronde dans Clerkenwell avec un sens du devoir mêlé, comme d'habitude, de résignation. D'abord choqués qu'on eût usurpé leur identité, ils considéraient désormais la chose comme un heureux incident aux conséquences bénéfiques. C'était à eux qu'on attribuait le mérite d'avoir sauvé l'homme attaqué dans Cock Lane, eux qui inspiraient un respect tacite aux habitants du quartier. Des individus qui, autrefois, leur auraient lancé des quolibets au passage tenaient leur langue et tentaient de passer inaperçus. Les deux vieillards savouraient cette récente réputation de héros. Ils parcoururent Turnmill Street avec un air d'autorité qu'ils n'avaient jamais possédé avant. C'était valorisant d'être enfin pris au sérieux, et ils furent particulièrement satisfaits de leur effet sur un homme qui rôdait en face du *Chaume hérissé*. Dès qu'il vit approcher les représentants de la loi, il jaillit du seuil où il s'était tapi et s'enfuit dans la rue. Taplow et Merryweather échangèrent un sourire.

Ils étaient si absorbés par ce petit triomphe qu'ils

n'entendirent pas le cri de plaisir et de souffrance qui résonna dans une chambre au-dessus de leur tête. Les affaires battaient leur plein au *Chaume hérissé*. Frances appliquait son sceau personnel sur le dos d'un autre client éreinté.

De ses mains délicates, elle caressa les épaules de son amant, puis remonta et descendit en petits cercles le long de sa colonne vertébrale. Les baisers devenant plus ardents, les mouvements plus frénétiques, elle referma ses doigts sur les cheveux de son compagnon pour l'attirer encore plus près. Il se cambrait et s'enfonçait en elle, sentant son pouls s'accélérer, ses sens s'embraser. Dans la soie du lit à baldaquin, leurs folies se fondirent en une longue extase partagée. Au sommet de cette cascade de plaisir, il se souleva pour qu'elle plante ses dents dans sa poitrine, ce qu'elle fit avec un appétit bestial. Il tressaillit, il rit, il soupira, il retomba, parfaitement comblé.

Beatrice Capaldi savait elle aussi imprimer sa marque.

Andrew Carrick fut étonné et ravi de recevoir un visiteur si tard dans la soirée. La compagnie de Nicholas était toujours la bienvenue. Ils s'assirent sur des tabourets dans la cellule de la tour Beauchamp et conversèrent à la lueur d'une chandelle. Carrick avait hâte d'écouter le dernier rapport sur Clerkenwell et d'apprendre comment sa fille avait réagi à la représentation des Hommes de Westfield. Le notaire se montra comme toujours débordant de gratitude et, cette fois, son visiteur en profita.

— Je viens solliciter votre assistance, dit Nicholas.

— Que puis-je pour vous ?

— Rédiger un contrat.

— De quelle nature ?

— Un accord entre une compagnie théâtrale et un

nouveau partenaire. Est-ce en votre pouvoir, messire Carrick ?

— Mais certainement, répondit l'autre. J'ai devant moi une plume et du parchemin, comme vous voyez, et je possède toute autorité en tant qu'homme de loi. Cependant, je n'ai aucune connaissance en ce qui concerne cette forme de contrat.

— Pourrais-je vous en dicter les termes ?

— Il faudrait qu'ils soient très précis.

— Je les ai appris avec soin.

Andrew Carrick rapprocha la chandelle afin d'éclairer le parchemin qu'il déroula devant lui. Trempant sa plume dans l'encrier, il s'arrêta et attendit les instructions. Nicholas parla avec lenteur, pesant ses mots.

— « Clauses d'un accord, passé, conclu et convenu, qui devront être observées et respectées par le sieur Owen Elias, de Londres, et Lawrence Firethorn, Esquire, de la manière et sous la forme suivantes, à savoir... En premier lieu, ledit Owen Elias convient, s'engage et promet vis-à-vis dudit Lawrence Firethorn, de ses exécuteurs, administrateurs et mandataires, de la manière et sous la forme suivantes, de jouer avec la troupe des Hommes de Westfield pendant une durée de trois années à compter de cette date, en échange d'une part entière, selon l'usage des comédiens... »

La main du notaire volait sur le parchemin. Il était fasciné par les obligations contractuelles imposées aux deux parties et posa plusieurs questions. Nicholas était extrêmement bien informé. Avant de venir à la Tour, il avait pris la peine d'examiner le contrat d'Edmund Hoode avec la compagnie. En outre, il avait maintes fois assisté aux fréquentes chicaneries entre Firethorn et les autres associés. Carrick le complimenta sincèrement :

— Vous auriez dû faire carrière dans le droit.

— Je suis une voie parallèle, en quelque sorte.

— Voici votre contrat. Je suis heureux de vous être utile.

— Votre aide s'avérera peut-être d'une valeur inestimable.

Nicholas cacha le rouleau de parchemin sous son gilet. Il se disposait à prendre congé quand son hôte lui accorda une autre faveur insigne :

— Je détiens une information susceptible de vous intéresser.

— Apprenez-la-moi.

— La prison restreint les mouvements, mais aiguise l'ouïe, dit Carrick. J'ai appris à écouter.

— Et qu'avez-vous entendu ?

— Suffisamment pour asseoir mon opinion.

— A quel propos ?

— Au sujet de mon ami Harry Fellowes.

— Le clerc de l'arsenal ?

— Ce n'est que l'une des nombreuses facettes du personnage. Il est également prêtre, soldat, érudit et bien plus encore. Ce qui vous concerne avant tout, c'est qu'Harry consent des prêts.

— Vous y aviez déjà fait allusion.

— Je dispose à présent d'éléments supplémentaires sur ses méthodes. Jamais on n'a vu usurier plus enthousiaste. Harry prête de larges sommes, parfois à des personnes de haut rang. Cela dure depuis des années, aussi la liste des nobles débiteurs est-elle fort longue. L'un de ces noms présente un intérêt particulier pour vous, messire Bracewell.

— Qui est-ce ?

— Le comte de Chichester.

— Un grand ami des Hommes de Banbury...

— Chichester et Banbury intriguent pour désigner le prochain monarque. De telles manœuvres sont dispendieuses. La politique consiste principalement à acheter et à corrompre, dit-il, haussant les épaules avec écœurement. Mais vous voyez vous-même ce que cela implique.

— Harry Fellowes aide nos ennemis. S'ils réussissent, nous en souffrirons. Les Hommes de Westfield seront perdus à cause d'un prêt contracté au sein de la Tour de Londres.

— Posez-moi donc une question, invita Carrick en souriant.

— Le clerc de l'arsenal est-il si grassement payé, pour qu'il ait les moyens de fournir des subsides à qui le sollicite ?

— Non, répondit l'autre, heureux de transmettre le fruit de ses réflexions. Les officiers de la couronne sont mal payés. Ils trouvent leur seule récompense dans leur statut de serviteurs royaux et dans les avantages que leur procure leur charge.

— Des avantages ?

— J'en viendrai directement au fait. Harry Fellowes est un homme bon, animé par des sentiments chrétiens, qui m'a aidé à conjurer l'ennui et le désespoir. Cependant...

— Continuez, messire.

— C'est aussi un malfaiteur rusé qui s'est enrichi grâce à l'argent public. Ne me demandez pas comment, car je ne pourrais émettre que des suppositions. Mais je puis vous dire ceci avec une absolue certitude : Harry use de sa position pour se livrer à la falsification et à la fraude.

Nicholas devança l'explication du captif.

— Ce prêt au comte de Chichester lui procure par conséquent une satisfaction d'autant plus intense que Sa Seigneurie est le directeur de l'arsenal.

— Harry détourne de l'argent sous le nez de son supérieur, et le lui prête ensuite à un taux d'intérêt élevé.

Nicholas goûta l'ironie de la situation, mais commença également à en discerner toutes les ramifications. Les Hommes de Banbury occupaient le centre de la scène avec *Le Juif d'Espagne,* une tragédie acerbe qui attaquait une minorité haïe, traditionnellement associée à l'usure. Cette œuvre servait la cause de Roger Godolphin, comte de Chichester, allié à Banbury lui-même. Leur campagne était financée grâce à un prêt consenti, non par un étranger ou par un Juif, mais par l'officier de la couronne qui s'occupait des comptes à la Tour de Londres. Dépouillé de son affabilité et présenté sous son vrai jour, Harry Fellowes était un traître aussi odieux que le personnage dépeint par Giles Randolph.

Tout annonçait la fin prochaine de la reine Élisabeth, qui ne pouvait ou ne voulait pas désigner un successeur. Le conflit lié à cette question serait rapidement résolu et le parti de Chichester pouvait fort bien sortir vainqueur. Si la théorie du notaire était fondée, Nicholas était à même de porter un coup vital pour la faction de Lord Westfield. Cette perspective le faisait trembler d'excitation.

Andrew Carrick formula clairement ce qu'impliquait sa révélation.

— Commencez ici. Révélez les agissements de Fellowes, et le comte de Chichester tombe avec lui. Et, dans ce cas, plus de reine Arabella. Me comprenez-vous ?

— Vraiment fort bien.

— Alors, les Hommes de Westfield seront saufs.

11

Giles Randolph éprouvait la vanité outrecuidante dont tant de ses confrères étaient affligés, néanmoins elle était tempérée par la conscience d'une sordide réalité. Un acteur avait besoin d'un protecteur. Si inspiré qu'il crût être, et pour doué qu'il fût assurément, il n'oubliait jamais de marquer son respect au comte de Banbury et de l'informer de tout changement dans la politique de la troupe. Randolph était donc un visiteur familier à la somptueuse résidence proche de Charing Cross, et pouvait toujours compter sur une ou deux coupes de xérès en compagnie de son hôte, tandis qu'ils échangeaient des compliments. Le comte rayonnait d'optimisme.

— Tout se déroule selon mes vœux.

— Nous nous efforçons de servir Votre Seigneurie.

— Vous devez effacer Lawrence Firethorn de la scène et anéantir les Hommes de Westfield une fois pour toutes. Néanmoins, ajouta-t-il avec bon sens, sachons prendre ce qui nous est utile parmi ces ruines. Le dramaturge Edmund Hoode mérite d'être attiré dans ma troupe, et je trouverais volontiers une place pour Barnaby Gill.

— Ni l'un ni l'autre ne sont tout à fait à mon goût, objecta Randolph, et je suis certain que Hoode n'accepterait jamais de travailler pour nous. Quant à Gill, c'est une autre affaire, mais je nourris de sérieuses réserves à ce sujet.

— Surmontez-les, Giles. C'est un merveilleux bouffon.

— Oui, monseigneur.

— Lorsque sa compagnie tombera, précipitez-vous pour le relever.

— Je lui tendrai une main secourable...

Le comte sirota son vin — il avait un fort penchant pour la boisson — et confia ses espoirs futurs. Son alliance politique avec le comte de Chichester porterait des fruits dont lui-même et sa troupe profiteraient. Il évoqua la possibilité que la nouvelle souveraine élève sa compagnie au rang des Hommes de la Reine, et Randolph, lui-même ronronnant de satisfaction, sut caresser sa suffisance telle la fourrure d'un chat.

Banbury souligna l'importance du samedi à venir.

— Vous donnerez *Le Juif d'Espagne,* ordonna-t-il.

— Les affiches sont déjà commandées à cet effet.

— Ajoutez de nouveaux éléments en notre faveur.

— Le poète de la troupe y travaille en ce moment même.

— Et que cet habile coquin taille une fois encore Firethorn en pièces. Quel est son nom, déjà ?

— Owen Elias.

— Une carte maîtresse pour les Hommes de Banbury.

— C'est pourquoi je l'ai choisi, monseigneur.

— Par quel appât l'avez-vous convaincu d'entrer dans nos rangs ?

— Par la promesse d'un contrat faisant de lui un partenaire.

— Et le deviendra-t-il, Giles ?

Le comédien secoua la tête.

— Jamais, monseigneur.

— Qu'adviendra-t-il de lui ?

— Lorsqu'il aura servi nos desseins, il sera écarté.
— C'est pourtant un acteur qui retient l'attention.
— Nous avons chez nous bien assez de talents, dit Randolph avec fatuité. Il n'y a pas de place pour ce Gallois arrogant. Il a un tempérament querelleur. Admettez-le parmi les partenaires, et il bataillera à longueur de journée à propos des rôles qu'il désire jouer. Owen Elias est dénué de valeur véritable, estima-t-il, hautain. Seuls les meilleurs, les plus rares sont dignes d'appartenir aux Hommes de Banbury. Nous le prenons, et puis nous le rejetons. Voilà sa position.

Le mécène caressa le bouc qui ornait son menton.
— Rien qu'un employé ordinaire, hein?
— Oui, monseigneur. Et les employés viennent puis s'en vont.

Ignorant que la célébrité dont il jouissait était vouée à une fin si prochaine, Owen Elias rentra à son logis, convaincu qu'il deviendrait bientôt partenaire de sa troupe. Les associés possédaient des titres de la compagnie et, en tant que tels, étaient supposés y contribuer par un apport financier, mais cette obligation avait été suspendue dans son cas, comme le lui avait appris Randolph, tant ils tenaient à s'assurer ses services. Transporté par sa soudaine importance, Elias n'entendit pas les murmures de mutinerie des autres partenaires, qui avaient versé en moyenne cinquante livres en échange de leur position. Le Gallois n'avait aucun moyen de réunir une telle somme. Son salaire hebdomadaire chez les Hommes de Westfield avait été de sept shillings.

Sa vie avec la nouvelle compagnie comportait, certes, des inconvénients, mais il était prêt à fermer les yeux en échange de l'avancement et de la sécurité promis. Une fois qu'il aurait vraiment trouvé sa place au sein des Hommes de Banbury, se disait-il, les problèmes disparaîtraient et il pourrait offrir au monde la preuve vivante de ses remarquables talents. Tout en gravissant l'escalier vers sa chambre, il commença à déclamer sa première tirade. Quand il se laissa choir sur le tabouret, il cita des dialogues complets. Allongé sur le dos, les yeux fixés sur les poutres au-dessus de sa tête, il récita dans son entier un rôle de premier plan. Owen Elias était un acteur consciencieux qui ne perdait aucune occasion de s'exercer à son art. Sa voix résonnait encore contre les murs quand la fatigue prit enfin le dessus. Un distique rimé demeura inachevé.

Il s'assoupit paisiblement, puis se réveilla en sursaut à peine quelques minutes plus tard. La révélation qui s'était fait jour dans son esprit lui rendit toute sa lucidité. Rien de ce qu'il avait récité avec tant d'affection ne provenait du répertoire de sa nouvelle compagnie. Toutes ces tirades appartenaient au temps des Hommes de Westfield. L'œuvre d'Edmund Hoode avait si complètement imprégné son esprit qu'il pouvait s'y référer avec une parfaite exactitude. *Le Juif d'Espagne* lui avait permis de se faire un nom, néanmoins le personnage exceptionnel qu'il avait interprété avec tant de ferveur dans sa chambre, et dont les tirades jaillissaient si spontanément de ses lèvres, était celui du roi Gondar. Owen citait *Sacrifice d'amour*.

Il ressentit les affres du doute et dormit d'un sommeil troublé.

Seule une affaire de la plus haute importance pouvait inciter Nicholas à lui rendre visite à cette heure de la nuit, aussi Lord Westfield le reçut-il sans tarder. S'excusant auprès de ses convives, il quitta la table du dîner et se hâta d'entrer dans la petite pièce qu'il appelait son étude, à l'arrière de la maison. Nicholas l'y attendait respectueusement.

— Eh bien, messire ? demanda le mécène.

— Je possède une importante information concernant le comte de Chichester.

— Que trame encore le vieux guerrier?
— Il emprunte de l'argent.
— Rien de mal à cela. J'emprunte également.
— Pas auprès de la même source, monseigneur.
Nicholas relata ce qu'il avait appris à la Tour et fut écouté avec un silence captivé. Point n'était besoin d'indiquer à Lord Westfield les implications de cette histoire. Il savait qu'on lui fournissait une formidable occasion de discréditer son ennemi de toujours, de barrer la voie à la prétendante au trône de Chichester, et de rendre un immense service au public en révélant les fraudes perpétrées à l'arsenal. Tout dépendait d'une unique question.
— Dans quelle mesure pouvons-nous être certains de la culpabilité du clerc?
— Je m'en remets au jugement avisé de messire Carrick, répondit Nicholas.
— En ce cas, moi aussi, décida l'autre. Ces maudits hommes de loi se retranchent toujours derrière leur verbiage pour éviter de se prononcer. Si Carrick est formel, c'est qu'il a pour cela des raisons légitimes. Il nous reste à trouver la preuve qui confondra ce Harry Fellowes.
— J'y ai songé, monseigneur.
— Vous avez un plan?
— Il requiert un peu d'aide de votre part.
Nicholas résuma son idée dans les grandes lignes et vit le visage concentré de son interlocuteur se crisper. Lord Westfield sembla d'abord le désapprouver, mais ses traits se détendirent peu à peu en un sourire admiratif. Lorsque le régisseur parvint à la conclusion, son hôte tressautait de rire.
— Pardieu, Nick, c'est merveilleux!
— Cela nous permettra peut-être de parvenir à nos fins.
— Mettez ce plan en œuvre immédiatement.
— Oui, monseigneur.

— Une fois de plus, vous démontrez votre valeur inestimable pour les Hommes de Westfield. J'espère que Lawrence vous apprécie à votre juste mérite.

— Il faut le lui rappeler de temps en temps.

— Dites-lui que je viendrai samedi.

— Samedi ?

— Voir *Sacrifice d'amour* à *La Tête de la Reine*.

— Mais nous donnons *La Folie de Cupidon* !

— Comment ? se récria Lord Westfield, médusé.

— Messire Firethorn n'est pas en train ces temps-ci.

— Ai-je bien entendu ? répondit le gentilhomme, incrédule. Les Hommes de Banbury nous assaillent. Giles Randolph tente d'évincer Lawrence. *Sacrifice d'amour* est vital pour contrer l'effet du *Juif d'Espagne*, et notre acteur vedette n'est pas en train !

Lord Westfield en écumait presque de rage.

— Ce pourrait bien être le samedi le plus important de toute l'histoire de la troupe. Nos effectifs doivent être au complet, et jouer la pièce la plus appropriée. Faites savoir à Lawrence que je requiers — non, que j'ordonne — qu'il interprète l'œuvre de mon choix.

— Je lui transmettrai ce message.

— Avec la vigueur qui s'impose.

— Oui, monseigneur.

— Rappelez-lui le nom de son protecteur.

Lord Westfield raccompagna lui-même Nicholas à la porte et lâcha une dernière question exaspérée :

— Au nom du ciel, qu'est-ce qui peut être plus important pour lui que de diriger sa compagnie ?

Le navire glissait lentement sur la Tamise, propulsé par une douzaine de rames. Lawrence Firethorn était étendu sur des coussins à l'ombre d'un dais. Sa tête reposait sur l'exquise poitrine de Beatrice Capaldi qui caressait ses cheveux et sa barbe au même rythme que les rames s'enfonçant dans les flots. C'était un pur bonheur. Il n'avait rien d'autre à faire que d'écouter le clapotis de l'eau contre le flanc du vaisseau, que de savourer les tendres soins de son aimée. Ils avaient mis le cap sur le paradis et voguaient vers une glorieuse apothéose.

Lawrence Firethorn s'éveilla de son rêve, dans un lit qui lui semblait désormais insupportablement vide sans sa Beatrice à ses côtés. Il était à Shoreditch, souillant la couche conjugale de pensées adultères qui ne lui inspiraient pas la moindre honte. Quand son épouse était auprès de lui, cela ne l'empêchait pas de laisser son regard vagabonder à son gré. Maintenant que la voie était libre, Margery veillant sur sa sœur à Cambridge, il avait toute latitude de faire ce qui lui plaisait avec qui il voulait. L'acteur, à qui il suffisait de monter sur scène pour conquérir de nouveaux cœurs, était entouré de multiples possibilités. Il avait prévu de mettre à profit l'absence de sa femme pour les explorer sérieusement, mais Beatrice avait changé tout cela. Sa dame brune bannissait toutes les autres de sa pensée. Depuis qu'ils étaient convenus d'un rendez-vous, il ne désirait qu'elle. Firethorn était fidèle dans son infidélité. D'une seule ligne sur un parchemin, une femme l'avait asservi à un idéal romanesque d'une folle extravagance.

Le titre de la pièce était prophétique. *Sacrifice d'amour* dépeignait un roi qui renonçait à sa famille, à son royaume, à son renom. L'occasion s'offrait à Firethorn d'accomplir lui aussi un geste grandiose, et non moins capital dans son monde à lui. En échange de quelques heures voluptueuses auprès de Beatrice, il était prêt à passer outre les exigences de sa femme, de ses camarades, de son art. Pour un après-midi dans ses bras, il consentait à renoncer à son royaume.

L'amour le transfigurait. Il se montrait bon envers ses enfants, aimable à l'égard des servantes et jovial avec les apprentis qui vivaient sous son toit. Ils ne lui connaissaient pas cette joyeuse sérénité et soupçonnaient l'effet d'une potion magique ou le début de la folie. L'humeur clémente de Firethorn persista jusqu'à *La Tête de la Reine* et anima la répétition du matin. Les coups de griffe de Barnaby Gill ne pouvaient l'aigrir, non plus que les protestations plaintives d'Edmond Hoode. Il semblait insensible au désespoir général. Il échut à Nicholas de fracasser cette bienheureuse disposition.

— J'ai donné ma parole ! rugit Firethorn.

— Lord Westfield en a lui-même prononcé quelques-unes.

— Je ne suis pas son laquais.

— Il faut vous souvenir qu'il est notre protecteur.

— Je suis lié par mon honneur !

— Votre place est ici, parmi nous.

Nicholas essuya avec bravoure ce feu verbal. Il transmit le message de Lord Westfield, puis exhorta le chef de la troupe à revenir sur ses positions. Ils étaient seuls dans la loge, mais les réponses de Firethorn s'entendaient à cent pas à la ronde. Involontairement, Nicholas fit redoubler ces cris furieux en émettant une légère insinuation.

— Vous vous engagez trop tôt et trop hâtivement, messire.

— Oseriez-vous me sermonner ?

— Apprenez à mieux connaître la dame.

— C'est à cette fin que nous naviguerons ensemble sur la Tamise.

— Non, messire, répondit Nicholas. Informez-vous sur elle avant de foncer tête baissée et de vous compromettre dans ce rendez-vous galant. Certains éléments pourraient altérer quelque peu l'image de Beatrice Capaldi.

— Quelle sorte d'éléments ? s'indigna Firethorn.

— Il ne m'appartient pas de douter de sa vertu, mais...

— Silence, Nick ! J'en ai assez entendu.

— Attendez seulement une semaine ou deux et...

— SILENCE !

Nicholas résista à cette canonnade.

— Lord Westfield compte prendre place dans cette cour, samedi prochain.

— Son noble séant peut bien s'asseoir où il veut.

— Il s'attend à voir *Sacrifice d'amour*.

— Préparez-le à une déception.

— Il insiste pour admirer le roi Gondar.

— Sa Majesté voguera sur le fleuve.

En désespoir de cause, le régisseur usa de l'argument suprême :

— Si vous nous faites défaut samedi, vous mettez toute la troupe en danger.

— Que me chaut ?

— Les Hommes de Westfield dépendent de vous, messire !

— Ma maîtresse m'appelle et n'admettra pas de refus.

— Notre mécène le prendra mal.

— Tant pis ! répondit Firethorn d'un air de défi. Les Hommes de Westfield dépendent de moi, mais je ne dépends point d'eux. Il existe un monde ailleurs.

Il s'approcha de la porte et l'ouvrit d'un geste grandiloquent.

— Samedi, je volerai vers lui !

En dépit de sa nature combative, Margery avait un cœur tendre, touché par le miracle de la création. La vue d'une mère heureuse et d'un beau nourrisson était une ample récompense pour tous les efforts qu'elle avait déployés dans la maison, et elle finissait même par considérer son beau-frère sous un jour moins défavorable. Jonathan Jarrold ne serait jamais le genre d'homme avec lequel elle choisirait de partager un lit —

à plus forte raison, sa vie —, mais le ravissement que lui procurait son rôle de père était émouvant, et son engagement sans limites. Il était toujours prêt à aider et désireux d'apprendre. Il arrivait que Margery n'ait pas à le morigéner et elle se surprit bientôt à lui adresser des compliments bourrus. Quels que fussent ses défauts, Jonathan Jarrold, libraire de son état, était le chef d'une petite famille. Quand il dorlotait tendrement son fils et héritier, sa belle-sœur songeait à sa propre progéniture. Le bonheur à Cambridge la rendait nostalgique.

La boutique de Jonathan était son seul lien avec la capitale.

— La reine suscite beaucoup d'inquiétude, lui dit-il.

— Elle est entourée par les meilleurs médecins.

— Les nouvelles ne sont pas bonnes. Un imprimeur qui s'en revient de Londres était dans mon échoppe ce matin. Sa Majesté est confinée dans ses appartements et ne prend aucune part au gouvernement du royaume. Tous redoutent le pire.

— Ils devraient s'agenouiller et prier pour sa guérison, répliqua Margery avec mépris. Nous ne devons pas céder à la crainte. Nous devons avoir la foi, Jonathan.

— C'est difficile, au vu de tels rapports.

— Sa Majesté est trop jeune pour mourir.

— Nul d'entre nous ne vit éternellement.

— Elle est reine et elle est femme jusqu'au bout des ongles. Je gage qu'elle défiera encore ces rumeurs-là.

— Elles ont un fondement solide.

— Peuh ! Me fierai-je à la parole d'un imprimeur rongé par la petite vérole, qui cherche à impressionner ses amis de Cambridge par des propos oiseux ? La reine Élisabeth nous enterrera tous. Nous avons besoin d'elle sur le trône d'Angleterre. Dieu sauve la reine !

Mais l'assurance de Margery était entamée par l'appréhension. Les rumeurs en provenance de Londres étaient trop nombreuses pour être écartées et renfermaient une menace lourde de conséquences pour la nation entière. Quant aux proches perspectives, les Hommes de Westfield couraient un danger. Un changement de monarque pouvait entraîner un changement d'attitude à l'égard du théâtre. Connaissant le goût pour l'intrigue du comte de Banbury, elle se doutait qu'il chercherait à exploiter la mort de la reine au profit de sa troupe et de sa propre personne. Margery se mordit les lèvres. Le gagne-pain de son mari pourrait bien se trouver compromis. Cela la poussa encore davantage à retourner chez elle au plus vite.

Le prochain samedi revêtit à ses yeux une importance croissante.

Harry Fellowes était un poète improbable, néanmoins ses vers latins sonnaient bien et dénotaient une froide intelligence. Il n'en était pas peu fier, mais souffrait du manque d'éloges éclairés que recevaient ses entreprises littéraires. Il n'y avait pas d'amoureux des lettres parmi ses collègues et l'environnement fruste de la Tour écrasa lentement ses instincts créatifs. Il fut donc d'autant plus ravi de se lier d'amitié avec un véritable érudit, qui portait à son œuvre un intérêt sincère. Andrew Carrick ne demanda pas seulement à voir les vers publiés. Il les lut avec soin, écrivit des notes qui soulignaient leur excellence et les analysa longuement. Le clerc de l'arsenal et le notaire captif, en se promenant ensemble, parcouraient en fait la Rome antique.

— Et quels poèmes vous ont le plus enchanté ? s'enquit Fellowes.

— Ceux dans la manière d'Ovide.

— Mon maître de toujours !

— Même devant votre congrégation ? demanda Carrick avec un sourire taquin. Je n'aurais pas cru que l'amour de cette sorte avait sa place en chaire.

— Il l'a pourtant dans le cœur de tout homme digne de ce nom.

— Il est vrai.

— Chacun de nous possède bien des facettes différentes dans son caractère.

— Vous semblez en posséder beaucoup plus que la plupart, messire Fellowes.

Le poète avait besoin d'être rassuré.

— Mes vers vous ont-ils vraiment rendu heureux, mon ami ?

— Ils m'ont ramené Cicéron à l'esprit.

— Cicéron ?

— Oui, dit Carrick. Je crois que la citation est exacte : *Haec studentia adulescentiam alunt, senectutem oblectant.*

— Oh, messire, vous êtes trop bon ! s'exclama Harry Fellowes, avant de traduire avec gratitude : « Ces études nourrissent l'adolescence et enchantent la vieillesse. »

L'homme de loi devint grave.

— Votre œuvre m'a été d'une grande consolation dans ma cellule. Elle a repoussé les horreurs de ma vie et suspendu le temps à merveille. Elle a glissé une lueur d'espoir au cœur des ténèbres de mes nuits.

— Aucune louange ne pourrait être plus grande. Merci, monsieur.

— J'ai surtout aimé le vers inspiré de Virgile.

— Vous avez remarqué ce petit vol ?

— Ce n'était pas un vol, affirma Carrick. Vous avez emprunté et remboursé avec intérêts.

Le prêteur éclata de rire.

— Ces mots-là, sur votre ultime page, semblaient issus de la bouche même de Virgile. *Trahit sua quemque voluptas.*

— « Tout homme est perdu par son plaisir favori. »

— C'est là le thème de tous vos vers.

— Il y a tant de vrai là-dedans !

Andrew Carrick soupira. *Trahit sua quemque voluptas...*

C'était un résumé fidèle de la vie de son fils. Sebastian possédait un talent éclatant, gâché par ses excès. Dans un bordel de Clerkenwell, son plaisir favori l'avait certes perdu pour de bon. Le père plein de tristesse essaya de chasser ces pensées et tourna ces instants de complicité à son avantage. Son admiration pour ces vers n'était pas feinte, toutefois la beauté inhérente à Ovide, utilisée par le poète, ne l'aveuglait pas. Harry Fellowes était sans doute un érudit, mais aussi un habile criminel qui profitait de sa position privilégiée pour se livrer à des malversations. La main qui avait su tourner des vers latins si élégants pouvait détourner des fonds avec la même adresse.

Andrew Carrick lui rendit l'ouvrage relié de veau.

— Votre travail doit vous sembler bien morne, après ceci, remarqua-t-il.

— Il a son attrait, répondit Fellowes, sur la défensive.

— Il n'y a guère de poésie dans vos livres de comptes.

— On y trouve quelquefois une sorte de cadence.

— Je suis sûr que vous les tenez avec une exactitude rigoureuse.

— Mes chiffres concordent toujours, assura l'autre non sans suffisance. On aurait beau examiner chaque livre, on n'y trouverait pas le moindre écart.

— J'aimerais avoir l'occasion d'essayer.

— L'exercice vous assommerait, messire Carrick.

— La moindre occupation atténuerait l'ennui de ma cellule.

Harry Fellowes le regarda attentivement, puis baissa les yeux vers le mince volume dans sa main. Flatté par l'enthousiasme que son œuvre inspirait au notaire, il tenait à l'en remercier d'une manière plus concrète. De plus, cela flattait son amour-propre de montrer à son ami quel zèle il déployait à son bureau. Andrew Carrick ne constituait pas un danger. Il n'était qu'un homme infortuné, victime d'un mariage qui avait suscité le courroux royal.

— Venez avec moi, dit Fellowes.

Ils quittèrent la Rome antique pour se diriger vers un territoire fait de chiffres et de reçus. Harry Fellowes n'était plus un auteur courbé sous les éloges, cette fois, mais un mathématicien à l'esprit acéré, épris d'ordre et de précision, qui brassait des sommes colossales dans l'exercice de son métier. Une fois qu'il s'était lancé dans la description complaisante de son travail, on ne pouvait plus l'arrêter. Le clerc de l'arsenal, payé soixante-quatre livres par an, affirmait qu'il économisait chaque année deux mille livres pour Sa Majesté.

— De quelle manière ? s'enquit Carrick.

— En empêchant que les munitions n'ayant pas servi en mer soient vendues à des fins privées.

— Vous êtes un sage intendant, messire Fellowes.

— Rien ne m'échappe.

Carrick l'encouragea à parler et Harry Fellowes ne s'interrompit pas tout au long de la visite. En feuilletant ses livres de comptes, il devint même encore plus suffisant et savoura tel du petit-lait les commentaires appréciatifs de son invité. Bien qu'il fût doué de multiples talents, son réel intérêt ne faisait aucun doute. L'argent était le plaisir favori d'Harry Fellowes. Inévitablement, Virgile revint à la mémoire de Carrick.

Trahit sua quemque voluptas...

Lawrence Firethorn avait remarquablement recouvré son sang-froid. A la fin de la répétition, ce matin-là, il était aussi furieux qu'un ours blessé donnant des coups de griffe à tous ceux qui passaient à sa portée. Dès que la représentation de l'après-midi commença, il devint un Hector de Troie plus vrai que nature, et entraîna sa troupe dans la tragédie du même nom comme si tout n'était qu'ordre et harmonie. La dispute avec Nicholas était oubliée, les profondes dissensions ignorées. Firethorn attaqua son rôle avec la verve qui était l'empreinte de son génie. Beatrice Capaldi n'était pas présente parmi le public de *La Tête de la Reine,* mais il joua Hector comme s'il la savait là. Il lançait chaque tirade vers la galerie du bas et se pavanait avec encore plus d'arrogance que de coutume. Son jeu superbe rehaussait l'intensité dramatique de l'intrigue et contribua en grande partie à soutenir une réputation soumise à de virulentes attaques. Il méritait largement l'ovation qui salua son interprétation. Aucun des spectateurs n'eût deviné que le brillant acteur qu'ils venaient de voir à son sommet s'apprêtait à trahir son art et ses camarades pour un après-midi d'amour. Firethorn lui-même confirma son choix. Portant ses doigts à ses lèvres, il souffla d'invisibles baisers à l'invisible Beatrice et murmura sa promesse sous les applaudissements :

— L'amour vrai requiert un vrai sacrifice...

Dès qu'il eut quitté la scène, il retrouva son irascibilité antérieure et ceux qui tentèrent de lui parler souffrirent en conséquence. Barnaby Gill fut maudit, Edmund Hoode injurié, Peter Digby incendié, Hugh Wegges brutalisé et George Dart presque piétiné à mort. Quand Marwood commit l'erreur de vanter à nouveau les exploits de Cornelius Gant et de Nimbus, Firethorn le souleva par les épaules et le déposa dans un abreuvoir.

Nicholas dut dérider bien des fronts renfrognés avant de terminer sa besogne de la journée. Gill et Hoode étaient particulièrement agités par la trahison qui menaçait la troupe. Bien que le comédien fût heureux de jouer *La Folie* le samedi suivant, il n'osait aller contre les désirs de leur mécène. Le dramaturge, lui aussi, préférait interpréter *Sacrifice d'amour,* quoique pour des raisons différentes. Nicholas leur apprit que la décision ne leur appartenait plus. Lord Westfield y était résolu : leur toute dernière œuvre serait le prochain spectacle annoncé par voie d'affiche.

— *Sacrifice d'amour?* Sans Lawrence? s'étonna Gill.

— Le roi Gondar sera là, assura le régisseur.

— Il refuse de paraître, objecta Hoode, désespéré.

— Beaucoup de choses peuvent survenir, d'ici samedi.

— En effet, Nick, convint Hoode. Nous pouvons perdre notre reine, notre troupe et notre emploi. Cela fait beaucoup, en vérité.

Nicholas n'en dit pas plus. Quittant l'auberge, il tourna à gauche dans Gracechurch Street et continua à marcher d'un pas vif jusqu'à Bishopsgate. Il sortit de la ville par une des portes monumentales, et ne ralentit pas jusqu'à Shoreditch. Les foules du *Rideau* et du *Théâtre* s'étaient dispersées, mais les hostelleries étaient encore pleines de clients tapageurs. Nicholas s'arrêta à l'enseigne de *L'Éléphant* et trouva Owen Elias, tout pensif, seul sur un banc devant l'établissement. Ils se saluèrent mutuellement.

— Qu'est-ce qui vous tourmente? demanda Nicholas.

— Peu importe, éluda Elias.

— Avez-vous joué au *Rideau,* cet après-midi?

— Oui. *La Tragique Histoire du roi Jean.*

— Quel personnage interprétiez-vous?

— Un petit rôle, marmonna Elias. Je mourais à la fin de l'acte I. Je me serais cru de retour chez les Hommes de Westfield.

— Il n'y aura plus de petits rôles chez nous.

— Je ne retournerai jamais à *La Tête de la Reine.*

— Vous avez signé le contrat, donc?

— Non, pas exactement.

— Quand Randolph fera-t-il de vous un partenaire?

— Il a évoqué samedi.
— C'est ce qu'il dit.
— Pourquoi reviendrait-il sur sa parole ?
— Pourquoi êtes-vous si triste ?

Nicholas avait touché un point douloureux et son ami bondit presque du banc. Owen Elias avait abordé la question du contrat une demi-heure plus tôt, dans la salle, et avait reçu les habituelles assurances de la part de Giles Randolph. Mais cette fois, elles manquaient de conviction. Elias éprouvait-il des remords vis-à-vis de son ancienne compagnie, ou avait-il perdu ses illusions sur la nouvelle, il n'en savait rien, mais le Gallois sentait soudain le sol trembler légèrement sous ses pieds. Les Hommes de Banbury l'avaient accueilli en héros, toutefois il sentait que cela ne durerait pas indéfiniment. Il était en outre bien placé pour voir que ses nouveaux collègues n'avaient pas le talent des Hommes de Westfield. Giles Randolph aimait s'entourer de bons acteurs, mais n'admettait pas de rivaux. En revanche, Lawrence Firethorn employait les meilleurs comédiens qu'il pouvait réunir, sûr qu'il était de conserver la suprématie envers et contre tous. Plus on voulait rivaliser avec lui et plus il excellait.

La préoccupation d'Elias était écrite sur son visage et Nicholas la lut avec intérêt, mais sans autre commentaire. Une raison différente l'amenait à *L'Éléphant.*

— Il est temps de venger Sebastian.
— Tout de suite ?
— Si vous y êtes prêt, Owen.
— Où allons-nous ?
— A Clerkenwell.
— Je suis prêt, Nick.
— Êtes-vous armé ?
— Ma dague me protégera de tout.
— Pas contre une hache, répondit Nicholas. Passons chez vous prendre une épée. Nous pourrions avoir à en découdre.

— Voilà qui me ragaillardit ! approuva Elias, riant tout bas.

Ils allèrent chercher son arme, puis continuèrent leur chemin jusqu'à Clerkenwell. Ce fut une longue marche et Nicholas eut amplement le temps d'expliquer son plan en détail. Le danger séduisait l'acteur, dont la solide charpente l'avait tiré d'affaire dans plus d'une échauffourée. Sebastian, son rival, était mort sans rembourser sa dette, néanmoins c'était à lui qu'Elias devait le renouveau dans sa carrière, et il brûlait de châtier le meurtrier.

Deux autres assistants furent ramassés en chemin.

— Que voulez-vous de nous ? demanda Josiah Taplow.

— Nous ne cherchons pas les ennuis, ajouta William Merryweather.

— Vous nous accompagnez simplement en qualité de témoins, assura Nicholas.

Il leur en apprit suffisamment pour les convaincre de venir, sans toutefois leur dévoiler l'histoire entière. Les représentants de la loi se traînèrent dans leur sillage en grommelant à cause de l'allure imposée par les deux hommes, mais ils parvinrent à les suivre. Nicholas les posta au bout de Turnmill Street, puis avança plus discrètement avec Owen Elias. Le jour était tombé, et ils ne formaient que deux vagues silhouettes dans la pénombre. Nicholas s'arrêta bien avant *Le Chaume hérissé* et se rencogna contre une porte, d'où il pourrait surveiller la taverne. Owen Elias continua seul, averti des périls mais jubilant à l'idée de tenir le premier rôle, pour une fois. Il frappa à la porte, que lui ouvrit Bess Bidgood. Nicholas ne pouvait plus qu'attendre, guetter, et se prémunir contre un homme armé d'une hache.

La cathédrale Saint-Paul dominait la ville entière sous le ciel nocturne. Elle s'élevait telle une montagne au-dessus de tout ce qui l'entourait et s'imposait d'où que l'on contemplât la cité. Cette église, parmi les plus immenses de la chrétienté, ne manquait jamais de provoquer les exclamations d'étonnement des visiteurs, qui voyaient dans son exubérance gothique et ses dimensions intimidantes la puissance divine se manifester. Par deux fois, la tour massive du transept avait été surmontée d'une flèche de bois et de plomb qui atteignait une hauteur de presque cinq cents pieds, la plus grande jamais bâtie, et par deux fois la foudre l'avait détruite. Le second désastre, au début du règne élisabéthain, avait été plus grave car le feu s'était propagé de la flèche au toit, allant jusqu'à faire fondre les cloches. Pendant la restauration, on ne tenta plus de reconstruire la flèche, par crainte d'une troisième calamité.

Avec le ciel étoilé pour arrière-plan, la cathédrale demeurait le grand symbole d'adoration qu'elle avait toujours représenté, mais, sous les voiles de l'obscurité, elle était en piteux état. Elle montrait son âge. Maltraités par le temps et par les intempéries, sa maçonnerie était rongée, ses croisillons moisis, ses pinacles encrassés et ses arcs-boutants éraflés. Les fumées de charbon avaient noirci l'extérieur, dont il émanait un air d'abandon.

Pourtant la cathédrale était encore à même de surprendre et d'en imposer. Quiconque eût levé les yeux par hasard vers le toit, cette nuit-là, aurait assisté à un phénomène extraordinaire. La lueur vacillante d'une chandelle apparut soudain au sommet de la tour et en parcourut lentement tout le périmètre, tel un guide pour les pèlerins. Cette présence inoffensive effraya les hirondelles et les martinets dans leurs nids, alarma les corbeaux, les corneilles et les pigeons sur leurs perchoirs, et sema la panique parmi les rapaces qui se juchaient sur le toit grandiose pour repérer leur pitance dans les immondices de Londres. La chandelle s'éleva un peu, la flamme brilla plus claire, et les battements d'ailes retentirent en un bruit de tonnerre tandis que des centaines de locataires prenaient leur essor vers le ciel.

Cornelius Gant se réjouit d'exercer un tel effet sur son public à plumes. Il était grimpé au sommet de la cathédrale afin de l'examiner attentivement d'en haut et d'avancer dans ses préparatifs pour le samedi suivant. La prochaine fois, Nimbus serait près de lui. En contemplant toute la ville de cette position élevée, il ressentit une fois de plus ce déferlement de puissance et d'ambition qui l'avait conduit à Londres.

Il souffla la chandelle et rit dans l'obscurité.

Owen Elias n'était pas un visiteur assidu des bordels. Comme la plupart des acteurs, il prenait ses plaisirs là où il les trouvait, aussi ses conquêtes comptaient-elles bon nombre de filles de salle. Cependant, il se sentit tout à fait à l'aise au *Chaume hérissé*. Son atmosphère paillarde et enfumée était pour lui un environnement naturel, et il trouva fort bien sa place parmi les habitués dans cette ambiance confortable de péché. Diverses prostituées tentèrent de l'enjôler en exhibant leurs charmes, mais il patienta jusqu'à ce qu'il trouvât celle qu'il cherchait. La mince et sensuelle Frances était certes d'une classe différente. Sa lascivité exhalait un léger parfum de danger. Comme Sebastian avant lui, Elias sut qu'une heure dans son lit procurait une expérience difficile à oublier. Quand elle le fixa des yeux, il crut sentir la caresse de sa langue et la griffure de ses ongles. Il vit aussi le cercueil d'un acteur assassiné disparaître sous terre. C'était elle.

Il commanda du vin et joua le rôle dans lequel Nicholas l'avait instruit. Frances était fascinante. Elle savait intéresser, taquiner, exciter et exacerber le plaisir de l'attente. Quand enfin elle le conduisit vers l'escalier, elle lui donna un premier baiser fougueux en guise d'acompte sur la folie à venir et Elias dut combattre un élan naturel de désir. Cette courtisane vêtue de soie bruissante était une meurtrière sans pitié, qui n'aurait aucun scrupule à l'envoyer au tombeau rejoindre son ancien camarade.

Lorsqu'ils furent seuls ensemble dans la chambre, il obtint l'ultime confirmation.

— Tu as une excellente réputation, Frances, lui dit-il. Tu m'as été recommandée par un ami.

— J'aime faire plaisir, répondit-elle en l'enlaçant.

— Mon ami m'a vanté tes ongles.

— Ils sont à vous ce soir, messire, promit-elle en glissant ses mains sous son pourpoint pour labourer son dos à travers la chemise. J'écrirai mon nom sur votre peau.

— D'abord, salue mon ami une fois encore.

Owen Elias se dégagea de son étreinte pour sortir le portrait de Sebastian Carrick. Tenant la miniature près de la chandelle, il empoigna Frances par le cou et attira sa tête vers la flamme. Elle reconnut immédiatement les traits et se tourna vers Elias en poussant un cri rauque, cherchant ses yeux pour y enfoncer les ongles dont elle venait de se servir pour le tenter. Le Gallois se tenait sur ses gardes. Il l'attrapa par les poignets, lui tordit les bras derrière le dos, puis la força à s'approcher de la fenêtre, qu'il ouvrit d'un coup de pied. Il poussa Frances au-dessus de la balustrade assez longtemps pour qu'on la vît se débattre de la rue. Alors, il la ramena fermement contre lui, la força à quitter la chambre et à emprunter le couloir.

Nicholas était fin prêt. Il avait vu ce qu'il attendait. Les silhouettes à la fenêtre avaient fait sortir un homme d'un renfoncement en face de la taverne. Celui-ci hésitait au milieu de la rue, ce qui donna tout loisir au régisseur d'observer son profil et de le reconnaître. C'était bien le criminel qu'Edmund Hoode et lui avaient interrompu, au fond d'une allée sombre. Et lorsqu'il vit la hache dans son poing, il sut qu'il se tenait tout près du meurtrier de Sebastian. Nicholas dégaina son épée et s'approcha avec prudence. Owen Elias avait joué son rôle à la perfection, mais la suite n'avait pu être répétée. Dorénavant, il s'agirait purement et simplement d'improviser.

Frances se débattait et mordait tant qu'elle pouvait, cependant elle était impuissante contre l'acteur qui l'entraînait dans l'escalier, puis vers la porte de la rue. Ils sortirent, laissant échapper une explosion de bruit, et descendirent Turnmill Street, où étaient postés les hommes du guet tout tremblants. La femme hurlant de rage constituait l'appât idéal. Elias n'avait pas parcouru plus d'une trentaine de pas que le complice intervint pour frapper. Nicholas poussa un cri d'avertissement qui sauva la vie à son ami. Au moment où la hache s'élevait dans les airs, Elias fit volte-face pour placer Frances au-dessous et la soumettre à l'horreur que ses victimes avaient endurée. Au même instant, Nicholas enfonçait la pointe de sa rapière dans le bras du meurtrier.

L'homme laissa échapper un flot de malédictions et tourna sa haine contre le nouveau venu, abattant sa hache avec tant de force qu'elle aurait pourfendu le visage de Nicholas, s'il ne l'avait esquivée à temps. Elle s'enfonça dans une porte, derrière lui, avec un fracas digne du Jugement dernier. Elias tenait toujours Frances qui se démenait comme une diablesse, et les deux représentants de la loi s'approchèrent peu à peu. Ayant perdu sa hache, l'homme tira sa propre épée et engagea un duel contre Nicholas. L'affrontement fut aussi bref que violent. Les lames luisantes s'entrechoquèrent. Les poings et les bras, les genoux et les pieds infligèrent de nouveaux coups. L'homme était entraîné aux combats de rue, mais n'avait jamais affronté personne d'égal à égal. En Nicholas, il avait trouvé un adversaire plus grand, plus fort et plus agile.

Dans ce corps à corps d'une férocité croissante, ce fut la détermination du régisseur qui fit la différence. Mû par son vœu envers un ami assassiné, il puisa en lui un surcroît d'énergie et, d'une torsion du poignet, fit voler dans les airs l'épée de son ennemi. Celui-ci répliqua par un coup de pied qui lui fit mettre un genou en terre. L'homme tira une dague de sa ceinture et se rua sur Nicholas. Mais sa rage aveugle le mena à sa perte, car il s'empala sur la rapière tendue vers lui. Il poussa un long hurlement à glacer d'effroi, tomba en arrière, et expira dans les immondices de Turnmill Street. Sebastian Carrick était vengé.

— Non ! cria Frances, désespérée.

Elle se libéra et courut se jeter sur le mort pour verser des larmes sincères. Soudain, elle s'empara de la dague et se releva d'un bond pour toiser des yeux Nicholas, Elias et leurs deux compagnons. Elle leur cracha sa haine, puis tint son arme à deux mains avant de l'enfoncer dans sa poitrine. Silencieux, ils la regardèrent ramper vers celui qu'elle aimait afin de mourir dans ses bras. Si grotesque que fût la scène, elle avait cependant quelque chose d'émouvant. La vengeance était désormais totale.

Josiah Taplow et William Merryweather tremblaient comme des feuilles.

— Ils sont à vous, maintenant, leur dit Nicholas. Vous avez élucidé un crime et conduit des malfaiteurs devant leur Juge.

— Qui, nous ? demanda Taplow d'une voix craintive.

— Josiah et moi, nous nous sommes contentés de regarder, admit Merryweather.

— Non, dit généreusement Nicholas. Vous incarnez ici le véritable esprit de la loi. Mon ami et moi, nous vous avons simplement aidés à châtier ces deux misérables. Tout le mérite vous en revient, messieurs. Faites un rapport complet en ce sens.

Des sourires hésitants éclairèrent leur visage.
Ils avaient enfin pacifié Clerkenwell.

Cette longue nuit réservait encore d'autres surprises à Owen et Nicholas. Après avoir témoigné sous serment devant les autorités — et accumulé les louanges sur le front des deux vieillards —, ils allèrent dans une taverne célébrer leur victoire et boire à la mémoire de Sebastian. Elias fit remarquer que la rixe fatale de Turnmill Street présentait une nette ressemblance avec les combats que Nicholas avait réglés puis enseignés à l'acteur défunt. La violence scénique avait trouvé sa contrepartie dans la réalité. Quand son ami fut totalement détendu, Nicholas rouvrit un débat essentiel.

— Jouez-vous toujours au *Rideau*, ce samedi ?

— Oui, dit Owen, se rembrunissant.

— *Le Juif d'Espagne ?*

— Il m'a valu des acclamations.

— Volées à Lawrence Firethorn, souligna le régisseur. Nul n'est grand par imitation, Owen. Vous avez assez de talent pour réussir par vous-même. Pourquoi singer un de vos camarades ?

— On... On l'exige de moi.

— En vous faisant miroiter un contrat.

— Messire Randolph le fera préparer samedi.

— Les Hommes de Westfield ont déjà le leur tout prêt.

Nicholas glissa la main sous son gilet pour prendre le document rédigé par Andrew Carrick avec une rigueur toute professionnelle. Elias en resta franchement ébahi. Non sans émotion, il lut les clauses à la lueur d'une chandelle. Ce contrat lui offrait exactement ce qu'il avait espéré durant ses longues années au sein de son ancienne troupe, néanmoins, il présentait une lacune.

— Il n'est pas signé par messire Firethorn, dit Elias.

— Il le sera.

— Vous me donnez matière à réflexion.

— Voyez si la proposition des Hommes de Banbury sera aussi avantageuse.

— Mais si je joue dans *Le Juif d'Espagne* ?...

— Le contrat sera alors nul et non avenu, répondit Nicholas, lui reprenant le document pour le ranger. Réfléchissez, Owen, et rappelez-vous une chose. Vous avez joué pour les Hommes de Westfield, ce soir à Clerkenwell, et votre interprétation était sans défaut.

Le Gallois hocha la tête, sachant d'avance que cette nuit encore, le sommeil le fuirait. Nicholas prit congé et se dirigea vers le fleuve. Il fit un léger détour afin de passer par Blackfriars. La demeure de Beatrice Capaldi semblait plus petite, dans le noir, et Nicholas en fit le tour trois fois pour tenter d'en percer les secrets. Il s'apprêtait à poursuivre sa route quand une idée vague au fond de son esprit eut l'occasion de prendre corps. La porte principale de la maison s'ouvrit et Beatrice Capaldi apparut en personne, vêtue d'une longue robe d'intérieur rose sur une camisole. Elle se dressa sur la pointe de ses pieds nus pour déposer un baiser d'adieu sur les lèvres de son amant, puis agita la main tandis qu'il se dirigeait vers les écuries pour prendre son cheval. Pendant ces quelques secondes fugitives, Nicholas avait aperçu les traits du visiteur qui s'en allait.

Ce n'était autre que Giles Randolph.

12

Londres brillait sous un clair soleil d'été, mais une tempête faisait rage dans le cœur de ses citoyens. De faibles soupçons nés dans les couloirs du palais se répandirent rapidement pour s'épanouir en rumeurs. Le temps de progresser vers les racines de la société, elles avaient acquis le statut de faits incontestables. La reine Élisabeth se mourait. Tout le monde le savait, du comte le plus puissant dans son manoir au plus humble mendiant devant Bedlam. La nouvelle de sa lente agonie fut un coup de tonnerre qui brisa des cœurs par milliers. Les Anglais qui n'avaient jamais connu d'autre souveraine avaient fini par voir en elle leur éternel gardien, et celui de leurs enfants après eux. La conquête et l'expansion avaient distingué un règne tout aussi remarquable par sa paix et sa stabilité. Le changement était banni depuis plus de trente années. Son retour imminent représentait une menace. Un vent de panique soufflait sur la capitale, et ceux qui couraient çà et là, comme pris de folie, étaient autant de feuilles mortes portées au gré des caprices implacables du Destin.

Le comte de Chichester résuma ce que tous ressentaient :

— Oh ! Quel tremblement de terre lorsque les rênes de l'État vont changer de mains !

Il entreprit alors d'exploiter ce phénomène avec une irrévérence affable. Les autres se joignirent massivement à son alliance ou en formèrent de nouvelles, mais partout prédominait la question de la succession. Les chefs de l'Église réunirent hâtivement des synodes pour décider à qui accorder leur bénédiction. Les puritains exposèrent leurs idées, les presbytériens voulurent avoir leur mot à dire dans ce choix, et les catholiques cherchèrent conseil auprès de Rome. Chaque noble du pays fut secoué de sa bienheureuse léthargie et forcé de redécouvrir la conspiration et la cabale. La soif du pouvoir, telle une aiguille géante brodant ses motifs avec adresse, piquait toutes les grandes maisons de la nation. L'ambition démesurée était un fil d'or.

Les espoirs, les craintes et les folles conjectures furent exacerbés par deux événements lourds de sens. Lord Burghley disparut et le docteur John Mordrake apparut sur la scène. Le vieux renard qui avait servi sa reine si fidèlement tout au long de son règne se cachait dans son terrier. William Cecil, baron de Burghley, Grand Trésorier, était le personnage le plus éminent du gouvernement, un homme doté d'une réelle vision politique, bien au fait des complexités de l'État. En prétextant une crise de goutte pour ne plus recevoir, il confirmait tacitement que la situation était désespérée. Les reines mortes n'ont pas besoin de remparts.

L'intervention du docteur Mordrake était un signe encore plus clair. Il représentait l'ultime espoir. Devant l'échec de la médecine traditionnelle, il était temps d'invoquer la magie. Le docteur Mordrake était un érudit, un sage, un mathématicien, un alchimiste et un astrologue. Ses détracteurs voyaient en lui un charlatan et ses partisans un génie, mais nul ne pouvait nier que d'innombrables petits miracles avaient jalonné sa carrière excentrique. Maigre, la silhouette haute malgré ses épaules voûtées, l'homme en simarre et souliers à boucle noirs vivait et travaillait dans son laboratoire de Knightrider Street. Une crinière argentée le parait d'une auréole de saint, démentie par le pouvoir obscur qui semblait émaner de sa personne. Nul ne savait si l'énorme médaillon suspendu à une chaîne autour de son cou était une sainte relique ou la marque de Satan.

Le comte de Banbury inclinait pour cette seconde hypothèse.

— A-t-on permis à ce vieux démon de voir Sa Majesté ?

— Il est resté dans ses appartements privés une heure durant.

— Que s'est-il passé, Roger ?

— Même mes espions ne voient pas à travers les murs.

— Mordrake ne la sauvera pas ! déclara Banbury avec un profond mépris. Bien qu'il pratique l'art de la nécromancie, il ne relèvera pas d'entre les morts son vieux corps en décomposition.

Chichester précisa avec un mince sourire :

— En partant, il était muni d'un flacon.

— Que contenait-il ?

— Quoi donc, sinon les urines de la reine ? Le docteur s'est hâté de regagner Knightrider Street afin de soumettre la pisse royale à ses expérimentations. Mon espion l'a suivi. Cette fois, il lui a été possible de voir à travers les murs !

— De quelle manière ?

— Parce que les murs ont des fenêtres, messire. Il a monnayé le droit de se poster dans une chambre en face de chez Mordrake, et a été témoin des expériences comme s'il se tenait derrière l'épaule du vieux charlatan.

— Mordrake a-t-il examiné le contenu du flacon ?

— De toutes les façons possibles, répondit Roger Godolphin, devenant lyrique. Il l'a touché, goûté, levé vers la lumière. Il lui a adjoint des substances chimiques pour en altérer la couleur, et l'a chauffé pour en modifier la consistance. Bref, messire, il a tout fait hormis boire le tout d'une traite et chanter un hymne. Grâce à cette pinte d'histoire liquide — prélevée, pour ainsi dire, dans la vie passée de notre chère reine agonisante —, il fut à même de prédire l'avenir. Et, termina-t-il en riant tout bas, ce qu'il a vu ne lui a pas plu.

— Comment en êtes-vous sûr ?

— Parce qu'il s'est mis à trembler si fort de terreur et d'horreur qu'il a laissé choir le flacon, qui s'est brisé en mille morceaux. Le digne docteur a livré un diagnostic précis, en l'occurrence. La reine Élisabeth va s'éteindre, lui laissant pour seul souvenir un plancher humide.

— Votre espion mérite dix couronnes pour cela !

— Il a rendu un service encore plus grand.

— Non ?

— Quand Mordrake a suffisamment recouvré ses esprits pour tenir une plume, il a griffonné une lettre et l'a envoyée au palais par un messager. Mon agent a intercepté cet émissaire. Quelques pièces d'or lui ont acquis le droit de jeter un coup d'œil sur la missive.

— Que disait-elle, Roger ?

— « Quarante-huit heures. »

— Est-ce tout ?

— Que vous faut-il de plus que cette sentence de mort ?

Banbury frotta ses mains avides.

— Quarante-huit heures !

— Plus que deux jours de dynastie Tudor, puis nous nous installons ! Mordrake a bien mérité ses honoraires. Ce docte magicien, capable d'interpréter les signes du zodiaque, a vu l'avenir de la nation anglaise dans un flacon d'urine.

— J'applaudis son inspiration.

— Plus que quarante-huit heures à attendre.

— Combien de membres du Conseil privé avons-nous achetés ?

— Suffisamment.

— Combien de partisans de Westfield avons-nous appâtés ?

— Plus qu'assez.

— Et Burghley ?

— Nous sommes en bonne voie. Bess n'est pas restée inactive à Hardwick Hall. Elle a demandé à Gilbert Talbot, son beau-fils perclus de goutte, d'écrire à Burghley afin de lui conseiller l'huile de sang de verrat contre son mal. Le comte de Shrewsbury ralliera le Grand Trésorier à notre cause grâce aux douleurs de son pied. Ils marcheront bientôt comme un seul homme !

Le comte de Banbury exécuta une petite danse triomphale, puis serra son hôte dans ses bras pour le féliciter.

— Vous avez été un très grand général !

— Certes, acquiesça Chichester non sans orgueil. J'ai déployé mon armée en stratège. Et dépensé mon argent à bon escient !

Nicholas se prit d'aversion pour Cornelius Gant dès l'instant où il le vit. Il décela une hostilité voilée dans son attitude, de la méchanceté dans son sourire engageant, un profond mépris caché sous des gestes aimables, une monumentale arrogance enveloppée dans une feinte humilité. Le métier de régisseur requérait de jauger un homme d'un coup d'œil, et Gant ne résistait pas à l'examen. Nicholas appréciait parfois la compagnie de fripons aux belles paroles — comme ç'avait été le cas de Sebastian —, mais il se trouvait face à une espèce plus malfaisante. Paradoxalement, c'était un motif religieux qui amenait Gant à *La Tête de la Reine* de si bon matin.

— Je viens pour les ailes d'ange, annonça-t-il.

— Quelles ailes ?

— Messire Marwood m'en a parlé. Vous avez monté dans sa cour une pièce où il était question d'un ange. Il se souvient fort bien de ces ailes, messire.

— Et alors ? demanda Nicholas, méfiant.
— Je souhaite vous les acheter.
— Nous ne vendons jamais nos costumes.
— Permettez-moi alors de louer ces ailes.
— Ce n'est pas notre politique.
— Je paierai bien.

Cornelius Gant retroussa le pan de son habit et détacha un gros sac de pièces de sa ceinture. Il le lança à Nicholas qui eut aussitôt une idée de sa valeur. Les Hommes de Westfield se voyaient offrir beaucoup plus pour la location de leurs ailes que la somme qu'il avait fallu pour les fabriquer. C'eût été un marché fructueux, néanmoins le régisseur hésitait. Gant lut dans son esprit et lui adressa un autre sourire mielleux.

— Vous craignez que je ne m'envole avec vos ailes ! ricana-t-il. Mais je vous les rendrai telles que je les aurai prises. A cette fin, je laisse ceci en gage, dit-il, détachant une seconde bourse de sa ceinture. Quand je vous restituerai les ailes, vous me rendrez cette bourse. N'est-ce pas un honnête marché ?
— C'en est un, messire.
— Alors, l'affaire est conclue.
— Pourquoi les désirez-vous ?
— Pas pour faire l'ange, je vous assure.
— Est-ce pour une sorte de spectacle ?
— Venez donc à Saint-Paul samedi prochain.

Cornelius Gant refusait d'en dire plus mais son argent était de bon aloi et ses conditions généreuses. Les ailes avaient été confectionnées pour une des premières œuvres d'Edmund Hoode, qui n'était plus au répertoire de la troupe, et encombraient inutilement la pièce de l'auberge où étaient entreposés les costumes et les accessoires. Nicholas consentit donc. Quand il fit entrer Gant dans la réserve, ce dernier fut enchanté par ce qu'il vit. Les ailes, presque aussi hautes qu'un homme, étaient couvertes de plumes blanches et reliées par une sorte de harnais en cuir, qui s'ajustait sur les épaules. Ce fut ce harnais qui enchanta particulièrement Gant et il essaya les ailes, puis les agita pour juger de l'effet.

— Merci, messire Bracewell. Elles sont parfaites.

— Soyez prudent, messire. Elles sont en partie maintenues par de la cire.

— Et alors ?

— Rappelez-vous Icare. Ne volez pas trop près du soleil.

Gant partit, secoué par un rire grêle.

Nicholas eut alors droit à l'un des spectacles les plus incroyables dont il eût jamais été témoin à *La Tête de la Reine*. Son patron approchait d'un pas allègre et plein d'entrain. En un temps de catastrophe nationale, quand l'agonie d'une reine couvrait la capitale d'une chape de tristesse, Alexander Marwood aurait sans doute pu se sentir enfin dans son élément. Son accablement continuel eût enfin été approprié, son désespoir furtif un comportement ordinaire. Au lieu de quoi, il se montrait joyeux, voire sémillant. Il tomba sur le visiteur comme si Gant était son plus vieil ami et le pressa d'accepter gracieusement de l'ale et des victuailles. Nicholas l'observait dans un silence stupéfait. Quand les deux hommes s'éloignèrent bras dessus, bras dessous, il se demanda s'il jouissait encore de toute sa raison.

Cornelius Gant n'était pas le seul ange à l'auberge.

— Bonjour, messire Bracewell.

— Miss Carrick ! Qu'est-ce qui vous amène ici à cette heure matinale ?

— Je pensais vous parler avant votre répétition.

— C'est donc que vous avez une raison importante.

— Oui, dit Marion en lui tendant un rouleau de parchemin. Mon père m'a dit de vous remettre ceci en main propre, et sans retard. C'est un rapport concernant un certain messire Fellowes.

— Il est accueilli avec presque autant de plaisir que vous, ma demoiselle.

Nicholas ne l'avait jamais vue si ravissante, si semblable à son frère. Un rayon de soleil oblique l'entourait d'un halo et lui donnait un air réellement angélique. Son sourire était empreint d'une douce innocence qu'il n'avait pas envie d'effacer, mais il ne pouvait y remédier. L'entraînant à l'écart, il l'invita à s'asseoir sur un banc, puis lui expliqua que le meurtrier de son frère avait lui-même trouvé la mort dans une rue de Clerkenwell. L'ignorance que Marion avait de ce quartier voilait les aspects les plus sordides, et Nicholas put lui dissimuler que toute la tragédie avait commencé par la visite de Sebastian à une prostituée. Marion fut si reconnaissante qu'elle éclata en sanglots et dut être consolée.

Tout en lui tapotant doucement le dos pour la réconforter, il contempla le beau visage baigné de larmes et songea qu'elle était bien différente des deux autres femmes liées au destin des Hommes de Westfield. Frances du *Chaume hérissé* et Beatrice Capaldi de Blackfriars étaient sœurs, malgré les apparences. L'une était payée pour une brève intimité nocturne tandis que l'autre se montrait pointilleuse dans le choix de ses clients, mais toutes deux étaient des courtisanes, avec dans leur nature une semblable folie. Et aucune ne reculait devant le meurtre. Frances s'était percé le cœur d'un poignard, mais Beatrice insérait sa lame dans la poitrine de ses victimes. Lawrence Firethorn était lentement saigné à mort, et sa troupe risquait de périr avec lui.

Nicholas soupira et aida Marion à se lever. Comparée à ces deux autres, elle était une présence pure et saine, mais elle n'appartenait pas au monde du théâtre. Maintenant que la mort de son frère était vengée, elle pouvait retourner à sa propre existence. Nicholas était navré de la voir partir et elle s'attarda, au moment des adieux, pour lui donner un doux baiser avant de s'éloigner hâtivement dans la rue avec la servante qui l'escortait. Il ne sentit pas de frémissement d'ailes, mais il eut l'impression qu'un ange était sorti de sa vie.

Il lui restait la missive, qu'il déroula aussitôt. Andrew Carrick avait mené des recherches diligentes. Sa lettre était une mine d'informations glanées auprès d'Harry Fellowes, et portait sur le fonctionnement du Bureau de l'arsenal. Une profusion de faits et les chiffres apparaissaient, disposés en tableaux. Nicholas sut que son plan pouvait désormais être mis en œuvre. L'homme à la hache ayant été retrouvé, il lui restait à s'attaquer aux conspirateurs qui tentaient de briser les Hommes de Westfield.

Mais auparavant, une autre répétition les attendait.

— Messieurs ! appela le régisseur. En scène immédiatement !

L'inertie studieuse de Cambridge oppressait un peu plus Margery de jour en jour, et elle ne tenait pas en place. Sa présence, déjà imposante dans une petite maison lorsqu'elle restait immobile, devenait carrément écrasante quand elle s'affairait dans cet espace confiné. La mère et l'enfant trouvaient ce don d'ubiquité assez inquiétant. Jonathan Jarrold avait l'impression de partager la cage d'une tigresse affamée. Tout en décernant à sa belle-sœur sa dose quotidienne de gratitude, il lui assura qu'ils pouvaient désormais se débrouiller sans elle. Son fils Richard avait traversé sa plus grande épreuve et accomplissait des progrès visibles. Le libraire et sa femme avaient tout lieu de croire qu'ils avaient enfin donné le jour à un bébé décidé à vivre.

Margery en convint. Les raisons de partir étaient devenues infiniment plus nombreuses que celles de rester. Elle s'en irait vendredi et ferait halte en chemin dans quelque hostellerie afin d'y passer la nuit.

— Ainsi, dit-elle à sa sœur, je pourrais arriver chez moi de bonne heure samedi.

— Lawrence sera au comble de la joie, Margery.
— Je prendrai mon époux à l'improviste.
— Cela a toujours été dans tes manières.
— Au revoir, ma sœur.
— Transmets notre affection à la famille entière.
— La mienne reste auprès de toi.
— Ta présence chaleureuse a dû laisser un grand vide pour Lawrence.

Margery répondit tristement :

— C'est bien ce que je crains !

— Je l'aime ! J'ai besoin d'elle ! Je la veux ! Il me la faut, Nick !
— Elle fixe un prix élevé à ses faveurs, messire.
— Beatrice met ma dévotion à l'épreuve.
— Les hommes de Westfield en souffriront.
— Je ne serai absent qu'un seul après-midi.
— Demain, la compagnie a plus que jamais besoin de vous.
— Ne me tourmentez pas ainsi !

Lawrence Firethorn était déchiré par des appels contradictoires à sa loyauté. En mécène déterminé, Lord Westfield avait passé outre à son choix de jouer *La Folie* à *La Tête de la Reine*, le lendemain après-midi, imposant *Sacrifice d'amour*. Il tentait de soumettre l'acteur-directeur mais, alors qu'on placardait la première affiche pour annoncer l'événement, une seconde lettre de Beatrice Capaldi vint exposer les détails de leur lent voyage sur la Tamise, faisant allusion à la suprême récompense destinée à son amoureux éperdu. Entre les exigences de sa profession et les élans de son cœur, Firethorn souffrait le martyre. La colère le poussa enfin dans les bras de l'amour.

— Lord Westfield m'insulte ! maugréa-t-il.
— Personne ne vous admire plus que lui, répondit Nicholas.

— Vous ne m'aurez pas !

— Notre mécène vous a choisi pour diriger la troupe.

— Alors pourquoi me traite-t-il à l'instar d'un employé, auquel on impose un rôle ? riposta Firethorn, se mettant en furie. Moi, nul ne m'intimide ni ne me contraint ! Je ne danserai pas sur la musique de Lord Westfield ni de quiconque à Londres ! Qu'il pose donc ses affiches pour *Sacrifice d'amour*. La pièce n'aura pas lieu.

— Si.

— Sans moi ?

— Avec ou sans vous, messire Firethorn.

Nicholas laissa le silence s'installer, afin que son compagnon ulcéré pût recouvrer son calme. Étant sortis par Bishopsgate, ils marchaient en direction de Shoreditch. La répétition et la représentation s'étaient bien déroulées, car Firethorn avait joué avec la seconde lettre de Beatrice contre son cœur. Il eût été peu sage de l'entreprendre à ce sujet à l'auberge, où sa voix tonitruante transperçait les cloisons et empêchait toute discrétion. Nicholas attendit donc qu'ils fussent loin des murs de la cité avant de revenir une fois de plus sur cette délicate question. Firethorn conduisait son cheval en le tenant par la bride. Ils dépassèrent Bedlam.

— Réfléchissez encore une fois, plaida Nicholas.

— Trop tard.

— Renoncez à cette personne, messire.

— Je suis allé trop loin pour faire demi-tour, répliqua l'autre avec une subite passion. Je ne poursuis pas là une simple conquête. Beatrice est mon véritable amour. Je la vénère de toutes les fibres de mon corps. Je ne reculerais devant rien pour lui prouver ma sincérité. Je m'agite, je soupire, je me languis de sa présence. Si seulement je savais où elle réside, je coucherais sur son seuil toute la nuit pour y dormir, apaisé dans mon adoration.

Nicholas s'arma de courage pour détromper son patron.

— Dame Capaldi demeure près du fleuve.
— Comment le savez-vous ?
— Je l'ai suivie un soir jusqu'à Blackfriars.
— Pourquoi ? s'indigna Firethorn. Quelle raison aviez-vous de l'épier ? Vous avez suivi mon amour sans même me le dire ? Quelle sorte de traîtrise est-ce là ?
— C'est dans votre intérêt que j'y suis allé.
— Derrière mon dos !
— Je n'avais pas d'autre moyen de vous aider.
— M'aider ! Vous avez perdu mon amitié à jamais !
— Cela m'afflige d'avoir à vous en dire plus...
— Alors, brisons là.
— Non, messire Firethorn, dit Nicholas, posant la main sur son épaule pour le retenir. Alors que je passais devant la maison de dame Capaldi, un visiteur partait. C'était l'instigateur de sa mise en scène.
— J'espère qu'il était plus avisé et plus honnête que le mien.
— Il s'agissait de Giles Randolph.
— Jamais !
— C'est lui qui a tout machiné, messire, soutint courageusement Nicholas. Il a envoyé dame Capaldi à *La Rose*. Lui-même s'y trouvait pour voir comment elle tenait son rôle, et quel effet elle exerçait sur vous. C'est ainsi qu'il a découvert Owen Elias. *Sacrifice d'amour* ne l'aurait pas attiré au théâtre, pas plus qu'une œuvre des Hommes de Banbury vous attirerait au *Rideau*. Randolph était là avec elle. Ils essaient de détruire notre compagnie en la décapitant.
— ASSEZ !

Le cri de douleur de Firethorn résonna à un quart de lieue à la ronde et affola son cheval. L'homme auquel il se fiait le plus au monde l'avait trahi. Maîtrisant son étalon, il l'enfourcha d'un bond, puis toisa Nicholas avec une haine qu'il n'aurait jamais cru pouvoir ressentir à son encontre. Désormais, les mots étaient inutiles. Dans sa rage, Firethorn croyait que Nicholas tentait de discréditer Beatrice pour sauver les Hommes de Westfield. Toute association avec le régisseur était finie, la fidélité à son mécène relevait du passé, l'engagement envers sa troupe n'était qu'une simple broutille.

Il pressa les flancs de sa monture. Celle-ci se cabra, puis emporta son cavalier au grand galop. Nicholas poussa un profond soupir, affligé par son échec, puis reprit sa marche d'un pas vif. Il avait encore à faire à Shoreditch.

Andrew Carrick regardait par la fenêtre de sa cellule, éprouvant dans tout son être une douce satisfaction. Sa fille, Marion, lui avait appris la mort du meurtrier à Clerkenwell, et bien que sa relation des faits fût loin de renfermer toute la vérité, le père versa des larmes d'apaisement. Sebastian pouvait dorénavant reposer en paix. Carrick attendait avec impatience d'obtenir plus de détails par Nicholas, qu'il savait le principal artisan de tout ce qui s'était passé dans Turnmill Street. En rapportant l'histoire à la sœur endeuillée, le régisseur avait minimisé son propre rôle dans l'affaire, mais le père était trop fin pour ignorer ce que cachait cette modestie.

Le notaire fut donc au comble de la joie quand Nicholas en personne apparut en bas, dans la cour. Cependant, il n'était pas seul lors de cette visite. Cinq hommes l'accompagnaient. Lord Westfield marchait en tête, au côté d'un personnage à l'air décidé en habit d'évêque, ainsi que d'un clerc vêtu de noir, muni d'une sacoche contenant de quoi écrire. Deux soldats de la garde royale flanquaient cette députation. Nicholas s'excusa pour se glisser dans la tour Beauchamp et Carrick courut à sa porte pour écouter le bruit de ses pas sur les marches de pierre. Une heure lui parut s'écouler avant que son geôlier ne tourne le verrou pour admettre le visiteur. Carrick lui donna l'accolade, le remercia et lui demanda le récit complet de ce qui s'était produit devant *Le Chaume hérissé.* Nicholas l'entraîna d'abord à la fenêtre et lui montra les cinq hommes qui entraient d'un pas ferme dans le bâtiment situé en face de la cour.

— Les avez-vous vus, messire Carrick?

— J'ai reconnu Lord Westfield.

— C'est lui qui conduit cette affaire.

— Qui était le digne homme d'Église?

— John Aylmer, évêque de Londres, répondit Nicholas, impassible. Avec lui se trouvaient son clerc et deux soldats, pour renforcer la solennité de cette ambassade.

Carrick commença à discerner la vérité.

— Ils se rendent chez Harry Fellowes?

— Le clerc de l'arsenal va être interrogé. Vos informations ont été d'une aide immense, messire, et Lord Westfield a usé de son large cercle d'amis pour pousser plus loin les investigations.

— Harry a détourné des fonds, dit Carrick d'un ton sans équivoque. Sa culpabilité ne laisse aucun doute. Mais le prouver est une tout autre chose. Un homme qui a trompé la couronne si longtemps et avec tant de ruse sera capable de se soustraire à n'importe quelle accusation.

— C'est pourquoi j'ai fait appel au pouvoir de l'Église.

— John Aylmer?

— Oui, dit Nicholas. Fellowes est un gredin, mais c'est aussi un prêtre. Il ne pourra soutenir la pression à laquelle l'évêque de Londres le soumettra. Notre clerc malhonnête n'a jamais rencontré d'homme tel que ce John Aylmer-là.

L'évêque de Londres lançait des regards redoutables sous ses sourcils broussailleux et l'autorité vibrait dans sa voix. Harry Fellowes, la gorge nouée, recula légèrement. Il était assis à son bureau quand la pièce avait été envahie par les cinq personnages menaçants. Rien n'avait préparé le clerc de l'arsenal à cette intrusion.

— Rappelez-vous que vous parlez sous serment ! tonna John Aylmer. Ne vous parjurez pas devant Votre Créateur, sinon Il vous demandera des comptes au jour du Jugement dernier. Dites la vérité devant nous, et peut-être serons-nous enclins à la mansuétude. Mentez, usez de tromperie ou d'équivoque et toute la majesté de la loi s'abattra sur vous.

Le doigt frémissant de la malédiction se tendit vers lui.

— Une chose encore, messire Fellowes. Bien que vous négligiez vos ouailles depuis longtemps, vous avez été ordonné prêtre et tel vous demeurez. Ce fut le précédent évêque de Londres, Edmund Grindal, qui vous conféra l'ordination. Ce révérend homme, qui devint ensuite Sa Grâce l'archevêque de Cantorbéry, vous contemple du haut des cieux à cet instant et vous implore de respecter votre serment. Confessez vos péchés, à lui, à nous et à Dieu.

Harry Fellowes chancela sous ce sinistre avertissement. C'était sa première rencontre avec l'évêque de Londres et il sut immédiatement qu'il ne chercherait pas à la réitérer. John Aylmer était un homme vigoureux de taille moyenne, qui montrait une fougue belliqueuse à défendre ses convictions religieuses. Dans son désarroi, Fellowes ne se demanda pas pourquoi un homme issu de la petite noblesse du Norfolk s'exprimait avec un léger accent gallois.

Lord Westfield donna lecture de l'acte d'accusation :

— « Henry Fellowes, clerc de l'arsenal, nous vous accusons de fraude et de détournement de fonds dans l'exercice de vos fonctions et vous sommons de comparaître devant Sir Walter Mildmay, chancelier de l'Échiquier, sous les allégations qui suivent. Vous vous êtes complu dans la falsification des livres de comptes.

Vous avez vendu des biens appartenant à la couronne pour votre profit personnel. Vous avez détourné l'argent du gouvernement. Vous avez, dans une intention criminelle et illégalement... »

Tout y était. Harry Fellowes était heurté de plein fouet par un assemblage si puissant de faits et de conjectures qu'il ne prit pas le temps de démêler les deux. Les pires suppositions s'avéraient fondées. Il était accusé d'avoir fait parvenir des boulets défectueux aux régiments des États barbaresques, d'avoir expédié des bottes usagées aux armées d'Irlande, d'avoir vendu des munitions déjà payées à un dépôt naval afin d'empocher le second règlement, d'avoir porté sur les deux registres destinés aux commissaires aux comptes des équipements qui n'avaient pas été achetés comme il le prétendait, mais simplement pris dans les réserves de l'arsenal. En fait, l'habileté de Fellowes consistait à réclamer aux divers départements le paiement de fournitures jamais livrées, ou de réquisitions jamais effectuées. Un lot de mousquets circula entre six différents régiments sans jamais quitter les caisses où il était entreposé. Harry Fellowes fraudait, certes, mais avec humour.

Lord Westfield continuait sans vergogne, John Aylmer le soutenait de toute sa prestance ecclésiastique et le secrétaire vêtu de noir inscrivait chaque mot. Fellowes ne pouvait avoir agi seul et ils lui extorquèrent bien vite le nom de ses complices désormais prospères : Geoffrey Turville, qui pourvoyait au matériel, et Richard Bowland, responsable des entrepôts. La collusion du trio contournait toutes les précautions administratives et permettait à Harry Fellowes, instigateur de ces diverses malversations, d'amasser une immense fortune personnelle qu'il distribuait à sa famille ou utilisait pour financer des prêts lucratifs au plus haut point. Quand Lord Westfield évalua le montant de la fraude à dix mille livres, Harry Fellowes l'admit aussitôt, afin de dissimuler qu'elle représentait en réalité près du double.

John Aylmer, évêque de Londres, revint à la charge :

— Toutes vos déclarations ont été consignées, messire Fellowes. Lisez ce que mon secrétaire a écrit. Si c'est un rapport juste et véridique de vos aveux, signez-le sur-le-champ, puis priez afin d'obtenir le pardon divin.

— Oui, Votre Grâce.

Fellowes prit connaissance du document, saisi par le nombre de fraudes découvertes et soulagé par toutes celles qui avaient échappé aux investigations. Il signa d'une main tremblante. Lord Westfield produisit alors un autre document qu'il soumit à son attention.

— Voici un mandat d'arrestation, messire, annonça-t-il avec la gravité de mise. Il est signé par Sir Robert Cecil, qui m'a aidé à entreprendre cette enquête. Emmenez ce traître ! lança-t-il en se tournant vers les gardes.

Dépouillé de ses fonctions, le clerc de l'arsenal fut dûment remis au gouverneur de la Tour, qui l'incarcéra dans une geôle humide où il pourrait méditer sur son triste sort. Nicholas rejoignit la délégation au moment où elle sortait par la porte principale. Ils s'éloignèrent quelque peu de la Tour avant d'éclater de rire. Lord Westfield jubilait.

— Je devrais m'engager dans ma propre compagnie ! Mais c'est notre John Aylmer qui a mis notre homme en déroute.

— J'ai toujours voulu être évêque, admit Owen Elias, jouant avec le crucifix qui ornait sa poitrine. Mais je ne perdrais pas mon temps à Londres. Qu'on me nomme évêque de Galles, et je ramènerai mon peuple égaré vers le Seigneur.

Ils s'arrêtèrent dans une auberge toute proche où Nicholas avait déjà réservé un salon privé. L'évêque de Londres redevint Owen Elias, son secrétaire, Matthew Lipton, le copiste attitré des Hommes de Westfield, et les deux soldats retrouvèrent leur état d'employés au sein de la troupe. Une telle usurpation d'identité les rendait tous quatre passibles de poursuites, mais Nicholas jugeait que le risque en valait la peine. Un clerc frauduleux avait été démasqué par un faux évêque. Muni d'une confession signée, Lord Westfield pourrait soumettre toute l'affaire au chancelier de l'Échiquier. Dans sa lutte pour avoir la vie sauve, Harry Fellowes oublierait la ruse qui l'avait fait tomber dans le piège.

Lord Westfield échangea encore quelques mots, seul avec Nicholas.

— Le plus grand plaisir de tous est encore à venir. Roger Godolphin, comte de Chichester, sera ruiné par ces révélations. Au lieu de ceindre Arabella Stuart de la couronne, il n'a fait que se couvrir de ridicule !

Il pouffa joyeusement de rire.

— Les lions rampants de ses armoiries en tomberont à la renverse, les pattes en l'air !

Nicholas se souvint du carrosse qu'il avait vu devant la demeure de Beatrice Capaldi. L'identité de son propriétaire se trouvait ainsi confirmée : les armoiries étaient celles des Godolphin. Le comte de Chichester ne réservait pas tout l'argent emprunté à Harry Fellowes au financement de son audacieuse conquête du pouvoir. Il en consacrait une partie à monnayer ses plaisirs dans la maison de Blackfriars. La coïncidence ne manquait pas d'intérêt.

Nicholas se demandait si Giles Randolph le savait.

Beatrice Capaldi, à demi couchée dans son lit à baldaquin, sirotait du vin dans un verre vénitien. Même nue et couverte de sueur, elle conservait son port altier et sa distinction naturelle. Il lui suffit de rejeter en arrière ses cheveux rebelles pour retrouver une coiffure parfaite, de hausser un sourcil pour rendre toute sa noblesse à son maintien. Elle était une aristocrate exerçant le métier des roturières. Beatrice Capaldi n'était pas une catin ordinaire, que pouvait acheter quiconque avait assez d'argent, mais une femme voluptueuse, dotée de hautes ambitions et d'un goût éclairé. Toutes sortes de prétendants l'assiégeaient, mais elle rejetait la vaste majorité d'entre eux et n'en acceptait qu'un petit nombre. Giles Randolph faisait partie de ces heureux élus. En vérité, il avait été encouragé à croire qu'il était désormais le seul à jouir de ses faveurs.

Couché auprès d'elle, il caressait le nouveau suçon qu'elle venait de laisser sur son torse. Encore haletant après leurs ébats, il avala une grande gorgée de vin et sourit.

— Sur mille femmes, on n'en trouverait pas une qui vous égale, Beatrice !

— Même sur dix mille.

— Même sur cent mille, sur un million ! Et vous êtes toute à moi, dit-il en embrassant ses épaules, d'une blancheur de porcelaine.

— Oui, Giles. Toute à vous.

— Comment s'étonner que Firethorn vous désire tant ?

— Un homme pourrait-il me résister ? dit-elle négligemment.

— Pas si du sang coule dans ses veines.

Elle rit et lui infligea une autre petite morsure. Randolph s'adossa contre les oreillers pour s'émerveiller à nouveau de cette fascinante beauté. Beatrice Capaldi était née d'un père italien et d'une mère anglaise, héritant de l'un son caractère passionné, de l'autre sa dignité, et y ajoutant un don pour l'artifice et l'intrigue qui n'appartenait qu'à elle. Son corps mince savait tenir toutes ses riches promesses, ses lèvres succulentes pouvaient arracher à un homme jusqu'à son âme. Il était à elle. Giles Randolph croyait l'avoir conquise, mais c'était elle qui le possédait. L'acteur de renom était assez aisé pour la garder, assez charmeur pour l'amuser.

Quand il lui avait demandé de séduire Lawrence Firethorn, elle avait joué un jeu auquel elle était experte. Tous deux étaient impitoyables et ne reculaient devant rien. Ils étaient de la même trempe.

— Demain soir, nous célébrerons notre réussite, dit-il tendrement.

— Tout sera consommé.

— Firethorn sera banni et sa troupe démantelée.

— Les Hommes de Banbury n'auront plus de rivaux.

— Oui, dit-il, passant son bras autour d'elle. Un seul jour changera notre destin. Une reine mourra et un nouveau roi sera sacré au théâtre. Nous resterons toujours ensemble et régnerons sur toute la ville.

Beatrice sourit d'un air décidé.

— Je n'en attends pas moins...

Londres s'éveilla dès l'aube pour commencer ce jour fatal. Les étals de marché furent dressés et remplis avec autant de bruit que de vivacité par les marchands. Les bouchers disposèrent leur viande, les boulangers leur pain et les poissonniers leur toute dernière pêche. Les fermiers affluèrent dans la ville avec leurs bêtes et leurs légumes pour accroître les odeurs âcres et le vacarme ambiant. Les ménagères avisées s'étaient levées à l'aurore pour trouver les meilleures affaires. Des enfants, des chiens et des mendiants s'infiltraient dans la foule. Les rues principales se transformaient en rivières humaines mues par le flux et le reflux d'une marée. Les heures de marché évoquaient une longue manifestation de folie collective.

Cornelius Gant fut parmi les premiers à pénétrer dans ce tourbillon. Bien que personne ne le connût de vue, il entendit son nom sur des vingtaines de lèvres tandis qu'on discutait du prodigieux Nimbus. Des affiches avaient été apposées pour annoncer le vol jusqu'au sommet de Saint-Paul, mais c'était le bouche à oreille qui drainerait le plus gros du public. Gant l'attendait de pied ferme. Aidé d'un gamin tirant une charrette à bras, il avait acheté des paniers de colombes, de pigeons et de tous autres volatiles qu'il pouvait trouver. Quand les paniers formèrent une haute pile sur la charrette, l'enfant et lui poussèrent leur chargement roucoulant, croassant et battant des ailes en direction de la cathédrale, où Gant avait rendez-vous avec le bedeau.

Plus en aval se tenait un autre marché. La vendeuse malgré elle était la reine Élisabeth, et l'objet proposé rien de moins que sa couronne. Le palais de Whitehall n'était pas une masse grouillante de corps pressés, mais les nombreuses silhouettes qui y évoluaient gracieusement ne tenaient pas moins à conclure une transaction fructueuse. Lord Westfield, exubérant, était là avec son entourage, et le comte de Chichester, qui avait perdu sa morgue, traînait avec ses partisans. D'autres groupes se tenaient dans d'autres coins et observaient ces rivalités avec une hostilité pleine de rancœur. C'était un marché d'où la plupart s'en retourneraient déçus et les mains vides. Il n'y avait qu'un seul article à vendre, et son prix, comme de juste, était exorbitant.

Le comte de Banbury accourut, mais ses grandes espérances furent brisées aussitôt par son principal champion. La nouvelle de l'arrestation d'Harry Fellowes avait été transmise au directeur de l'arsenal. Chichester avait financé son entreprise avec l'argent de la corruption. Les conséquences étaient trop effroyables pour y songer. Sa réputation ne survivrait jamais au scandale et tous ceux qui y étaient associés en porteraient les stigmates. Lord Westfield, qui observait son rival, le vit blêmir à cette information. Contempler l'ineffable déconfiture du comte de Banbury valait bien la peine de se lever outrageusement tôt. De tous ses rêves d'innombrables munificences décernées par les mains gracieuses de la reine Arabella, il ne restait plus rien.

Le mot leur parvint qu'une annonce officielle allait

avoir lieu dans une des grandes salles du palais. Chaque pièce, chaque corridor, chaque escalier se vida de ses occupants, qui convergèrent vers un moment historique. Lord Westfield regarda autour de lui cette assemblée distinguée. Tous les favoris étaient là, avec leur suite de courtisans pleins d'espoir. Essex prenait la pose, Oxford était saisi d'un tic nerveux, Raleigh semblait pensif, Mountjoy paraissait triste, et les autres composaient leurs traits en l'expression qu'ils jugeaient appropriée pour cette occasion solennelle. Un coup de bâton résonna sur le parquet afin de réclamer le silence immédiat, puis une porte s'ouvrit et deux vieux gentilshommes assez décrépits apparurent.

Leur démarche laborieuse n'était pas sans rappeler Josiah Taplow et William Merryweather, toutefois ce n'étaient point là des gens du guet exténués par leur pénible effort. Il s'agissait de dignes serviteurs de l'État, accablés par l'affliction. Lord Burghley boitillait à l'aide d'une canne et le docteur Mordrake semblait avoir besoin d'une assistance similaire. Ils montèrent avec raideur sur l'estrade et se tournèrent vers la cour. Il incombait au Grand Trésorier d'annoncer la triste nouvelle, cependant il abandonna ce soin au vieil astrologue, courbé sous le poids de son médaillon. Le docteur John Mordrake s'éclaircit la gorge avant de parler.

— Elle n'est plus.

Une vague de douleur s'abattit même sur les plus cyniques et un murmure bruyant s'éleva. Mordrake l'apaisa aussitôt d'une main squelettique. Ayant assisté à la mort, il exerçait son privilège de la décrire.

— J'ai été appelé trop tard à son chevet, continua-t-il. Si l'on m'avait laissé la voir plus tôt, j'aurais pu prolonger une vie qui faisait la joie de tout son entourage. Je suis heureux d'avoir été son ami et son conseiller pendant tant d'années, et son souvenir restera gravé dans mon vieux cœur. Dès que j'ai procédé à son examen, j'ai su le pire. Il lui restait moins de quarante-huit heures à vivre. Mon diagnostic s'est révélé juste. Pardonnez-moi si j'ai les yeux humides, mais nous étions unis par un lien très précieux. Elle était la marraine de mon fils unique. En outre...

Le silence qui était tombé sur la salle s'était chargé de tension. Le docteur Mordrake ne parlait aucunement de la reine Élisabeth. Tandis qu'il continuait à débiter l'éloge d'une chère vieille dame mue par des principes élevés et le sens du devoir, il fut évident que la défunte n'était autre que Blanche Parry. La femme étonnante toujours aux côtés de Sa Majesté, son amie la plus proche pendant trois décennies, s'était enfin éteinte, emportant avec elle la passion du savoir et le goût de l'ostentation qu'elle partageait avec la reine. Dans ces circonstances, il n'était pas étonnant que la souveraine se fût isolée afin de veiller sur sa chère compagne durant ses derniers jours, et la présence de l'astrologue revêtait plus de sens. Le docteur Mordrake avait été présenté à la reine par Blanche Parry elle-même. Le flacon emporté du palais avait permis d'évaluer le mal d'une vieille dame aveugle.

Le brouhaha éclata, les courtisans soulagés comprenant que leur sinécure continuerait, et les conspirateurs effarés voyant s'écrouler toutes leurs machinations. Lord Burghley s'avança pour annoncer d'un ton sec que Sa Majesté recevrait à sa cour plus tard dans la matinée. Les plus proches surprirent l'ombre d'un sourire sur les lèvres du vieux renard. Il ne paraissait plus se ressentir de sa goutte.

Lord Westfield fut parmi les premiers à se ressaisir. Le soutien qu'il comptait apporter au roi Jacques d'Écosse n'avait plus de raison d'être, mais pourrait être renouvelé à une date ultérieure. La campagne de Chichester et de Banbury avait définitivement échoué, et ils pouvaient s'attendre à des lettres incendiaires en provenance de Hardwick Hall. D'autres aussi regrettaient de s'être dévoilés, et les murmures les plus bruyants provenaient de leurs dénégations farouches et embarrassées. Ce samedi à Whitehall s'avérait riche de joies pour Lord Westfield. Non seulement il trouvait la reine qu'il aimait vivante et en bonne santé, non seulement il voyait ses ennemis jurés honteux et confus, mais il puisait un réel plaisir dans les éléments de cette intrigue. Car tout avait été prémédité.

Blanche Parry se mourait et la reine souhaitait demeurer auprès d'elle, mais elle s'était servie de l'occasion pour en tirer un avantage politique. En se retirant dans ses appartements, en observant le silence, elle savait qu'elle susciterait l'alarme et répandrait de faux espoirs. La question de la succession ferait apparaître un tourbillon d'inimitiés à la surface; ses plus chers courtisans rechercheraient la faveur des autres prétendants avec une hâte et un zèle indus. Ces longues journées d'absence avaient laissé découvrir à la reine Élisabeth une réalité bien sordide. Elle régnerait dorénavant d'une poigne encore plus ferme.

Lord Westfield se tourna vers ses compagnons et leur dit d'un ton jovial :

— Ne comprenez-vous pas, messieurs? Blanche Parry n'était qu'un prétexte pour observer la cour. Sa Majesté voulait voir où iraient ses favoris si elle mourait. Elle jouait avec eux.

— Pourquoi? demanda un de ses intimes.

— Pour l'amusement et pour l'enseignement.

— Elle a pris plaisir à tout cela?

— Oui, répondit Westfield. Cela a adouci la douleur que lui causait la mort de Blanche Parry. La reine a monté ses favoris les uns contre les autres. C'est sans doute la plus grande souveraine de la chrétienté, mais ce n'en est pas moins une vieille courtisane!

Ils quittèrent la salle pour emprunter un couloir.

— Irez-vous à la cour, monseigneur? voulut savoir l'intime.

— Très certainement. Et ensuite à Gracechurch Street, afin d'y voir une pièce. *Sacrifice d'amour* est un choix plus approprié que jamais. Il célébrera le règne d'une adorable reine. Je demanderai à Edmund Hoode d'improviser spécialement quelques vers qu'il ajoutera dans les tirades du roi Gondar.

— Et *Le Juif d'Espagne*?

— Qui voudra encore voir cela à présent? observa Westfield. Sa Majesté n'a pas été empoisonnée par le docteur Lopez, et le pire usurier de Londres n'est pas un Juif, mais cet odieux clerc de l'arsenal.

Son entourage satisfait éclata de rire. Lord Westfield ne voyait qu'un seul nuage à l'horizon. Les Hommes de Banbury avaient été vaincus, cependant sa propre troupe était menacée du désastre.

« Il faut que Lawrence soit là! se dit-il. Mais s'il n'y était pas?... »

La nuit fut pour Lawrence Firethorn un tourment absolu. Il se tourna et se retourna dans son lit désert tandis que de vilaines pensées assiégeaient son cerveau. Son amour pour Beatrice croissait d'heure en heure, de même que son respect pour Nicholas. Tout en s'éloignant du régisseur au grand galop, il était saisi d'horreur à la nouvelle que celui-ci lui avait apprise. Beatrice, infidèle? Son invitation, une ruse pour le séparer de sa troupe? Toute leur relation, une machination ourdie par Giles Randolph? Il ne pouvait souscrire à la moindre de ces affirmations, sans parvenir à en réfuter aucune. Proférer de fausses accusations n'était pas dans les habitudes de Nicholas, mais en l'espèce l'affaire était particulière. Afin de garantir la présence du chef de la troupe le samedi après-midi, même un homme honnête était amené à déformer les faits, surtout s'il y était poussé par un protecteur aussi égoïste que Lord Westfield. Le salut demeurait encore possible. Firethorn était au supplice, mais une seule personne pouvait l'en libérer, et cette personne était Beatrice Capaldi. Il n'apprendrait la vérité qu'en allant au rendez-vous.

Il quitta Shoreditch de bonne heure pour chevaucher jusque dans la cité, et laissa sa monture dans une écurie proche du quai où il devait retrouver le navire. Il passa les heures qui s'étiraient devant lui à marcher à l'aventure le long du fleuve. Une horloge toute proche égrenant les heures, il fut pris de remords en songeant que les Hommes de Westfield répétaient *Sacrifice d'amour* sans lui. Une nouvelle vint toutefois lui mettre du baume au cœur. Elle provenait de Whitehall et parcourait la ville en suscitant des explosions de joie. Firethorn ne trahissait pas son mécène en des heures difficiles, en pleine dispute concernant la succession, et cela atténua son sentiment de culpabilité. Il tenta de se concentrer sur Beatrice et sur la magie de leur amour, mais le visage de Giles Randolph ne cessait de le narguer par-dessus la douce épaule de son aimée. La passion italienne était flétrie par un Juif d'Espagne.

Il s'enfonça dans d'étroites venelles et se retrouva au milieu d'une foule animée qui convergeait vers Saint-Paul. S'il était obsédé par une femme ténébreuse, c'était un étalon noir qui attirait les spectateurs vers la cathédrale. Firethorn ne tarda pas à fixer la toiture avec les milliers d'autres venus assister à un miracle de dimension biblique. L'acteur en lui se sentait outragé. Une pièce avec Lawrence Firethorn n'eût jamais attiré une telle foule. Pourquoi toute la ville accourait-elle ? La rancœur et l'envie le hérissaient.

Le choix de Saint-Paul pour un divertissement aussi profane était naturel. L'immense église n'était pas seulement le principal lieu de culte de la capitale. Son vaste intérieur, avec ses allées et sa cour où régnait une activité de ruche, avait été le décor d'exploits spectaculaires de toutes sortes. Des sermons et des messes y étaient proposés, mais aussi, parfois, des événements d'une témérité inouïe. Beaucoup parlaient encore de l'Espagnol qui était descendu la tête la première, des créneaux jusqu'au sol, au moyen d'une corde tendue entre les deux pointes. Ceux qui avaient cherché à l'imiter avaient péri dans leur chute ou avaient été atrocement mutilés. Un autre s'était suicidé en attachant une corde à un pinacle avant de passer la boucle autour de son cou et de sauter. Un jour, un acrobate infirme avait même dérobé la girouette en cuivre doré. D'innombrables autres avaient fait du noble édifice un champ de foire occasionnel.

Nimbus devait paraître à midi et Cornelius Gant ne manqua pas à sa promesse. Alors que le grand bourdon résonnait dans le clocher, les yeux de Londres scrutaient les cieux en quête de ce nouveau Pégase, mais il demeurait invisible. Juste au moment où ils perdaient patience, leur vigilance fut récompensée. Cornelius Gant se servit d'une corde avec autant d'ingéniosité que l'agile Espagnol d'antan. Elle était passée avec soin dans les poignées des paniers d'oiseaux, de sorte qu'un geste sec suffisait à tous les libérer. La cloche de midi carillonna et son écho plana, suspendu dans les airs. Gant tira fort sur la corde. Les couvercles de vingt paniers se soulevèrent pour laisser échapper d'épais nuages d'oiseaux qui furent vite rejoints sur le toit par toute la gent à plumes. Tout cela était d'une soudaineté à couper le souffle.

Vu d'en bas, cela tenait proprement du miracle. Des centaines d'oiseaux avaient jailli de la tour pour s'élever dans les nues et là, derrière eux, dressé sur ses pattes arrière de sorte que tous pussent le voir, apparut un cheval noir aux épaules prolongées par des ailes noires. Dans cet extraordinaire moment de révélation, il sembla à tous ceux qui regardaient que Nimbus avait volé jusqu'au sommet de Saint-Paul. Cornelius Gant s'avança pour tendre son chapeau et déclencha une véritable tempête d'acclamations. Nul ne savait comment il s'y était pris, mais tous admettaient un fait : Nimbus était le cheval le plus extraordinaire qui eût été créé.

Lawrence Firethorn s'en voulait de s'être laissé momentanément transporter par le spectacle. Un homme dont toute la vie tournait autour d'effets scéniques conçus avec astuce savait reconnaître de la belle ouvrage, et il s'efforça de comprendre exactement comment cela était fait. Il ne fut pas aidé par l'ovation ravie décernée à son nouveau rival dans l'adoration du public.

Nimbus.

Beatrice arriva à quai dans son navire bien avant l'heure convenue. Quand ils eurent jeté les amarres, les quatre rameurs descendirent sur la terre ferme pour se dégourdir les jambes. Beatrice resta sous le dais somptueux qui surmontait la partie surélevée à l'arrière du bateau. Adossée contre des coussins, elle était protégée des regards inquisiteurs de la racaille qui rôdait au bord de l'eau. Son luthiste, assis tout près sur un tabouret, lui jouait de douces mélodies. Beatrice était d'une exquise élégance dans une robe noir et rouge parfaitement assortie à son dernier chapeau à la mode espagnole. Un éventail argenté pouvait servir à rafraîchir ou à dissimuler, une pomme d'ambre préservait ses narines des odeurs du fleuve.

L'approche rapide d'un cheval la fit se redresser. Elle n'attendait pas Lawrence Firethorn si tôt. Son impatience était le gage de l'amour enfiévré qu'il lui portait. Elle entendit le cheval s'arrêter, des pas pressés courir le long du quai de bois. Son visiteur monta à bord sans plus de cérémonie et elle leva les yeux pour l'accueillir. Toutefois, ce n'était pas le bouillant Firethorn, mais Giles Randolph.

— Nous avons à causer, dit-il d'un ton mordant. Seul à seule.

— Comme il vous plaira.

Elle renvoya le luthiste d'un claquement d'éventail avant d'exprimer un léger reproche à son visiteur.

— Ceci est tout à fait inconvenant, messire.

— Vous m'avez trompé, Beatrice.

— C'est un mensonge.

— Vos promesses n'étaient que du vent.

— Prenez garde, Giles !

— Vous recevez un visiteur chez vous.

— Non.

— Vous juriez de m'être fidèle ! accusa-t-il.

— Et je l'ai été.

— Je sais le jour, l'heure et le nom. Beatrice, comment avez-vous pu frayer avec ce vieux débauché répugnant ? demanda-t-il, la souffrance perçant dans sa voix.

— De qui parlez-vous ?

— De Roger Godolphin, comte de Chichester.

Un bref silence et un battement de cils involontaire suffirent à la condamner. Giles Randolph commença à la sermonner en termes vigoureux, mais fut réduit au silence par une réplique enflammée.

— C'est ma maison, déclara-t-elle fièrement, et j'y reçois qui bon me semble. Vous n'êtes pas mon geôlier, messire. Je peux choisir n'importe quel homme de Londres. Pourquoi daignerais-je accorder mes faveurs à un comédien, quand je peux avoir un comte ? Giles Randolph n'est pas même un aristocrate dans sa propre profession. Lawrence Firethorn le surpassera toujours. Si je veux ce qu'il y a de mieux, lança-t-elle comme un coup de poignard, et rien de moins ne suffira, je devrai me donner à lui cet après-midi même !

— Non, Beatrice ! cria-t-il, plein de douleur.

Elle se retrancha derrière son silence et le laissa se confondre en excuses. Quand il se fut complètement humilié devant elle, Beatrice le sonda :

— Qui vous a parlé du comte de Chichester ?
— Owen Elias.
— Un employé ! dit-elle, méprisante.
— Il a quitté la compagnie ce matin, dit Randolph d'un ton aigre. Sa flèche du Parthe vous concernait. Je devais vous demander pourquoi le carrosse portant les armes des Godolphin avait été vu certaine nuit devant votre maison.
— Je hais les Gallois !
Randolph trouva cependant matière à se consoler.
— Owen Elias s'est lui-même coupé la gorge. Il a quitté notre compagnie, et les Hommes de Westfield l'ont chassé. Firethorn ne le laissera jamais approcher de *La Tête de la Reine* !

Dans la salle de *La Tête de la Reine*, Owen Elias écoutait les dernières instructions de Nicholas. La répétition du matin manquait d'assurance, mais n'était aucunement calamiteuse. On pouvait envisager que *Sacrifice d'amour* résisterait à cette épreuve, même sans Lawrence Firethorn dans le rôle principal. Owen Elias était un roi Gondar plus secret, mais il interprétait son personnage avec beaucoup de compétence. Barnaby Gill et Edmund Hoode étaient assis à la table pour apporter leurs conseils. Les quatre hommes étaient déterminés à sauver la compagnie coûte que coûte. Alexander Marwood interrompit leur discussion par un petit rire dont il était fort peu coutumier.
— Bien le bonjour, messieurs ! dit-il chaleureusement. Vous aurez nombre de spectateurs dans ma cour, aujourd'hui.
— Pourquoi dites-vous cela ? interrogea Nicholas.
— A cause de la promesse que je tiens de messire Gant.
— Cornelius Gant ?
— Nimbus et lui sont les merveilles de Londres, dit

le patron, ponctuant ses paroles par le va-et-vient de son tic. Et vous les y avez aidés, messire Bracewell. Vous avez donné à Nimbus des ailes pour voler !

Marwood livra un compte rendu enthousiaste quoique erroné de ce qui s'était produit à Saint-Paul. Nimbus et son maître étaient désormais célébrés de tous côtés. Le patron était en émoi, car il avait engagé le duo pour faire une nouvelle apparition à *La Tête de la Reine*. Ils devaient donner une courte représentation sur scène, après *Sacrifice d'amour*. La cour serait bondée de clients assoiffés. Ce serait un des après-midi les plus rentables que l'auberge eût jamais connus. Alexander Marwood était ivre de bonheur à cette seule perspective.

Les quatre hommes furent horrifiés. Ils ne voulaient pas partager leur lieu de prédilection avec un animal savant. Barnaby Gill s'y opposa avec dignité, Edmund Hoode menaça d'annuler sa pièce et Owen Elias refusa de voir sa première interprétation d'un rôle majeur gâchée par un acteur à quatre pattes. C'était la menace d'utiliser leur scène improvisée qui inquiétait le plus Nicholas, car elle ne supporterait peut-être pas le poids d'un cheval exécutant une danse. La discussion fut close aussitôt commencée. Quelqu'un entra majestueusement dans la salle et les confronta à une question qui chassa toute autre pensée de leur esprit.

Margery Firethorn demanda avec énergie :

— Où se trouve mon époux ?

Lawrence Firethorn attendit que la foule bruissante commence à se disperser, puis il retourna à pas lents vers le fleuve. Nimbus planait sur lui tel un nuage noir. L'acteur était à la fois blessé et jaloux. Il avait travaillé de nombreuses années pour atteindre un degré d'excellence dans son art que nul ne pouvait égaler ; pourtant, ce n'était pas son nom qui courait sur toutes les lèvres. Cornelius Gant et son étalon noir l'avaient évincé. En l'espace de cinq minutes, du sommet de Saint-Paul, ils avaient ébloui un public dix fois plus nombreux que ceux attirés par Firethorn. C'était profondément insultant. L'acteur offrait une expérience dramatique qui captivait deux heures durant et s'inscrivait à jamais dans la mémoire. Nimbus passait pour ce qu'il n'était pas aux yeux du public crédule grâce à un habile tour de passe-passe, et serait oublié dès qu'une autre sensation viendrait distraire la populace.

Firethorn connaissait le secret du cheval volant. Nimbus avait été conduit au sommet de la cathédrale dans l'escalier en colimaçon, puis on l'avait fait apparaître au milieu d'une multitude d'oiseaux battant des ailes. Le tour de force ne consistait pas à faire monter l'animal là-haut mais à l'en faire descendre. On pouvait dresser un cheval à gravir des marches, toutefois son sens de la coordination rendait toute descente impossible. A plus forte raison dans un escalier en spirale ! Firethorn conclut que l'animal avait été porté, ou qu'on lui avait enseigné à descendre à reculons.

Les ailes l'intriguaient également. Elles lui semblaient familières. Elles étaient noires, néanmoins il était certain de les avoir vues avant. L'idée terrible se forma dans son esprit qu'elles avaient été louées aux Hommes de Westfield et que sa propre troupe avait en fait prêté la main au vol spectaculaire de Nimbus. Il éprouvait un sentiment cuisant de trahison. Lawrence Firethorn entendit le clapotis de l'onde et s'aperçut qu'il se trouvait près de la Tamise. Le quai était devant lui, et le navire amarré oscillait sur l'onde. Quatre rameurs et un jeune luthiste se reposaient à côté. Beatrice était là.

Pourtant, même si son désir s'enflamma, il lui manquait l'ardeur d'antan. La supercherie à laquelle il venait d'assister avait accompli ce que lui-même n'eût jamais cru possible. Elle avait concentré son esprit sur la dignité de sa profession. Nimbus l'avait désenvoûté. Sa bien-aimée l'attendait et le fleuve animé s'offrait à eux, toutefois il n'éprouvait plus un désir aussi intense de sa présence. Les doutes s'accumulaient. Les remords refaisaient surface. Il se sentait dans une douloureuse incertitude. Une partie de lui-même voulait courir à bord pour embrasser sa Beatrice, l'autre souhaitait se trouver à *La Tête de la Reine* pour effacer l'image d'un animal savant par sa propre magie.

Après toutes ces souffrances, il lui fallait savoir la vérité. Il marcha à grands pas vers le navire et sentit dans l'air le parfum de Beatrice. Le bref enchantement revint, pour être brisé à jamais.

— Lawrence !

Il se figea sur place, puis se retourna. Le carrosse qui approchait du quai dans un bruit de tonnerre portait les armes des Westfield. Margery, penchée à la fenêtre, appelait son nom. Quand les chevaux s'arrêtèrent et que le véhicule s'immobilisa en grinçant, Nicholas ouvrit la portière et aida Margery à descendre. L'époux contrit courut vers les bras grand ouverts de sa femme et la souleva pour l'embrasser. Tandis qu'ils tournoyaient avec une joie extatique, il aperçut par-dessus son épaule le navire où Giles Randolph et Beatrice venaient d'apparaître. Au terme d'une violente querelle, Randolph s'en allait. La courtisane et lui avaient rompu. Sa priorité était désormais de retourner au *Rideau* à temps pour y donner *Le Juif d'Espagne*. D'un seul coup, Beatrice Capaldi venait de perdre deux acteurs brillants. Lawrence Firethorn sentit son engouement tomber telle une cape que l'on écarte. Il était à nouveau libre, il était heureux, il était marié. Après avoir jeté sur Beatrice un regard dédaigneux, il embrassa sa femme avec passion.

Nicholas prit la situation en main. Ils devaient se rendre à l'auberge au plus vite. Le cheval de Firethorn fut attaché à l'arrière du carrosse, qui partit à folle allure avec ses trois passagers. Margery savait que seule une autre femme pouvait avoir écarté son époux du droit chemin, mais l'heure n'était pas aux reproches. *Sacrifice d'amour* méritait bien un sacrifice de sa part ! Après lui avoir appris les bonnes nouvelles de Cambridge, elle se contenta de se blottir contre lui et d'écouter sa conversation avec Nicholas.

— Vous avez répété ce matin ? demanda l'acteur, surpris.

— Le public attend la pièce.

— Vous l'auriez jouée sans moi ?

— On ne pouvait opposer de refus à Lord Westfield, raisonna Nicholas. Nous avons trouvé un autre roi Gondar.

— Qui donc ?

— Owen Elias.

— QUOI ?

L'explosion de colère de Firethorn fut réprimée par quelques mots de reproche de sa femme, qui en savait assez sur ce qui s'était passé pour se ranger du côté de Nicholas. Réduit au silence, Firethorn apprit comment Elias avait aidé à prendre le meurtrier de Sebastian Carrick et à tendre un piège au tortueux clerc de l'arsenal. Lord Westfield vouait au Gallois une admiration sans bornes et tenait à ce qu'il réintègre sa troupe. Quand Firethorn sut que l'acteur avait quitté les Hommes de Banbury, plongeant ceux-ci dans le désarroi, il s'adoucit quelque peu, toutefois sa fierté était encore blessée.

— Owen tente de me supplanter, se plaignit-il. Soit il me ridiculise au *Rideau,* soit il s'évertue à prendre ma place à *La Tête de la Reine.* Il veut usurper le trône du roi Gondar.

— Pas si nous arrivons à temps ! répondit Nicholas.

La panique accrut encore la splendeur de la représentation. L'incertitude qui avait duré jusqu'aux toutes dernières minutes avant la pièce avait exacerbé la sensibilité des acteurs. Quand Lawrence Firethorn fit irruption dans la loge, ils applaudirent frénétiquement et éclatèrent en sanglots. Owen Elias lui remit bien vite le costume du roi Gondar et il y eut un moment de tension quand il tendit la couronne à Firethorn, mais *Sacrifice d'amour* bannit tout différend personnel. Les Hommes de Westfield montèrent sur scène avec l'assurance arrogante d'une armée conquérante. Firethorn mena sa troupe avec magnificence et fit de cette quatrième représentation la meilleure de toutes. Il ne fut pas privé d'inspiration lorsqu'il contemplait le milieu de la galerie du bas. Margery y avait pris place, et il ne joua que pour elle. A la différence de la perfide Beatrice, sa femme ne le repousserait pas cette nuit-là. Leur réconciliation serait d'une intensité bouleversante, et ce serait seulement quand il reposerait, enfin apaisé, qu'elle l'interrogerait au sujet de ce navire sur la Tamise.

Le roi Gondar avait repris sa place véritable.

Quand Firethorn triomphant eut été applaudi à tout rompre, Nicholas osa lui révéler ce qui allait suivre. Toute la loge en fut ébranlée.

— Moi, céder la scène à un cheval ! tonitrua-t-il. Le roi Gondar devrait transmettre son trône à Nimbus !

Ce fut Owen Elias qui intervint pour le calmer et suggérer une solution. Les Hommes de Westfield, atterrés que le patron cupide les utilisât en prologue à un animal savant, criaient vengeance. Nicholas était ennuyé que les ailes blanches prêtées à Gant eussent été peintes en noir sans sa permission. Il discuta de l'affaire avec Owen Elias et ce dernier élabora un plan.

— Le cheval est intelligent, expliqua l'acteur, mais seulement quand il est contrôlé par son maître. J'ai vu ces deux-là tenir un public en haleine à *L'Éléphant,* avec leurs petits tours. Gant agit comme un marionnettiste. C'est lui qui dirige le moindre geste.

— En quoi cela nous aide-t-il ? grogna Firethorn.

— Nimbus obéit parce qu'il ne quitte jamais Gant des yeux.

— Et alors ?

— Que se passerait-il dans le cas contraire ?

Elias chuchota à l'oreille de son employeur, qui se métamorphosa. Le visage furibond se détendit, un large sourire s'y épanouit et un rire incontrôlable secoua les murs de la loge.

— Qu'on amène Nimbus ! appela-t-il. Nous l'attendons de pied ferme.

La Tête de la Reine était prise d'assaut et Marwood aurait pu remplir cinq cours comme la sienne. Les amateurs de théâtre qui s'étaient attardés furent rejoints par un flot énorme de spectateurs qui voulaient revoir le cheval volant. Cornelius Gant leur avait réservé des tours inédits pour l'occasion. Les machinistes enlevèrent les décors, puis répandirent des joncs sur les planches. Lawrence Firethorn et son épouse montèrent dans la galerie aux côtés de Lord Westfield. L'essentiel de la troupe vint regarder le spectacle. Les deux seules exceptions étaient Nicholas et Owen, qui rôdaient près des écuries. Elias tenait une longe et Nicholas caressait un petit miroir. Les accessoires constituaient une partie vitale de la représentation.

Alexander Marwood monta sur scène pour annoncer ce qu'il considérait comme un chef-d'œuvre d'organisation de sa part. Nimbus et Cornelius Gant apparurent sous un tonnerre d'applaudissements. Ils commencèrent par une danse, mais furent bientôt interrompus. Chaque mouvement du cheval était contrôlé par Gant qui le regardait constamment dans les yeux. Toutefois, le contact fut rompu quand le soleil l'éblouit si fort qu'il dut se détourner. Il avait beau faire, il ne parvenait plus à diriger son cheval, car Nicholas orientait habilement le miroir de sorte à diriger les rayons de soleil vers ses yeux. Désemparé, Nimbus s'immobilisa devant le public, qui ne tarda pas à manifester sa déception. Les huées et les menaces remplacèrent les vivats.

Le spectacle était en jeu. Pendant que Gant changeait de place pour éviter le soleil, Owen Elias conduisit sur scène une jument alezane dont le hennissement séducteur détourna l'attention de Nimbus, au grand dam de son maître. La jument s'appelait Jenny. Elle avait été prêtée par le palefrenier en chef à l'instigation d'Elias et était en chaleur. Nimbus lui montra un intérêt extraordinaire. L'étalon recevait maintes récompenses, mais se voyait privé du plus grand plaisir de tous, et la souffrance infligée par cette privation atteignait à présent son paroxysme.

Jenny frotta ses naseaux contre le flanc de Nimbus, puis tourna son arrière-train pour balancer sa queue. Ce fut au tour du cheval de pousser un hennissement. Voilà qui était autrement plus amusant que de danser devant la foule ! C'était une récréation plus adéquate pour un étalon, que de monter péniblement jusqu'au sommet de la cathédrale Saint-Paul. Gant cria et frappa son partenaire, mais trop tard. L'histoire d'amour progressait à grands pas. Jenny présenta sa croupe pour tenter Nimbus, qui n'attendit pas d'autre invitation. Encouragé par les cris de la foule, il la monta comme si toute sa carrière d'artiste n'avait été qu'une répétition de cet instant, puis une rapide consommation s'ensuivit.

Cornelius Gant était anéanti. Il ne pouvait rien contre l'amour et s'attirait les railleries de la foule pour avoir tenté de s'interposer. L'autorité qu'il avait édifiée durant des années de vie commune avec Nimbus s'était écroulée en quelques minutes. Après avoir savouré la gloire sur le faîte de la cathédrale, il tombait littéralement dans le vide. De son côté, Alexander Marwood était déconfit. Sa cupidité l'avait conduit au désastre. Une compagnie théâtrale causait certes des problèmes, mais au moins elle donnait la représentation annoncée. Nimbus refusait désormais de jouer pour le public. Jenny venait de lui enseigner des vérités qu'on lui avait cruellement dissimulées.

Le spectacle était terminé, la foule se dispersait, les victimes s'éclipsaient. Lawrence Firethorn bondit sur scène pour jeter ses bras autour d'Owen Elias et le couvrir d'excuses. Nicholas vint auprès d'eux et se prépara.

— Je n'aurais jamais dû douter de vous, Owen ! déclara Firethorn.

— Nous voici redevenus amis.

— Je vous pardonne même cette traîtrise au *Rideau.*

— Je n'étais de vous qu'une ombre bien pâle, dit Elias avec honnêteté.

— Vous vous êtes racheté cet après-midi. Lord Westfield insiste pour que vous restiez dans la troupe. Ce tour que vous avez joué à Nimbus était une fort jolie pièce de théâtre ! Je n'en avais jamais vu de semblable.

L'enthousiasme le porta à une nouvelle accolade.

— Un homme tel que vous devrait être partenaire de notre compagnie. Si j'avais un contrat, je vous l'offrirais sur-le-champ.

Nicholas sortit le document et le lui tendit.

— Je vous en prie, messire Firethorn.

L'acteur vedette fut un peu pris de court au début, puis éclata de rire le premier. Owen Elias reçut enfin son contrat. Il partit fêter l'événement dans la salle, laissant Firethorn seul sur la scène avec Nicholas. La cour était vide, pourtant elle résonnait encore des grands événements dont elle avait été le cadre ce jour-là. Les Hommes de Westfield s'étaient vengés. Cornelius Gant et Giles Randolph avaient été remis fermement à leur place. Margery était revenue de Cambridge et tout finissait pour le mieux.

Lawrence Firethorn savait qu'il était profondément redevable envers Nicholas et se confondit en remerciements. Il pouvait compter sur la discrétion de son régisseur. Margery n'apprendrait qu'une part infime de la vérité dans l'alcôve, mais Firethorn ne dissimulait rien à son ami.

— J'ai été aveugle, Nick, confia-t-il. J'ai ri comme les autres de Nimbus, mais en fait c'est moi que je voyais. J'ai été un étalon égaré par une jument. Vous m'avez empêché de me ridiculiser aux yeux de toute la troupe.

— Nous sommes heureux que vous soyez de retour, répondit Nicholas avec tact.

— Sebastian et moi étions sous l'emprise de la folie.

— Vraiment ?

— Nous avons succombé l'un et l'autre à de folles courtisanes.

— Sebastian en a payé le prix.

— Je ne l'oublierai pas, soupira l'acteur. Son père et sa sœur vous doivent bien des remerciements, Nick, et ma propre gratitude sera éternelle.

Il passa un bras affectueux autour des épaules de son compagnon.

— Regardez cet endroit. Nous avons connu tant de joies, tant de victoires, tant d'acclamations dans cette cour d'auberge ! Ici s'est battu Hector de Troie. De même que Vincentio, le roi Richard, Pompée le Magnifique, Antonio le Ténébreux, César, Troïlus et le puissant roi Gondar.

— N'oubliez pas Jenny.

— Jenny ?

— La jument alezane.

— Ah oui ! Ce fut Jenny qui conquit Nimbus.

— Et elle se montra sans doute la plus folle courtisane d'entre toutes.

Cet ouvrage a été réalisé par

FIRMIN DIDOT

GROUPE CPI

Mesnil-sur-l'Estrée

pour le compte des Éditions 10/18
en mars 2002

Imprimé en France
Dépôt légal : avril 2002
N° d'édition : 3356 – N° d'impression : 59038